TEA

BOOKS

Naslov originala
T. A. Williams
Murder in Sienna

Za izdavača
Tea Jovanović
Nenad Mladenović

Glavni i odgovorni urednik
Tea Jovanović

Lektura / Korektura
Agencija Tekstogradnja / Agencija TEA BOOKS

Prelom
Agencija TEA BOOKS

Dizajn korica / Crteži za korice
CC Nick Castle / Shutterstock

Izdavač
TEA BOOKS d.o.o.
Por. Spasića i Mašere 94
11134 Beograd
Tel. 069 4001965
info@teabooks.rs
www.teabooks.rs

ISBN 978-86-6142-187-7

T. A. VILIJAMS

UBISTVO U SIJENI

ARMSTRONG I OSKAR 4

Sa engleskog preveo
Danko Ješić

T. A. VILIJAMS

UBISTVO U SIJENI

ARMSTRONG I OSKAR 4

Sa engleskog preveo
Danko Ješić

Posvećeno Marianđeli, koja čita svaku reč koju napišem i mnogo mi pomaže, i Kristini, koja voli dobar krimić. S ljubavlju, kao i uvek.

Prolog

Petak uveče

Moje prvo potpisivanje knjiga bilo je vrlo svečano. Moj novi izdavač je nekako obezbedio jednu od najvećih knjižara u Londonu za prijem sa šampanjcem... dobro, prosěkom, ali imao je ukus šampanjca. Taj događaj je održan krajem marta i uskoro sam saznao da su moju promociju spojili s promocijom knjige jedne od najpoznatijih autorki ljubića, koja je slučajno bila kod istog izdavača kao i ja. Činjenica da nisam čuo za nju ne bi iznenadila moju bivšu ženu. Stalno se žalila da nisam ni najmanje romantičan.

Tamo smo bili nas troje: ja s prvim krimićem, jedna glamurozna plavuša koja je pisala knjige za decu i sedokosa autorka ljubavnih bestselera. Na koricama njene knjige nalazio se riđokosi frajer go do pojasa s mišićima koji se stiču samo nakon mnogo sati provedenih u teretani i verovatno uzimanjem sumnjivih supstanci. Naslov je nagoveštavao da je on nekakav vojvoda koji živi u nekom zamku. Taj zamak je izgleda posećivala prsata mlada devojka duh... ili verovatno prava žena u providnoj spavaćici. Sasvim sigurno, izgledala je potpuno drugačije od pretećih, tamnocrvenih i crnih korica moje knjige *Smrt u vinogradu* – što nije naslov koji sam izabrao, ali urednik me je uverio da će biti dobro prihvaćen kod ljubitelja krimića. Pošto je izdavač bio dovoljno ljubazan da oproba sreću s novim piscem kao što sam ja, kako sam mogao da se bunim?

Svako od nas je imao svoj sto, i nisam se nimalo iznenadio što je red ispred autorke ljubića bio mnogo duži nego ispred mog stola. Takođe, u njenom su redu bile uglavnom žene, a u mom neočekivano veliki broj bivših kolega iz londonske policije, a mnogi su bili muškarci. Koliko sam video, autorka *Čika Džekovih priča o usamljenom vuku Volteru* privukla je znatno manje kupaca, ali možda je to bilo uglavnom zato što su deca u to doba noći kod kuće. Kraj mene je bila moja ćerka, Triša, i uspešno je vodila računa o tome da ne zadržavam ljude i ne pijem previše vina.

Bio sam posebno dirnut kad sam video da je jedan od prvih ljudi u redu niko drugi do moj nekadašnji vodnik, sad inspektor Vilson, iz doba kad sam radio u Skotland jardu, i da u ruci drži čak tri primerka *Smrti u vinogradu*. Ustao sam i srdačno se pozdravio s njim. On i ja se dugo poznajemo, i da smo u Italiji, zagrlio bih ga, ali pošto smo Britanci, samo smo se srdačno rukovali.

– Zdravo, Pole, drago mi je što si došao.

– Zdravo, gospodine... Dene. Izvini, stare navike. – Zacrveneo se i skrenuo pažnju na Trišu. – Dobro veče, gospođice Armstrong. – Dodatno se zacrveneo i setio sam se kako je u stanici kružila glasina, pre nekoliko godina, da mu se ona sviđa. Sad je bila verena tako da je izgleda propustio priliku, ali ipak mu je uputila blistav osmeh.

– Zdravo, Pole, zovem se Triša, sećaš li se? Drago mi je što te ponovo vidim.

Ćaskali smo kratko i pitao sam ga može li da ostane ovde sat vremena dok ne završim potpisivanje, a onda možemo zajedno na večeru. „Nakon sve pomoći koju si mi pružio kad sam počinjao kao privatni detektiv, najmanje što mogu da uradim je da te častim večerom.“ Bilo je mnogo prilika otkako sam se preselio u Italiju pre dve godine kad sam tražio njegovu pomoć, i on mi ju je rado pružao.

Odmahnuo je glavom sa žaljenjem. – Voleo bih da mogu, ali dok sam sad čekao u redu, pozvali su me iz stanice. Izgleda da je jedan četrnaestogodišnjak upravo izbo jednog šesnaestogodišnjaka i moram da odem na lice mesta.

Saosećajno sam mu se osmehnuo. To mi je zvučalo izuzetno poznato i bio sam vrlo zadovoljan što su me napuštanje policije i selidba u Toskanu udaljili od tog ludila. – Kako je na poslu? Pretpostavljam da ima zlikovaca i žrtava u izobilju.

– Nažalost, tako je. Ipak, čini mi se da si i ti imao dosta uzbuđenja u Italiji, zar ne?

– Imao sam posla, ali srećom uglavnom s nevernim muževima, ljubomornim ženama i obrnuto. Rečeno mi je da nemaju šta drugo da rade jer je televizijski program u Italiji veoma loš. Biću ovde samo večeras, jer me čeka posao u Firenci, ali zašto ne bi došao u Italiju i uverio se kako sve to izgleda? Imam gostinsku sobu u kući i slobodno možeš da je koristiš, a upoznaćeš i mog novog najboljeg prijatelja Oskara.

– To je onaj veliki, crni labrador čiju si mi sliku poslao? Hvala na ponudi; možda je iskoristim kad pronađem malo slobodnog vremena. – Pogledao je na sat. – Izvini, ali moram da krenem. Možeš li da potpišeš jednu knjigu za Morin – to je moja mama – i jednu za Džordža, mog ujaka. Treća je za mene.

Uradio sam to što je tražio, i dodao poruku iznad potpisa na njegovom primerku:

Najboljem detektivu u policiji, od starog pandura i prijatelja.

A sve je to bila istina.

U stvari, i bolje je što nije mogao da ostane, jer se potpisivanje proteglo na gotovo dva sata. Prošlo je osam kad je konačno nestalo ljudi ispred mene i prodavačica je došla da mi kaže da su zaključali vrata. Bilo je još desetak čitalaca ispred autorke ljubića i otišao sam da vidim kako stoje stvari sa autorkom knjiga za decu. U retkim trenucima kad sam imao vremena, nisam video mnogo ljudi koji čekaju ispred nje, ali ipak me je pozdravila širokim osmehom.

– Zdravo, Dene. Ili vam je to *umetničko ime*? Ja sam Čika Džek – mada se zovem Freja Blomkvist. Da li izgledam kao Čika Džek?

Odgovor na to je bio ne, osim ako Čika Džek ne voli otmene ženske haljine i zlatan nakit. Freja/Džek je bila vrlo zgodna žena od četrdesetak godina, s bujnom svetloplavom kosom koja je savršeno uokvirivala prilično savršeno lice. Sjajno je govorila engleski uz naznaku skandinavskog naglaska.

– Zdravo, Čika Džek, ali teško je misliti o vama kao o čiki. Drago mi je što sam vas upoznao, i da, to je moje pravo ime iako naslov knjige nije. A kako je kod vas? Možete li makar sami da birate naslove?

Freja je klimnula glavom. – Vuk Volter je moja izmišljotina. Da li je istina da ste bili detektiv?

– Tako je; ovde u Londonu, ali sad živim i radim u Italiji. Jeste li bili tamo?

– Nekoliko puta i, začudo, biću ponovo tamo za nedelju dana. Zaposlena sam na Katedri za zoologiju Univerziteta u Stokholmu i učestvovaću na višednevnom simpozijumu u Italiji. – Uputila mi je još jedan od tih zavodljivih osmeha, i morao sam da podsetim sebe da me u Firenci čeka divna devojka. – Mislim da večeras nisam prodala više od desetak knjiga, ali šest uveče u centru Londona nije najbolje vreme za dolazak majki s decom. A šta je s vama? Kako ide prodaja knjige?

Razgovarali smo neko vreme i svidela mi se ta žena, koja je očigledno bila stručnjak u svojoj oblasti a imala je i dovoljno mašte da započne književnu karijeru.

Ubrzo su poslednji primerci ljubavnog romana potpisani, i pojavila se moja urednica, Suzan, i uhvatila me za lakat dok je Triša otišla po svog verenika. – To je bilo sjajno, Dene. Uspeo si da privučeš dobar broj čitalaca. Neko želi da te vidi. Ona je novinarka i kaže da te poznaje. Zar ne bi bilo sjajno da napiše članak o tebi? – Pogledala je u Freju. – Imaćemo vremena za ćaskanje tokom večere.

Pozdravio sam se s Frejom/Čika Džekom, baš kad je njena urednica, majčinski tip žene s naočarima za čitanje na vrhu nosa, došla da je odvede. Dok me je vodila da upoznam tu novinarku, Suzan mi je rekla da su u izdavačkoj kući veoma zadovoljni prodajom *Smrti u vinogradu* – objavljena je pre svega tri nedelje – i iznela mi je okvirne planove za dodatnu promociju. Sve to mi je bilo veliko olakšanje jer, pošto mi je to bila prva knjiga, nisam znao kako će biti primljena.

Na drugom kraju knjižare, na maloj stolici u odseku za dečje knjige, sedela je poznata osoba, i kad sam je ugledao preplavile su me uspomene – retke su bile prijatne, ali to nije bila njena krivica. Kao novinarka crne hronike, Džes Barns je pisala o nekim od najkrvavijih ubistava u glavnom gradu tokom poslednjih dvadesetak godina, i ne mogu ni da se setim koliko sam puta naleteo na nju u manje prijatnim delovima grada, gde su se nasilne bande često sukobljavale. Skočila je kad me je videla i iznenadila me je time što je pritrčala, zagrlila me i poljubila u obraz. Videvši moje iznenađenje, odmakla se i široko osmehnula.

– U redu je, glavni inspektore, smem da vas poljubim sad kad ste u penziji.

Uzvratio sam joj osmeh. – Da sam znao da vas to sprečava, penzionisao bih se mnogo ranije. Drago mi je što vas ponovo vidim, Džes, i sad sam samo Den, ne glavni inspektor. Kako ste?

– Dobro sam, hvala.

Pretraživao sam svoju pedesetšestogodišnju memoriju i uspeo da izvučem keca iz rukava. – Kako su Kit i blizanci? Dobro, nadam se.

– Dobro su, a sad dođite, sedite i ispričajte mi sve o tome kako ste postali poznat pisac. – Pogledala je moju urednicu, koja nas je posmatrala zainteresovano. – Koliko vremena imam? Deset minuta? Dobro, biću brza.

Seo sam na jednu od dečjih stolica naspram nje, s kolenima pod bradom, i ona je ispalila rafal pitanja na koja sam odgovarao najbolje što mogu dok je ona neverovatno brzo stenografisala. Ispričao sam joj o selidbi u Toskanu i svom novom poslu privatnog detektiva, ali nisam pomenuo razvod. Problem s novinarima je što su spremni da objave sve, i tokom godina sam naučio da pazim šta im govorim, čak i kad su u pitanju stari poznanici kao Džes. Pitala me je o knjizi i iznenadila me kad je izvadila primerak koji je kupila i zamolila me da joj ga potpišem. Dok sam joj otprilike opisivao kako sam smislio tu priču, u delu mozga i dalje sam razmišljao o vremenu provedenom u policiji. Bilo je mnogo posla, ponekad je bilo uzbudljivo, ponekad očajnički tužno, ali nimalo nisam žalio što sam se odvažio da se preselim u Italiju, i rekao sam joj to.

Na kraju, kad se Suzan uzvrpoljila, Džes je završila intervju i pitala sme li da me fotografiše dok držim knjigu. Napravila je nekoliko fotografija svojim telefonom i to me je takođe podsetilo na vreme kad su novinare kao što je ona pratili fotografi s torbama punim opreme. Sad je rezolucija kamera na pametnim telefonima sasvim dobra za naslovne strane novina. Ustao sam da se rukujem s njom, i ona me je ponovo poljubila i rekla kako se nada da će uspeti, preko svojih kontakata, da ubaci ovaj članak u neke velike novine, možda u vikend izdanje. Široko se osmehnula.

– Kad zlikovci vide da sad pišete krimiće, trešće im se gaće od sekiracije da ćete pisati o njima.

– Savet piscima je da pišu o onome što poznaju, ali ako bih pisao o nekim od stvari koje sam video, te knjige bi verovatno bile zabranjene. Čuvajte se, Džes. Drago mi je što sam vas ponovo video.

Večera je održana u otmenom indijskom restoranu nedaleko od knjižare i bio sam oduševljen. Voleo sam Toskanu i italijansku hranu, ali ponekad sam sanjao o dobrom kariju, a te večeri mi se želja svakako ispunila. Sedeo sam sa Suzan s jedne i Trišom s druge strane, a Freja iz Švedske bila je naspram nas, sa svojom urednicom. Čuvena autorka ljubića se nalazila u čelu stola s jednim od velikih šefova, ali povremeno me je velikodušno uključivala u razgovor. Pitala me je u kojoj meri mi je policijska prošlost pomogla u pisanju i, nakon što sam joj objasnio da mi je bila izuzetno korisna, morao sam da je pitam je li imala iskustva s riđokosim plemićima bez košulja. Osetio sam kako se uzbuđenje širi oko stola, ali ona je bila dorasla zadatku.

– U snovima, Dene. To je lepo kod pisanja, mnogo toga zavisi od mašte. – A onda, na moje iznenađenje, obesno mi je namignula. – Ali ako želite da strgnete košulju ovde, za stolom, ne dajte da vas nešto spreči. To će biti dobro za istraživanje, uverena sam. – Na trenutak sam pogledao Freju/Čika Džeka u oči i video da energično klima glavom, i brzo sam usmerio pažnju na svoju ćerku. Jedno je bilo sigurno: košulja neće mrdnuti s mojih leđa.

Na kraju je to bilo vrlo prijatno veče i počeo sam da verujem da možda imam budućnost kao pisac, mada me je pregledanje poruka kad sam se vratio u hotel podsetilo da ne mogu da se odreknem redovnog posla. Još jedna sumnjičava supruga očajnički je želela da me vidi kad se vratim u Toskanu.

Den Armstrong, privatni istražitelj, imao je posla.

1.

Petak ujutro

– Mislim da ovde moramo da skrenemo levo.

– Misliš? – Dao sam sve od sebe da ne zvučim previše sumnjičavo, ali Ana mora da je to ipak čula.

– Kad bi samo video uputstva koja sam dobila, bilo bi pravo čudo da smo blizu tom mestu. – Mahnula je prema meni listom smeđeg papira, na kojem sam video blede tragove olovke. – Kao što sam ti rekla, Dene, ti ljudi i dalje žive u kamenom dobu. Papir na kojem su pisali je stari papir za pakovanje, i čudo je što su uspeli da pronađu koverat da pismo pošalju poštom. Prema onom što sam čula, verovatno se najčešće sporazumevaju tam-tamom ili dimnim signalima.

Čuo sam nemoć u njenom glasu i brzo sam pokušao da je smirim – a i sebe – dok sam skretao s puta na prašnjavu, neravnu stazu između zapuštenog vinograda s leve i podjednako zapuštenog maslinjaka s desne strane. Nakon urednih vinograda kroz koje smo vozili da stignemo ovamo, iznenadili smo se videvši da su vlasnici ove zemlje dozvolili da se ona zaparloži. Ovaj deo Toskane bio je jedna od najplodnijih vinogradarskih oblasti u Italiji, možda i Evropi, i bila je retkost pronaći zapušteno imanje.

Ohrabrujuće sam je pogledao. – Ne brini se, draga, pronaći ćemo ih. Moram da kažem, od samog početka jedva čekam da upoznam te ljude. Zadivljen sam kako je dvoje nju ejdž hipika uspelo da skupi dovoljno novca da kupi kuću u Toskani. Budimo iskreni, ovo nije najjjeftiniji deo Italije.

– Ko zna? Rosana s Katedre za umetnost, koja mi je dala njihovu adresu, kaže da ih nije upoznala, ali da su oni poznanici njenih prijatelja. Možda je otac Rajnera Šladminga bio bogataš i nasledili su novac od njega. Ili mu je možda žena bogata. Biće zanimljivo saznati.

– A Rajner Šladming je... Nemac?

– Austrijanac, izgleda, ali Rosanina prijateljica je kazala da je živeo nekoliko godina u Sjedinjenim Državama pre nego što je stigao ovamo da počne iznova.

Pogledao sam oko sebe u šumovite brežuljke i nedirnute predele, i morao sam da priznam da je Toskana prilično dobro mesto ako želiš nov početak. Napokon, to sam i ja uradio, mada nijedan od rođaka nije bio dovoljno ljubazan da mi ostavi bogatstvo.

Staza je prolazila kroz borik i onda naglo skretala udesno i pela se prema zgradi vidljivoj na vrhu uzvišenja ispred, zaklonjena s dva neverovatno velika bora. Čempresi su rasli kraj prilaza i dok smo se približavali staroj kamenoj seoskoj kući, sve je izgledalo kao iz reklame *Posetite Toskanu*. Kuća je izgledala kao da je oduvek tu, napravljena od predivnog lokalnog kamena boje meda, s ložom na jednoj strani, odakle se, bio sam siguran, pružao spektakularan pogled na dolinu ispod. Da, to uopšte nije loše mesto za život.

Kad smo stigli pred kuću, jedan stariji ovčarski pas prošao je kroz komarnik postavljen na ulazna vrata i počeo da laje. To je pokrenulo nešto iza mene, jer je moj pas odlučio da je njegova dužnost da odgovori na taj pozdrav, i time nam je gotovo probio bubne opne.

– Oskare, boga mu poljubim! – Naglo sam se zaustavio i okrenuo na sedištu, ugledavši labradora s prednjim šapama na naslonu zadnjeg sedišta kako oduševljeno odgovara na dobrodošlicu drugog psa – ili njeno odsustvo. – Oskare, tiho!

Srećom, u tom trenutku se vlasnik pojavio iz kuće i ovčarski pas je, zadovoljan što je obavio svoju dužnost, prestao da laje i polako prišao da zapiša prednji točak mojih kola. Uveren da je pobedio u zvučnoj borbi, Oskar je pobedonosno zalajao i onda, srećom, poslušao komandu da bude tih. Tišina koja je usledila – mada uz zvonjavu u ušima – bila je blaženo olakšanje. Skrušeno sam pogledao Anu. – Izvini zbog toga. Znaš Oskara; uvek se uzbudi kad drugi psi zalaju.

Osmehnula mi se. Sad kad su njene navigacijske sposobnosti rezultirale uspehom, mogla je da dozvoli sebi velikodušnost. – Ne brini se, to je prirodno. Makar je dobro to što je Oskar vrlo druželjubiv pas. Nema šanse da napadne drugog psa, zar ne?

– Zaboga, ne. Suviše je lenj za to. Dobro, da odemo i predstavimo se?

– Sve dok to ne bude smetalo ovčarskom psu. – Ana je zvučala kao da okleva, a vlasnik psa mora da je osetio njenu neodlučnost jer je izdao neko oštro naređenje, nerazumljivo meni, ali sasvim jasno ovčarskom psu, koji je odmah otrčao da sedne mirno kraj čovekovih nogu.

Pogledao sam Oskara i pokazao prstom. – Vidiš, Oskare, to je ono što dobri psi rade.

Samo je mahnuo vrhom repa. Obojica smo znali da od toga nema ništa.

Otvorili smo vrata i izašli iz kola. Vazduh je bio čist i svež i jedini zvuk, sad kad su psi prestali da laju, bilo je kvocanje kokoši negde iza stare zgrade. Ostavio sam Oskara zasad u kolima i krenuo za Anom prema muškarcu ispred kuće. Očigledno su je očekivali, pošto je on ispružio ruku da je pozdravi, ali izraz na njegovom licu nije bio ništa više gostoprimljiv nego kod ovčarskog psa.

– Dobro jutro, vi mora da ste doktorka Galardo. – Italijanski mu nije bio sjajan i ona je bez razmišljanja odgovorila na engleskom – koji je govorila kao da joj je maternji, nakon što je godinama radila i živela u Velikoj Britaniji.

– Dobro jutro, Rajneru, drago mi je što sam vas upoznala. Ja sam Ana. – Uputila mu je blistav osmeh, koji on nije uzvratio, a onda je pokazala na mene. – Ovo je moj prijatelj, Den. On je Britanac, ali, kao i vi, sad živi ovde u Toskani.

Prišao sam mu i rukovali smo se, mada sam osetio njegovu uzdržanost. Palo mi je na pamet da je možda odabrao da živi u ovoj nedođiji iz nekog razloga – kao što je prezir prema ljudima, na primer. Ipak, pratio sam Anin primer i uputio sam mu prijateljski osmeh, ali koji on ponovo nije uzvratio. – Drago mi je što sam vas upoznao, Rajneru. – Stari ovčarski pas nas je sumnjičavo gledao sa zemlje kraj gospodarevih nogu, ali nije pokušao da nas pozdravi. Pokazao sam na svoja kola gde je Oskar bio priljubio veliku, crnu njušku uza staklo i mahao repom, pun nade. – Da ostavim psa u kolima?

– Ne, svakako ga izvedite. – Kad smo pomenuli životinje, Austrijančevo kameno lice je odmah smekšalo. – Atili neće smetati. – A onda je usledila neprijatna tišina pre nego što se setio zašto smo ovde. – Bolje je da uđete. – Začudo, mada je imao jak nemački akcent kad govori italijanski, engleski mu je imao vrlo uverljiv američki naglasak.

Izraz na licu ovčarskog psa nije bio srdačan, ali otišao sam da pustim Oskara i nadao sam se da Atila neće opravdati svoje krvoločno ime. Srećom, na moje iznenađenje, nakon opreznog njuškanja, dva psa su naglašeno ignorisala jedan drugog. Rajner nas je proveo kroz komarnik – mada mi nije bilo jasno zašto im je bio potreban komarnik početkom aprila – u veliki dnevni boravak, koji je obuhvatao kuhinju, trpezariju, salon i, kako je izgledalo, umetnički atelje. Osetio se jak miris uljanih boja i lanenog ulja dok smo ulazili, a izgleda da je dopirao od visoke, zastrašujuće blede žene s bujnom sedom kosom koja joj je padala gotovo do struka. Bila je odevena u jarkozelene klovnovske pantalone, skupljene kod zglavaka, što je naglašavalo njen umetnički izgled. Rajner je izgledao kao relikvija iz viktorijanskih dana, s belom košuljom bez kragne, crnim prslukom i bradom u stilu Abrahama Linkolna. Njegova žena je prišla da nas pozdravi, držeći šest slikarskih četkica u desnoj ruci. Makar je uspela da nam uputi osmeh koji je izgledao iskreno.

– Dobro jutro, ja sam Suzi. Došli ste zbog murala, zar ne? – I ona je, takođe, zvučala ubedljivo američki.

Ana je potvrdila da smo došli zbog toga i oboje smo joj stisli levu ruku. Neodređeno je mahnula prema stolicama oko kuhinjskog stola, a na jednoj od njih je dremala velika, riđa mačka, očigledno nesvesna našeg prisustva. Pogledao sam Oskara, koji još nije uočio mačku, očekujući nevolje kad se to dogodi. Suzi mora da je shvatila šta me brine, jer je odmahnula glavom.

– Ne brinite se za Gretel. Neće smetati vašem psu.

Brinuo sam se za njihovu mačku, ne za svog psa, ali uzdržao sam se i nastavio da gledam kako se Oskar približava stolicama, a onda se zaustavlja u mestu kad je video mačku i ponovo je pogleda. Baš kad sam očekivao da usledi smrtonosna trka po sobi, mačka je otvorila jedno oko, pa nevoljno i drugo, protegla se i uputila labradoru pogled koji je očigledno govorio da postoji samo jedan šef i da se zove Gretel. Na moje iznenađenje, Oskar nije pokušao da poremeti ravnotežu i prišao je do mene, a onda me je pogledao u stilu: *Šta se to dogodilo?* Potapšao sam ga po glavi i seli smo za sto.

Suzi je promrmljala nešto na nemačkom svom mužu i on je klimnuo glavom pre nego što je pokušao da se ponaša pristojnije. Video sam da ulaže mnogo truda i to je ojačalo moje uverenje da postoji neki razlog što se isključio iz normalnog društva. – Kafa, čaj, šnaps?

Nikad nisam voleo žestoka pića, a jedanaest ujutru je definitivno bilo prerano za alkohol, iako sam na odmoru još pet dana, i zato sam se zahvalio Rajneru na ponuđenom piću i zatražio kafu, kao i Ana. Naš nevoljni domaćin se okrenuo i otišao do predivnog starog šporeta od livenog gvožđa i počeo da petlja oko njega, proizvodeći oblak dima. Očigledno je to bio šporet na drva. Dve dame su sele da razgovaraju o muralu, a ja sam slušao.

Rajner i Suzi su kontaktirali sa univerzitetom i zatražili da neko od stručnjaka proceni drevni mural koji su pronašli na jednom od zidova svoje šeststo godina stare kuće. Ana predaje srednjovekovnu i renesansnu istoriju na Univerzitetu u Firenci i, pošto smo nas dvoje išli do toskanskih brda južno od Sijene na prolećni odmor, dobrovoljno se javila da obiđe taj austrijsko-američki par. Nakon nekoliko trenutaka, dve dame su ustale i otišle da pogledaju mural, ali ja sam pomislio da treba da ostanem s Rajnerom – i motrim svog psa za slučaj da mačka odluči da ga napadne. Pokušao sam da započnem razgovor.

– Koliko dugo živite u Toskani, Rajneru?

Dugo sam čekao na odgovor, a kad je progovorio, zvučao je nevoljno. – Četiri godine.

Nimalo obeshrabren, pokušao sam ponovo. – Gde ste živeli ranije?

Dugo sam čekao dok je petljao oko šporeta i spuštao staro lonče za kafu na plotnu. Konačno me je pogledao preko ramena. – U Njujorku.

Taj čovek očigledno nije bio previše pričljiv, ali pošto sam ga već započeo, dao sam sve od sebe da nastavim razgovor.

– Opa, mora da je to bila velika promena. – To nije izazvalo nikakvu reakciju i zato sam ponovo pokušao. – Imate li mnogo zemlje ovde? – To je makar izazvalo gotovo trenutan odgovor i okrenuo se prema meni.

– Dva hektara.

To mi je zvučalo kao dosta zemlje. – Da li je obrađujete?

– Samo mali deo. Suviše sam star za kopanje. Bole me leđa. – Kao da žali zbog tog neuobičajeno dugog odgovora, okrenuo se i počeo da traži šolje u kredencu.

– Zar ne možete da nađete nekog da vam pomogne?

– Volim da budem sâm i, pored toga, mislim da je potcenjivački zaposliti drugo ljudsko biće. To je ponižavajuće. Ne, sve što treba da se uradi pokušavam da uradim sâm.

Podigao sam obrve kad sam to čuo. Na osnovu njegovog izgleda, pretpostavio sam da ima sedamdesetak godina, i mada je izgledao prilično zdravo, nije delovao previše snažno. Šta će raditi, pitao sam se, kad krov počne da prokišnjava ili kad mu se septička jama prepuni? Ali to me se nije ticalo... srećom. Hteo sam da kažem nešto praktično, ali odmah sam se pokajao. – Zar nemate traktor ili motokultivator ili nešto slično?

Ispravio se i vratio se do stola, a onda me mrko pogledao, sa izrazom krajnjeg gađenja. – Mašine! – Gotovo je ispljunuo tu reč. – Izgleda da je to sve što ljudi danas žele: mašine. Veće, bučnije, koje sve više zagađuju. Više CO_2, više uništenja. – Pogledao me je čudnim, svetlosivim očima. – Uništavamo planetu, a niko izgleda nije spreman da uradi išta povodom toga. – Okrenuo se i otišao do šporeta, gde je iz lončića za kafu izbijala para, a ja sam ostao da razmišljam o njegovim rečima.

Pogledao sam oko sebe i morao sam da primetim da je ono što visi iznad stola stari svećnjak sa šest pravih voštanih sveća. Nije bilo televizora, frižidera, koliko sam mogao da vidim, ni radijatora, a porcelanski prekidači za svetlo na zidu izgledali su prepotopski. Ana se nije šalila kad je rekla da ti ljudi žive kao u kamenom dobu. Podsećam vas, ako mogu da žive bez struje i bez savremenih uređaja, makar rade nešto za planetu, ali nisam im zavideo na spartanskom životu. Da li su imali toplu vodu? Ako nisu, kako mu je košulja tako bela? Čekao sam dok se Rajner nije vratio s kafom i onda ponovo započeo razgovor.

– Ali sigurno su neki savremeni uređaji neophodni. Šta je sa automobilom? Kako idete u grad u kupovinu?

– Pešačim – to je samo pet kilometara – a ako nosim nešto teško, imam konja i kola.

– Da li to znači da nemate automobil?

Stresao se i odlučno odmahnuo glavom. – Bože me sakloni. Ne, svakako *nemam* automobil. Ostavili smo sve te đavolje izume kad smo se oprostili od Sjedinjenih Država.

Pitao sam se kako li su njih dvoje došli ovamo. Plivanje od Njujorka dugo traje. – Šta je s dužim putovanjima? Odlaskom u Sijenu, recimo? – Sijena je bila oko dvadeset pet kilometara severno odatle.

– Ako moram da idem tamo, idem autobusom.

– Ali šta ako se neko od vas razboli?

– Znate li koliko je vremena prošlo otkako je ijedno od nas išlo kod lekara? Preko trideset godina. Ne verujemo lekarima i ne verujemo naučnicima. Naučnici uništavaju planetu.

Dotad sam shvatio da je Rajner imao veoma loše mišljenje o savremenoj tehnologiji i onima odgovornim za njen razvoj i proizvodnju, ali zapitao sam se da li bi ostao veran načelima ako bi se on ili žena ozbiljno razboleli. Ipak, bilo je zadivljujuće videti ljude spremne da žive u skladu sa svojim načelima, iako on nije bio previše ljubazan. Pijuckao sam svoju iznenađujuće dobru kafu i uradio uobičajenu englesku stvar, prebacujući razgovor na manje sporno pitanje vremena – ili sam bar tako mislio. Nekoliko trenutaka kasnije, morao sam da slušam bukvicu o efektima staklene bašte i o tome kako će klimatske promene uništiti čovečanstvo.

Srećom, njegovo popovanje je prekinuo povratak dve dame i Anin poziv da dođem i vidim mural. Jedva sam dočekao da krenem za njom kroz ledeni hodnik i primetio sam da je Oskar bio podjednako srećan što se udaljio od te mačke i krenuo je za nama. Ana je išla prva do male, niske prostorije na čijem se zidu nalazio neverovatan prikaz raspeća, na kvadratu dimenzija dva sa dva metra. Bio je prelepo naslikan i u iznenađujuće dobrom stanju, pod pretpostavkom da je stvarno star koliko i kuća. Uvek sam bio sumnjičav, pa sam morao da pitam.

– Iznenađujuće dobro ako je originalan. Kakva je tvoja presuda? Srednjovekovni ili noviji?

– Gotovo sigurno je original, rekla bih, ali bez uzimanja uzoraka boje za analizu, ne mogu da budem potpuno sigurna.

– Kako se uzima uzorak boje? Zar to ne oštećuje sliku?

– Količina koja mi je potrebna neće ništa ugroziti, ali Suzi odlučno odbija da mi dozvoli da dodirnem sliku. Njen muž to brani; ne veruje mi. – Iz Aninog tona, bilo je jasno šta misli o tome, i nisam je krivio. Rajner je bio čudak. Neki glas otpozadi naveo nas je da se okrenemo. To je bila Suzi.

– Ne radi se o tome da ne veruje vama lično, Ana. – Zvučalo je kao da se pravda i primetio sam da govori tiho, verovatno da Rajner u kuhinji ne bi čuo njene reči. – Ne želi da ništa naše završi u laboratoriji.

Malo glasnijim šapatom nastavila je da se izvinjava i izražava žaljenje zbog muževljevog stava, ali bilo je jasno da zna kako ne može da ga ubedi. Što se tiče Rajnera, naučnici, bilo koje vrste, đavolji su okot. Kraj priče.

Ukupno smo proveli sat vremena s njih dvoje, i Suzi nam je pokazala kuću, od ljupke stare lođe, koja je, kao što sam očekivao, imala spektakularan pogled na okolinu, do oskudno opremljenog kupatila, koje je bilo bukvalno da se naježiš. U njemu sam osetio sumnjiv smrad koji mi je ukazivao da je trenutak kad će Rajner morati da potraži pomoć ljudi koji prazne septičke jame verovatno već došao.

Napolju smo upoznali Borisa, njihovog lepog crnog konja sa izrazito belim licem, i divili se čvrstim kolima koja su stajala kraj njega, kao i ručnoj pumpi koja im je bila jedini izvor vode. Bio sam zadivljen izdržljivošću tog para, ali bilo mi je veoma drago što ću narednih pet noći provesti u udobnom hotelu.

Nisam se iznenadio što je Rajner odlučno odbio Anin zahtev da dozvoli njenim kolegama da dođu i detaljnije pregledaju mural. Bez obzira na to je li originalna srednjovekovna slika, jedna stvar je bila jasna: tu scenu raspeća neće videti više niko, makar dok je ovaj nedruštveni čovek živ.

Kad je došlo vreme da krenemo, sve troje – a uključujem tu i svog neuobičajeno poslušnog psa nakon susreta s mačkom koja očigledno nije razumela dinamiku normalnih odnosa između mačaka i pasa – jedva smo dočekali da se vratimo u kola i krenemo nizbrdo, mada sam bio siguran da je Ani žao Suzi, koliko i meni. Bilo mi je sasvim jasno da je, uprkos trudu svoje žene, Rajner namerno doneo odluku da njih dvoje odvoji od ostatka sveta. Stekao sam utisak da ostatku sveta on svakako neće nedostajati.

2.

Petak popodne

– Ako ikad imaš utisak da ti je teško, pomisli na ove mališane.

Pogledao sam dole i pratio Virđiliov prst. Tamo su se, na rubu staze ispred nas, nalazila dva blistava crna balegara, koji su marljivo gurali veliku kuglu sveže balege prema visokoj travi. Staza između vinove loze bila je napravljena od peska i šljunka i te životinjice su se mučile gurajući svoj dragoceni plen preko prepreka gotovo nevidljivih ljudskom oku, ali sigurno užasno zastrašujućih za te insekte malo veće od palca.

– Bilo je trenutaka u mojoj prošlosti kad sam se osećao tako. – Zastao sam i gledao dok ti mali insekti nisu obavili svoj herkulovski zadatak i setio sam se vremena koje sam proveo u Skotland jardu. – Kad te dignu iz kreveta usred noći da odeš na mesto zločina koje izgleda kao iz horor filma, i onda radiš osamnaestočasovnu smenu pre nego što se vratiš kući i zatekneš mačku na sofi i ženu koja ne razgovara s tobom. – Pogledao sam ga i tužno odmahnuo glavom. – Da, bilo je trenutaka kad bih zavideo ovim mališanima.

Virđilio je pružio ruku i potapšao me po ramenu. – Ali to je sad gotovo, zar ne? – Pogledao je preko ramena prema Ani i svojoj ženi, Lini, koje su išle za nama, nekoliko metara iza, jer su ih usporavali uporni i neprestani zahtevi mog psa da mu bacaju njegov štap koji će donositi. Kad kažem *njegov* štap, ne mislim da ima neki poseban. Za njega je dobar svaki štap sve dok je neko spreman da ga baca kako bi ga on donosio, i to mu je dozvoljavalo da dokaže kako je nasledio ritriverske gene kao i dobro poznatu labradorsku proždrljivost.

Virđilio me je pogledao ozareno. – Nema više poziva usred noći i nesrećne žene. Šta bi više mogao da tražiš?

– Da, zaista. – Pogledao sam Anu, koja je bila udubljena u razgovor s Linom, i osetio sam kako se osmehujem. Razvod je bio davna prošlost i nadam se da su ta nesrećna vremena prošla. Pogledao sam okolinu. Na obe strane su se nalazili uredni čokoti, na kojima su se već videli prvi zeleni izdanci sad kad je toplo prolećno sunce isteralo mraz hladne toskanske zime. Iza vinove loze teren se strmo uzdizao i padine je prekrivala gusta šuma koja se protezala sve do vrhova brežuljaka koji su okruživali vinograde oko ovog izolovanog seoskog hotela. Vazdušnom linijom bili smo ne tako daleko od Rajnerove i Suzine kuće i istorijskog grada Sijene, ali ovo je delovalo kao neki drugi svet. Da, sasvim drugačije od prljavih londonskih predgrađa.

Kad sam pomislio na London, setio sam se potpisivanja knjige prethodne nedelje i ponadao se da Suzan nije preterivala kad je rekla koliko su zadovoljni prodajom moje knjige. Bilo je dobro što sam upoznao svoju prvu urednicu, nakon što smo se samo dopisivali, i prijatno sam se iznenadio i obradovao kad sam video koliko je mojih bivših kolega iz policije bilo spremno da dođe i podrži me. Bilo je divno i provesti dan s Trišom, ali mi smo uvek bili bliski. Što se tiče njene majke, nije došla u London na promociju i nisam je krivio. Naša veza je sad bila okončana i oboje smo krenuli dalje. Ponovo sam pogledao Anu. Da, mogu iskreno da kažem da sam i ja krenuo dalje, i bilo mi je drago zbog toga.

– Dobro, šta misliš da ono dvoje radi?

Virđiliov glas mi je privukao pažnju na stazu ispred. Stotinak metara dalje, dvoje ljudi je čučalo gledajući nešto što je izgledalo kao hrpa psećeg izmeta nasred staze. Što smo se više približavali, to je postajalo očiglednije da je predmet njihove pažnje stvarno ono što bi se ublaženo moglo nazvati psećim nusproizvodom. Jedna od manje privlačnih osobina mog psa je da ga veoma privlače takve stvari. Mada uredno čistim za njim, nikad nisam osetio poriv da čučnem i proučavam tu stvar toliko pažljivo kao dvoje ljudi pred nama.

Kad smo im se približili, shvatio sam, na veliko iznenađenje, da poznajem tu ženu. Podigla je glavu, zagledala se u mene kad je shvatila ko sam, i skočila na noge.

– Zdravo, Dene, drago mi je što te vidim ovde. – Na moje veliko nezadovoljstvo, pošto je moja devojka bila nekoliko metara iza mene, pritrčala je do mene, obavila mi ruke oko vrata i poljubila me je – i ne mislim na brzi cmok u obraz. Ovo je bio sočan poljubac. – Ovo mora da je sudbina!

– Freja, kako divno iznenađenje! – Video sam da me Virđilio upitno gleda i dao sam sve od sebe da zvučim kao da me prelepe plavuše ljube svakog dana. Siguran sam da bi Hamfri Bogart to uradio uverljivije. – Otkud ti ovde? – Gotovo sam je pitao zašto njuši pseći izmet, ali odlučio sam da se uzdržim.

U stvari, kad razmislim o tome, nije iznenađenje što je ovde. Verovatno je jedna od učesnica na simpozijumu koji se održava u hotelskom konferencijskom centru. Setio sam se onog što mi je rekla u Londonu. Kazala je da je zoolog i, prema onome što sam video na plakatima i zastavicama u hotelu, simpozijum se bavio ekologijom. Nema sumnje da je ovde zbog svog poznavanja zoologije. Učesnici simpozijuma su zauzeli gotovo ceo hotel, i imali smo sreće što smo rezervisali dve preostale sobe kad je Virđilio predložio produženi vikend u prirodi.

Frejin riđokosi pratilac imao je između trideset pet i četrdeset godina, kao i ona, ali nije bio ni izbliza glamurozan kao ona. Izgledao je vrlo usredsređeno i poslovno, i dok je čučao sumnjivo blizu psećem izmetu nije se mogao opisati kao posebno privlačan. S druge strane, Frejin izgled samo je potvrdio utisak koji sam stekao o njoj u Londonu. Danas je na sebi imala majicu s bretelama, šorts i prašnjave čizme za pešačenje, ali uz dugu plavu kosu i preplanule noge – koje su bile gole i sad, početkom aprila – verovatno je bila jedna od najlepših naučnica koje sam video.

Muškarac je pogledao ka nama, ali nije se potrudio da ustane ili se pomeri. Očigledno je njegovo proučavanje fecesa bilo vrlo ozbiljno. U stvari, imao je nekakav odbrambeni stav.

– Molim vas, držite svog psa podalje. Ovo je važno. – Nije pokušao da govori italijanski. Već sam primetio da se simpozijum održava na engleskom. Naglasak je zvučao srednjoevropski ili istočnoevropski, možda poljski ili iz neke od susednih zemalja, mada je zbog bujne riđe kose mogao da bude iz bilo kog dela Evrope.

Dosad su nas ostali sustigli i uhvatio sam Oskara za ogrlicu kako bih ga sprečio da doslovno gurne nos tamo gde ne treba. Mada Ana nije ništa rekla, bio sam siguran da je primetila Frejin oduševljeni pozdrav i osetio sam izvesnu napetost u vazduhu, tako da sam ih brzo upoznao na engleskom. – Ana, ovo je moja koleginica književnica, Freja. – Nisam mogao da se setim njenog prezimena, nešto švedsko, na B. – Piše knjige za decu pod imenom Čika Džek. Upoznali smo se prošle nedelje na potpisivanju knjiga.

Ana je krenula napred i pružila ruku. – Zdravo, Freja, ja sam Ana. Den mi je rekao da je potpisivanje bilo zabavno.

Šveđanka je uzvratila osmeh. – Sigurno je bilo drugačije od ovoga. – Mahnula je rukom prema kolegi i hrpi izmeta.

Morao sam da pitam. – Postoji li nešto posebno u vezi s tom hrpom psećeg izmeta?

Riđokosi mi je uputio pogled kakav tinejdžeri upućuju roditeljima kad pomešaju Džej Zija i Eminema, ili iskažu svoje neznanje na neki drugi nečuven način.

– *Canis lupus italicus*. To nije pseći izmet.

Za slučaj da nam i dalje nije jasno, Freja je prevela. – To je vučji izmet, i to svež. Mora da je čopor u blizini.

– Vučji izmet? Ima vukova u Toskani? – To mi je bila novost.

Klimnula je glavom. – Da, tako je, u Toskani verovatno ima više vukova nego u ostatku Italije ili, uistinu, u ostatku Zapadne Evrope. Prilikom poslednjeg prebrojavanja, bilo je preko sto čopora samo u ovom regionu.

– A koliko vukova čini čopor?

– Od dva do deset, u zavisnosti od doba godine. – Videvši moj zaprepašćeni izraz lica, klimnula je glavom. – Da, to znači da ima baš mnogo vukova.

Virđiliova žena, Lina, išla je u večernju školu da popravi svoj engleski, ali nije u potpunosti razumela komplikovanije izraze i čuo sam kako joj Ana prevodi. Kad je shvatila ono što je rečeno, glasno je uzdahnula. Lina je onda postavila pitanje koje mi je bilo navrh jezika, i ponovio sam ga na engleskom naučnicima.

– Jesu li opasni?

Muškarac mi je uputio napaćen pogled. Na osnovu njegovog izraza lica, pretpostavio sam da ga to često pitaju. – Ne za ljude. Prilično ste bezbedni. U poslednjih pedeset godina nije zabeležen napad vukova na ljude u Zapadnoj Evropi. Vukovi nas vide kao pretnju i trude se da se klone ljudi.

Pokazao sam na Oskara. – A šta je s mojim psom?

– Verovatno je u malo većoj opasnosti. Navodno su vukovi nedavno ubili jednog psa u italijanskim Alpima, ali, iskreno, mnogo je verovatnije da bi neka prijateljski nastrojena vučica mogla da ga potraži kao seksualnog partnera.

Pogledao sam dole i zapretio mu prstom. – Dobro, nemoj da ti svašta pada na pamet, Oskare. Ako vidiš vučicu, koliko god zgodna bila, drži se podalje. Važi? Poslednje što mi treba je ljubomorni vuk koji će te iskidati na komade. – Odgovorio mi je mahanjem repom, ali nisam bio uveren da je razumeo potencijalnu ozbiljnost te situacije.

Ostavili smo dvoje naučnika da rade i nastavili šetnju. Bilo bi pošteno reći da smo, šetajući se, svi proveli mnogo vremena gledajući okolno žbunje u potrazi za nekim znakom krvoločnog čopora mesoždera, ali ih srećom nismo videli. Tad sam se setio da je Frejino prezime bilo Blomkvist i rekao sam ostalima više o njoj i njenim knjigama i svi smo se začudili slučajnosti da smo oboje ovde istovremeno. Već sam im ispričao neka od svojih iskustava iz Londona za vreme ručka, i sad kad je upoznao švedsku naučnicu, Virđilio je jasno rekao da deli moj utisak o njoj.

– Da je moja nastavnica biologije izgledala ovako, mnogo bih više učio u školi.

Žestoko sam se trudio da ne gledam naše pratilje i dao sam sve od sebe da izgledam kao da nisam primetio kako Freja izgleda, ali Ana, koja me je već vrlo dobro upoznala, nije poverovala u to.

– Nisi mi rekao da je Čika Džek tako lep, Dene. U stvari, ne sećam se da si mi rekao da je Čika Džek žensko. Pitam se zašto.

– Ma znaš, nisam mislio da je to važno. Napokon, važno je njeno pisanje, ne njen izgled. – Osetio sam hladnu, vlažnu njušku koja mi dodiruje nogu i pogledao sam dole. Po izrazu lica mog psa, ni on nije poverovao u to i brzo sam smislio alibi. – Bio sam tamo s Trišom, tako da se nisam bavio drugima.

Ana se približila i cmoknula me u obraz. Široko se osmehivala. – Za nekog ko je proveo čitav život ispitujući ljude, užasno podnosiš ispitivanje. Čak je i Oskar mogao da vidi da je ona predivna žena, ali kakve to veze ima? Ti si sa mnom, ne s njom.

Uzvratio sam joj poljubac. – I veoma sam srećan zbog toga. – I mislio sam to.

Postepeno, kako je staza vijugala i počela da nas vraća kroz vinograde do hotela, nastavili smo da uživamo u onome što je počinjalo da bude vrlo opuštajući kratak odmor nakon naporne zime.

Virđiliju, detektivu inspektoru u Firentinskom odeljenju za ubistva, zima je donela uobičajen asortiman ubistava iz strasti, ubistava povezanih s drogom i pokolja poremećenih ubica. Mada sam sad bio privatni detektiv, nas dvojica smo postali bliski prijatelji i čuo sam za gotovo sve najstrašnije zločine i više puta sam mu pomogao. Što se tiče mene, poslovno sam imao nekoliko nezanimljivih meseci, ali kombinacija ljubomornih bračnih drugova, sumnjičavih poslodavaca i napada preko društvenih mreža dala mi je dovoljno posla i popunila račun u banci. U stvari, sve je išlo toliko dobro da sam počeo da se pitam da li da proširim posao. Čak je i petodnevni odmor bio nategnut, a ako nastavi ovako, znao sam da će mi biti potreban pouzdan pomoćnik. Sve u svemu, Den Armstrong, privatni istražitelj, poslovao je prilično dobro.

Ni na ličnom planu nisam imao razloga da se žalim. Susret s Anom bio je najbolja stvar koja mi se dogodila u poslednjih nekoliko godina, i postajali smo sve bliskiji. Kućica na brdu nedaleko od Firence koju sam kupio prethodne godine sad je bila vrlo udobna. Vodoinstalater je završio postavljanje sistema centralnog grejanja tokom jeseni, a moj pas i ja smo proveli udobnu zimu bez traga leda na unutrašnjoj strani kupatilskog prozora – za razliku od prethodne godine. Udahnuo sam duboko i dozvolio sebi da zadovoljno uzdahnem. Da, život je bio ponovo lep.

Hotel koji je Virđilio odabrao za prolećni odmor, *Hotel spokojnih šuma* nalazio se u brdima južno od Sijene, manje od sat vožnje od moje kuće blizu Firence. Mada sam živeo u Toskani gotovo dve godine, nisam dobro poznavao Sijenu i radovao sam se što ću je ponovo posetiti tokom narednih nekoliko dana. Uz ličnog srednjo-vekovnog vodiča, izlet je obećavao da bude podjednako edukati-van i prijatan. Što se tiče ove oblasti, ponovo se dokazalo koliko je Toskana divlja kad se udaljiš od čuvenih istorijskih gradova i gradi-ća. Tokom prethodnih meseci, Oskar i ja smo istraživali okolinu Fi-rence i otkrili kilometre predivnih predela ispunjenih vinogradima i maslinjacima, kojima se moglo prići preko čuvenih *strada bianca* – „belih puteva", nazvanih tako zbog boje šljunka. U okolini ovog hotela bilo je vinograda, ali i velikih prostranstava nedirnute šume koja se nije menjala milenijumima. Da, kao mesto za život, Toskana je izgledala primamljivo.

A kako se činilo, i jedan čopor vukova je delio to mišljenje.

3.

Petak, kasno popodne i veče

Kad smo završili šetnju, seli smo na terasu ispred hotela i popili popodnevni čaj. Pa, ja sam pio čaj, a troje Italijana kafu, ali o ukusima se ne raspravlja. Što se tiče Oskara, kraj mojih nogu, on nije mario šta ljudi piju sve dok je imao makar jedan keksić. Na ranoaprilskom suncu nije nipošto bilo hladno, mada su noćne temperature i dalje padale na jednocifrene vrednosti. Protegao sam noge i seo sa šoljom engleskog jutarnjeg čaja... bilo je pet po podne, ali šta ima veze!

Dok sam sedeo tamo, prisustvovao sam zanimljivom prizoru. Malo dalje na terasi, jedan muškarac je naslonjen na ogradu gledao preko hotelskog vrta pijuckajući nešto nalik na čaj. Bio mi je okrenut profilom i video sam neki bedž prikačen za uzicu na njegovom vratu, što mi je reklo da je učesnik simpozijuma koji je izašao na pauzu. Instinktivno, primetio sam da ima četrdesetak godina, da je prosečne visine i težine i da ima uredno podšišanu svetlosmeđu hipstersku bradu. Dok sam ga gledao, jedan muškarac maslinaste boje kože, otprilike istih godina, s bujnom lepo podšišanom crnom kosom, izašao je kroza staklena vrata i krenuo pravo prema ispijaču čaja. Odmah sam ga prepoznao s ručka. U mislima sam mu dao nadimak Kazanova, jer sam ga video da grli čak tri različite žene u rasponu od pola sata – a kad kažem grli, mislim na ljubljenje i milovanje. Očigledno je voleo dame i izgledalo je da one vole njega.

Otišao je do drugog muškarca i stigavši do njega oštro ga je ubo prstom u rame, tako da se hipster okrenuo ka njemu, prosipajući pritom malo čaja. U tom trenutku je tamnokosi započeo s nizom nečeg što je zvučalo pogrdno na jeziku koji mi nije bio poznat.

Zanimljiva je bila reakcija njegovog sagovornika. Preko lica mu je na tren prešlo nešto nalik krivici, a odmah potom izraz gađenja, dok je odmahivao rukom prema drugom muškarcu kao da tera dosadnu muvu. To očigledno nije umirilo napadača, koji je pružio ruke i uhvatio ga za revere sakoa, izgledajući kao da će eksplodirati. Čaj iz šolje prvog muškarca prolio se na oba para cipela. Njih dvojica su bila otprilike iste visine, a lica su im sad bila nekoliko centimetara jedno od drugog. Ne bih se iznenadio da je ta rasprava dovela do udaraca, ali moguća eskalacija je izbegnuta dolaskom jedne žene koja je prošla kroz balkonska vrata.

I to ne bilo kakve žene.

Ta žena je bila viša od obojice – verovatno viša i od mene – i imala je ramena kao šifonjer. Pretpostavio sam da ima šezdesetak godina ili čak sedamdesetak, ali izgledala je vrlo čvrsto. Sigurno nije bila mršava, ali nipošto nije bila gojazna. Opasna, to je bio izraz koji mi je pao na pamet, nesumnjivo opasna. Prišla je dvojici posvađanih muškaraca i stala između njih kao sudija u dečjem bokserskom meču.

– Tomase! Nikolaose! Prekinite, obojica. Odmah!

Ne bi me iznenadilo da ih je obojicu uhvatila za kragne i dobro ih protresla. Bila je sigurno Engleskinja, skroz-naskroz Engleskinja, s naglaskom koji govori o povlašćenom porodičnom poreklu i privatnom obrazovanju. Muškarac sa šoljicom čaja je izgledao kao da mu je laknulo, a njegov napadač ga je krotko pustio, udaljio se i oborio glavu kao bezobrazni školarac dok mu se opasna dama obraćala gromoglasno, kao kakva stroga direktorka škole.

– Nikolaose, treba da se stidite. Imali ste puno pravo da kažete to što ste rekli o Tomasovom radu u sali, ali nemate nikakvo pravo da dođete ovamo i napadate ga.

– Kopirao je moj rad i ukaljao mi ugled, pokušavajući da nagovesti kako su moje metode neprofesionalne. – Možda je Grk? Njegov naglasak me je podsetio na prvi godišnji odmor na koji sam išao s bivšom ženom.

Hipster se odmah pobunio. – To je jednostavno pogrešno. – Okrenuo se prema opasnoj dami. – Nikad ne bih uradio nešto tako, Vajolet, a sigurno se ne bih trudio da prepisujem od nekog kao što je ovaj Nik Grk. – Tomas je bio Englez, ali bez povlašćenog naglaska dame koja je stajala kraj njega. Ako bih morao da pogađam, Eseks ili okolina Londona, gimnazija i neki od ne previše uglednih fakulteta. Ton mu je bio prezrivo potcenjivački i osetio sam kako mi je odmah antipatičan... ne zbog njegovog skromnog porekla, koje je bilo slično mom, nego zbog uobraženosti. Jedan od razloga što nikad nisam bio unapređen više od čina glavnog inspektora bio je što sam uvek imao problem s ljudima koji vole da se ponašaju kao glavonje u svakoj prilici – kao moj stari načelnik, na primer. A uz ishranu koja se sastoji od mnogo engleskog doručka, ribe i krompirića i krigli *ginisa*, sigurno je bio glavonja.

– Kako to mislite, neko kao ja? – Nikolaos je ispod glasa dodao nešto što nije zazvučalo pohvalno, ali Vajolet nije htela ni da čuje za to.

– Prekinite, obojica. Ponašate se kao razmažena deca. Nikolaose, ako verujete da je Tomas kopirao ili ocrnio vaš rad, morate dostaviti dokaze i objaviti ih u *Žurnalu*. Tomase, želim da se klonite Nikolaosa do kraja simpozijuma, a isto se odnosi na vas, Nikolaose, ili će biti posledica. Klonite se jedan drugog. Da li je to jasno? – Osećajući pritajeno nezadovoljstvo, podigla je glas. – Rekla sam, da li je to jasno?

Pritvorski komandir u mojoj staroj policijskoj stanici ne bi to uradio bolje, i video sam kako oba muškarca nevoljno klimaju glavom. Nakon neprijatne tišine, Tomas Englez je progutao ostatak čaja – a sigurno ga nije ostalo mnogo u šoljici – okrenuo se u mestu i vratio se unutra. Malo kasnije za njim je krenula dama o kojoj sam već razmišljao kao o direktorki škole, a Nikolaos je ostao napolju, očigledno i dalje besan. Okrenuo sam se prema Ani i osmehnuo se.

– Profesionalno rivalstvo. Veliko uzbuđenje.

Uzvratila mi je osmeh. Gledala je to što se dogodilo. – On je nesrećan muškarac, ali je neverovatno zgodan, zar ne?

– Ko? Nikolaos ili Tomas?

– Nikolaos, naravno.

Bolje sam ga pogledao. Sve dosad nisam pomišljao da procenim koliko je fizički privlačan, mada je njegov uspeh kod dama za vreme ručka izgleda potvrđivao Anino mišljenje. Nevoljno sam – uostalom, devojka mi je – morao da priznam da je u pravu. – Pretpostavljam da jeste, ako voliš izgled upicanjenih starih pevača iz noćnih klubova.

– Nije tako star. Mnogo je mlađi od tebe... – Ohrabrujuće mi je dodirnula mišicu. – Mnogo mlađi od oboje, *carissimo*.

Ponovo sam obratio pažnju na Grka kad se još jedna osoba pojavila na terasi i pohitala ka njemu. Iznenadio sam se kad sam video da je to niko drugi do Freja Blomkvist iz Švedske, ali ovoga puta nije bila u pratnji riđokosog. Kao dodatna potvrda Aninog mišljenja o tom muškarcu i mojoj proceni da je on latinski ljubavnik, raširio je ruke, a ona ga je strastveno zagrlila i povela u vrt, daleko od pogleda. Nije bilo sumnje da je Ana u pravu da je Nikolaos privlačan suprotnom polu. S moje tačke gledišta, bilo je olakšanje videti kako je Freja očigledno u vezi s drugim muškarcem. Nadao sam se da će to ukloniti svaku moguću zabrinutost koju bi Ana mogla da oseti spram onoga što se možda dogodilo, ili nije, na potpisivanju knjige.

Te večeri, Ana i ja smo otišli na večeru s Virđilijem i Linom, u osam sati, i seli smo za sto u uglu restorana, kraj vrata. Naš sto i stolovi ono malo ostalih privatnih gostiju bio je odvojen od učesnika simpozijuma nizom velikih, bodljikavih kaktusa u saksijama od terakote, koji su nam prilično dobro obezbedili privatnost. Hrana u hotelu je bila jedan od glavnih razloga zbog koga je Virđilio izabrao ovo mesto. Sastali smo se s njim i Linom nakon podneva, posle našeg sastanka sa Austrijancima, i otišli smo pravo na ručak. Ručak se sastojao od rižota od morskih plodova punog školjki, dagnji i kozica, nakon koga je poslužena kuvana govedina u sosu od pečuraka i crnog luka, koja je imala divan miris i ukus.

Večeras smo počeli mešanim predjelom od bruseta, neki od komadića neslanog hleba bili su prekriveni seckanim paradajzom u gustom maslinovom ulju, a drugi prekriveni svežim kozjim sirom i pečenim plavim patlidžanom. Pored toga poslužen je asortiman salama i sečene sušene šunke. Pili smo lokalno crno vino, koje je bilo izvrsno. Zatim su nam doneli *crespelle al tartufo* – tanke palačinke punjene spanaćem i rikotom, i posute rendanim tartufima. Već sam naučio da ne jedem previše predjela, ali mogao sam da pojedem sve što su nam poslužili. Pitao sam se koliko kilograma ću se ugojiti tokom ovog kratkog odmora. Ipak, bilo bi nepristojno ignorisati trud šefa kuhinje, zar ne?

Dok smo jeli, razgovarali smo. Virđilio i ja smo se unapred dogovorili kako ćemo se potruditi da ovog vikenda ograničimo razgovor na teme koje nemaju veze s policijskim poslom – iz obzira prema našim napaćenim partnerkama – i uskoro smo razgovarali o neočekivanom prisustvu vukova oko nas. Virđilio je, nimalo iznenađujuće, već čuo da ih ima u Toskani. Pitao sam ga da li su lokalni vučji čopori predstavljali problem seljacima, posebno ovčarima, i potvrdio je moje strahove, ali je dodao nešto zanimljivo.

– Ponekad čuješ priče o zaklanim jagnjićima i živini, ali zanimljivo, većina seljaka ih ne mrzi koliko bi pomislio. Izgleda da vukovi obavljaju izuzetno dobar posao u ograničavanju populacije jelena i divljih svinja, koje su počele nekontrolisano da rastu. Takođe, seljaci dobijaju naknadu za stoku koju zakolju vukovi. I pored toga, mnogi nisu srećni što dele životnu sredinu s tako divljim životinjama, ali, na kraju krajeva, vukovi imaju pravo da budu ovde koliko i oni.

Već sam čuo od svojih komšija u selu blizu Firence o šteti koju divlje svinje mogu da naprave usevima, posebno vinogradima, gde često iščupaju čitave čokote dragocene loze iz zemlje, svojim moćnim kljovama, izazivajući neopisivo razaranje. Pogledao sam Oskara, koji je ležao kraj mojih nogu, pretvarajući se da spava, ali vrlo pažljivo motreći hranu na stolu iznad.

– Dobro, sve je u redu dok vukovi ne pokušaju da napadnu mog četvoronožnog prijatelja.

– Pitam se da li Rajner i Suzi imaju problema s vukovima. – Ana se prisetila jutra. Dok smo pili čaj, ispričala je Virđiliju i Lini o zadivljujućoj freski i žalila se zbog činjenice da je verovatno niko drugi neće videti. – Čula sam kokoške dok smo obilazili kuću. Nadam se da vukovi nisu odneli nijednu. Mora da je zastrašujuće živeti usred ničega. Možeš li zamisliti da čuješ vukove kako zavijaju na mesec usred noći? Uvek sam za nešto bliže civilizaciji.

U tom trenutku nas je prekinuo zvuk lupkanja u mikrofon i pištanje mikrofonije, zbog koje je Oskar saosećajno zacvileo. Provirio sam kroz bodljikave grane kaktusa i video direktorku škole, Vajolet, kako stoji i govori nešto. Obraćala se paru stidljivog izgleda, koji je na kraju ubedila da ustane s mesta i ode do glavnog stola da uzme nagradu. Na osnovu ponašanja na terasi, usudio bih se da kažem da je Vajolet mogla da urla i uspe da održi govor bez mikrofona, ali sada je, pojačan, njen glas odjekivao u sva četiri ugla prostranog restorana.

– A nagrada Udruženja za najbolje pojedinačno istraživanje ide Italu Đervaziju i Karli Vespuči sa Univerziteta u Torinu za njihov zadivljujući rad o kretanju puževa golaća. – Usledilo je učtivo klicanje učesnika simpozijuma, praćeno aplauzom, pre nego što je Vajolet podigla ruke prema dobitnicima. – Čestitam. Recite nam nešto o tome.

Muškarac ozbiljnog izgleda i neuredne duge sede kose, pomalo nalik Ajnštajnu, prišao je da primi nagradu. Kraj njega je bila primetno mlađa žena. Na sebi je imala vrećastu haljinu koja nije ulepšavala njenu zdepastu figuru. Crnu kosu je vezala u čvrst konjski rep, a par naočara s debelim okvirima od kornjačevine zaklanjao joj je pola lica. Izgledala je još ćutljivije nego njen partner i odmakla se kako bi Ajnštajn mogao da priđe mikrofonu. Nakašljao se pre nego što je progovorio na jasnom engleskom, s jakim naglaskom.

– Kolege, prijatelji, hvala vam, najiskrenije, na ovoj počasti, koju sa oduševljenjem delim s Karlom, koja mi je bila neprocenjiva podrška sve vreme. – Zatim je počeo tehničkim terminima da objašnjava istraživanje i uskoro sam bio potpuno zbunjen. Koliko sam shvatio, gastropodni mekušci su, laički rečeno, puževi golaći, a naučno istraživanje tog para bavilo se konzistencijom sluzi koju te životinje luče i na taj način se kreću po tlu. Upravo sam bio pojeo sve s tanjira, ali primetio sam da je par nekoliko stolova dalje od nas usred jedenja sirovih kamenica. Žena je očigledno razumela makar temu naučnikovog govora iako se, kao većina nas, nije snalazila s tehničkim žargonom, i video sam je kako spušta školjku koju je upravo držala i ostavlja je nepojedenu na tanjiru. Nisam je krivio. Postoji granica u tome o koliko sluzi želiš da slušaš dok jedeš, posebno kad jedeš nešto što izgleda prilično slično.

Namerno sam se posvetio razgovoru koji se vodio za našim stolom da bih čuo nešto privlačnije i pitao sam Anu i ostale kuda žele da idu narednih dana. Nakon kratke rasprave, odlučeno je da ćemo ići na zapad prema staroj Crkvi San Galgano, gde postoji, Ana nam je rekla, mač zabijen u kamen, kao u legendama o Arturu. Nakon toga, prema Virđiliovim rečima, mogli bismo da odemo na ručak u obližnji gradić na brdu, gde je hrana navodno sjajna, a pogled na Toskanu podjednako zadovoljavajući. Zatim je rezervisao ručak za nedelju u, rekao je, jednom od najboljih restorana u Toskani i to u samom centru Sijene. Moći ćemo da uživamo u dobrom ručku i onda obilazimo istorijski centar grada. Što se tiče ponedeljka i utorka, odlučićemo naknadno šta ćemo. Sve mi je to zvučalo sjajno.

Srećom, nagrađeni naučnik je završio govor o puževima i sluzi kad je stiglo glavno jelo. Svi smo večeras odabrali ribu i poslužen nam je iverak u sosu od limuna i đumbira, uz pečeni komorač posut parmezanom. Ukus i izgled je bio divan i osećao sam se prijatno sito posle. I pored toga, uspeo sam da pronađem mesta za panakotu s kompotom od borovnica i malina. Bili smo na godišnjem odmoru, uostalom.

Dok smo sedeli tamo posle obroka, pijuckajući kafu, učesnici su počeli da napuštaju svoje stolove i prolaze kraj nas. Uočio sam riđokosog posmatrača vučjeg izmeta kako razgovara s Tomasom, Englezom optuženim za plagijat. Taj razgovor je, mada nisam čuo šta su govorili, izgledao mnogo prijatnije nego onaj na terasi, s grčkim naučnikom. Nikolaos, *Nik Grk*, kako ga je Englez podrugljivo nazvao, prošao je kraj nas, između dve potpuno nove žene, a Ana i ja smo pogledali jedno drugo. Očigledno je bio od onih naučnika koje su zanimale stvari van laboratorije. Freja je prošla nekoliko minuta kasnije, izgledajući još zavodljivije u pripijenoj, crvenoj mini-haljini, i bila je, nimalo iznenađujuće, okružena trojicom ili četvoricom muškaraca, koji su se, bez sumnje nadmetali za njenu pažnju. Mora da me je primetila kroz prepreku od kaktusa jer mi se osmehnula i mahnula mi. Uzvratio sam joj osmeh, a ona i pratnja su napustili restoran.

Ta razmena pogleda nije promakla mojoj partnerki. – Stekla sam utisak da si balegarki simpatičan, Dene. – Ana me je munula u rebra, ali pogledala me je popustljivo. – Treba li da budem ljubomorna? Ne zaboravi, možeš otac da joj budeš.

To je bilo pomalo nategnuto: za dva meseca napuniću pedeset sedam godina, a Freja ima četrdesetak, ali nisam hteo da se raspravljam. – Zbog svojih poodmaklih godina, pretpostavljam da je mahala Oskaru, a ne meni. Ili je možda mahnula tebi. Znaš, kao jedna naučnica drugoj.

Primakla se i uhvatila me je za ruku. – Zadovoljna sam svojim starim policajcem, hvala na pitanju.

– A ja sam vrlo zadovoljan tobom, profesorka. I ja sam *bivši* policajac, sećaš li se?

– Jednom policajac, uvek policajac.

Pogledao sam Virđilija. Obojica smo znali da je u pravu, ali morao sam da primetim izraz koji se pojavio na Lininom licu. U jednom užasnom trenutku, imao sam osećaj da sam ga prepoznao. Video sam taj izraz, ili neki vrlo sličan, na licu svoje bivše žene dovoljno puta u poslednjim godinama svog nesrećnog braka. Uvek sam zavideo Virđiliju na strpljivoj ženi koja je izgleda prihvatila činjenicu da njen muž može da bude pozvan u svako doba dana i noći. Da li se ona predomišljala? Možda je Virđilijeva ideja o produženom vikendu bila pokušaj da se malo poprave stvari. Nadao sam se da će nekoliko dana bez policijskog posla prijati Lini i Virđiliju. Stvarno sam se nadao.

4.

Subota, rano ujutro

Probudio sam se negde posle dva ujutro, kad mi je Oskar gurkao rame. To nije bilo potpuno neočekivano. Kod kuće je obično spavao u krevetu u kuhinji u prizemlju, tako da je boravak u zajedničkoj hotelskoj sobi bio korak u nepoznato, posebno jer je i Ana bila tu. Otvorio sam oči i video njegovu glavu nekoliko centimetara od svog lica, njegove oči koje blistaju zeleno na izuzetno sjajnoj mesečini. Shvativši da mi je privukao pažnju, ponovo me je munuo njuškom i pokušao da se popne na krevet kad sam ga nežno uhvatio za prednje šape i vratio ga na pod. Pokazao sam mu na korpu kraj prozora i obratio mu se što sam odlučnije mogao – što nije bilo lako kad se šapuće.

– Ne, Oskare, silazi i idi na spavanje. U svoj krevet, jasno? Odmah!

Očigledno nije dobro poznavao prisvojne zamenice, jer je odmah pokušao da se popne na *naš* krevet. Prihvatajući neizbežno, izvukao sam se ispod predivno toplog jorgana i odveo sam ga do prozora, gde sam mu pokazao da mora da spava u svojoj korpi. Pogledao sam preko ramena i video da Ana i dalje leži i, nadao sam se, spava, ali nastavio sam da govorim tiho.

– Sad lezi i spavaj. Lezi, Oskare, lezi.

Konačno je shvatio poruku i legao je u korpu, ali oči su mu ostale širom otvorene. Čučao sam kraj njega neko vreme kako bih bio siguran da neće ustati i krenuti za mnom preko sobe i milovao sam ga po ušima – to mu se sviđalo – dok nije izgledalo da je zadremao. U tom trenutku, polako sam ustao nameravajući da se na prstima vratim do kreveta, kad me je preplašio neki zvuk spolja. Bilo je to nepogrešivo zavijanje; ne urlik, kreštanje ili škripanje guma ili nepodmazane kapije, to je bilo zavijanje – a svi znamo koja životinja zavija na mesec. Zbog zatvorenih prozora, bilo je teško tačno odrediti, ali nije zvučalo da je ta zver daleko. Pogledao sam Oskara, ali on je i dalje spavao. To je bilo neočekivano, jer bi se očekivalo da pas čuje takav divlji zov, i na trenutak sam se zapitao da li je to samo moja mašta nakon susreta s dvoje naučnika koji proučavaju vučji izmet danas popodne.

Drugo zavijanje me je uverilo da ne sanjam.

Ostavljajući Oskara i Anu da spavaju, na prstima sam otišao do vrata kupatila i ušao, zatvarajući ih za sobom, ali ne paleći svetlo. Otišao sam do prozora i otvorio ga, osećajući kako mi svež noćni vazduh hladi gole grudi. Zureći u mrak, gledao sam senke u vrtu. Mesec je bio gotovo pun, što je značilo da makar mogu jasno da vidim žbunje, živice i drveće oko hotela, ali, razočaravajuće, nije bilo ni traga vuku. Na trenutak mi se učinilo da vidim neku senku kako prolazi između žbunja i nestaje pored hotela, ali to je mogla biti i moja mašta. Pored toga, to što sam video bilo je preveliko za vuka ili psa, i pre će biti da je to bio neki čovek nego vuk, ali ko bi, pri zdravoj pameti, izlazio usred noći kad se vukovi muvaju naokolo?

Mora da sam stajao tamo desetak minuta, dok je postajalo sve hladnije. Zvuk se nije ponovio, tako da nije bilo svrhe da rizikujem da umrem od hladnoće. Zaključivši da nema svrhe da više stojim tu, zatvorio sam prozor i vratio se u krevet. Srećom, nijedan od mojih saputnika u sobi nije se probudio i uskoro sam utonuo u san.

Naredno jutro bilo je sunčano, vedro i hladno, ali blistavo sunce i nebo bez oblaka nagoveštavali su da će temperatura uskoro ponovo porasti. Nakon što sam otišao u kratku šetnju i odveo Oskara da se olakša, vratio sam se u sobu i ispričao pomalo sumnjičavoj Ani o neobičnim zvucima tokom noći i pitao je da li je išta čula. Odmahnula je glavom i potvrdila ono što sam već znao, da je čvrsto spavala. Kad smo otišli na doručak u osam ujutro, prvo što sam uradio bilo je da pitam Virđilija i Linu da li su čuli nešto tokom noći, ali izgleda da su oboje čvrsto spavali. Kad sam im rekao pomalo bojažljivo šta mislim da sam čuo, Virđiliova reakcija bila je ista kao Anina, i upitno me je pogledao.

– Zar ne misliš da je to zavijanje bilo plod tvoje mašte? Napokon, zar nisi rekao da Oskar nije reagovao? Nisam stručnjak, ali pomislio bih da bi čak i pas kućni ljubimac reagovao na nešto tako jezivo.

Klimnuo sam glavom. – Znam na šta misliš, to sam i ja prvo pomislio, ali prilično sam siguran u to šta sam čuo. Da se dogodilo jednom, onda da, mogla bi da bude moja podsvest, ali kad sam čuo drugo zavijanje, siguran sam da sam bio sasvim budan.

U tom trenutku, pažnju nam je privukla drugačija buka ispred prozora. Ovog puta to nije bilo vučje zavijanje nego poznat zvuk sirena hitnih službi koje se brzo približavaju. Navika je jedna muka, a odvika dve, i Virđilio i ja smo instinktivno skočili na noge i otišli do prozora da pogledamo parking. Dva policijska automobila i kola hitne pomoći nalazili su se napolju. Dok smo gledali, tamnoplav karabinjerski landrover dojurio je prilazom iza njih i naglo zakočio, a iz njega su izašla četiri uniformisana policajca, sa automatskim oružjem. Iskusno sam pogledao Virđilija.

– Misliš li ono što ja mislim?

Sumnjičavo je odmahnuo glavom. – Mora da se šališ. Zar nije posmatrač vučjeg izmeta rekao da nije bilo napada vukova na ljude u poslednjih pedesetak godina?

– Pa, možda to nije bio napad, ali kladim se da ima veze s vukovima. Možda je neko prijavio prisustvo čopora u blizini – onog koji sam čuo sinoć – i karabinjeri su poslati da ih se reše.

Virđilio je ponovo odmahnuo glavom. – Ne s puškama. Vukovi su danas zaštićena vrsta. Pored toga, ako govorimo o štetočinama, zašto je došlo toliko policajaca. I zašto kola hitne pomoći? Ne, prilično je jasno da se nešto dogodilo, ali kladim se u bocu kjantija da to nema nikakve veze s vukovima.

Siguran sam da naše partnerke nije iznenadilo kad smo on i ja otišli da vidimo šta se događa. Morao sam da pogledam Linino lice kad je Virđilio objavio svoje namere. Na tren ili dva, siguran sam da sam video isti izmučeni izraz koji sam primetio sinoć, i gotovo sam mu rekao da se vrati, ali taj trenutak je prošao i na Linino lice se vratio normalan, miran izraz. Promrmljao sam tihu molitvu da sve među njima bude dobro. Biti u braku s policajcem predstavlja veliko opterećenje, znao sam to iz ličnog iskustva.

Dok ne budemo saznali šta se dogodilo, ostavio sam Oskara kod Ane, za svaki slučaj, i krenuo sam za Virđilijem do parkinga. Prvo lice koje smo videli po izlasku pripadalo je Virđilijevom poznaniku, i srdačno ga je pozdravio.

– *Ciao*, Bruno, drago mi je što te ponovo vidim.

Rukovali su se.

– Vidi, vidi, vidi, Virđilio, drago mi je što si ovde. Jesi li na dužnosti ili samo u gostima? – Bruno je verovatno bio deset godina mlađi od mene i odeven u kožnu jaknu i farmerke. Naglasak mu je bio toskanski.

Virđilio je odmahnuo glavom. – Sigurno nisam na dužnosti. Lina i ja smo na kratkom odmoru s Denom i njegovom partnerkom. Dozvoli mi da te upoznam. Ovo je Den Armstrong, bivši glavni inspektor u odeljenju za ubistva u Londonu. Dene, ovo je detektiv inspektor Bruno Seneze iz *squadra mobile* u Sijeni. Pravi najbolji *zuccotto* van Firence. – Široko se osmehnuo. – A pored toga što je čudesan kuvar, Bruno je i sjajan detektiv.

Rukovao sam se sa inspektorom i iznenadio sam se što je čuo za mene.

– *Commisario* Armstrong, čuo sam za vas. Vi ste sad privatni detektiv, zar ne? Zar niste vi osoba koja je pronašla odbeglu ćerku grofice Delmare?

Klimnuo sam glavom. Dobro sam se sećao grofice i njene ćerke. Sedamnaestogodišnjakinja je upala u loše društvo i sasvim slučajno sam je uočio dok sam pratio jednog Firentinca za koga je žena sumnjala da ima veze s drogom. Srećom, prepoznao sam devojčino lice iz izveštaja o nestalim osobama i mogao sam da je vratim majci, koja ju je odmah poslala u kliniku za odvikavanje. Devojka nije izgledala previše zadovoljno što vidi majku, i često sam se kasnije pitao šta li se dogodilo s njom.

– Drago mi je što sam vas upoznao, Bruno. I zovite me Den. Šta dovodi vas i vaše kolege jutros ovamo?

Na licu mu se pojavio ozbiljniji izraz. – Nećete verovati, ali izgleda da imamo prvi napad vuka u Italiji posle bog zna koliko godina.

Virđilio i ja smo se zgledali, i on je nastavio s pitanjima. – Ozbiljan napad? Da li je neko teško povređen?

– Jedan muškarac: prebijen, osakaćen i ubijen, nažalost. – Okrenuo se prema uniformisanom policajcu koji je strpljivo stajao pored. – Gde je telo?

– Ovuda, gospodine. – Mladi policajac je pokazao desno, prema drugom kraju zgrade. – Hotelski vrtlar pronašao je telo rano jutros i pozvao policiju. Vodnik i ja smo stigli prvi. Vodnik je i dalje tamo, vodi računa da niko ne ugrozi mesto zločina. Obezbedili smo područje dok smo čekali vaš dolazak.

Bruno i Virđilio su zadovoljno klimnuli glavom i iznenada sam shvatio da radim isto. Kako beše ona izreka o navikama? Bilo mi je drago što ti policajci rade sve po propisima.

– Sjajno, dobro, idemo da pogledamo. – Bruno je pogledao Virđilija. – Slobodno pođite, ali samo ako damama ne smeta.

– Da li se šališ? Napad vuka? Ne mogu da propustim to. – Virđilio me je pogledao. – A ti, Dene?

– Mislim isto – nema mnogo napada vukova u Londonu – ali obećao sam Ani da ću joj se posvetiti ovog vikenda. Hvala, ali bolje da to prepustim vama dvojici. – Pošto sam već dozvolio da obaveze na prethodnom poslu zeznu moj brak, poslednje što sam želeo je da zeznem ovu novu vezu s Anom. Pored toga, podsetio sam sebe, nisam više bio u policiji, tako da ovo nije bio moj posao. Sećajući se izraza na licu njegove žene, gotovo sam predložio Virđiliju da sledi moj primer, ali uplašio sam se u poslednjem trenu. Petljanje u brak prijatelja može dovesti do neprijatne situacije.

Uniformisani policajac je očigledno mislio da treba da pripremi drugu dvojicu za prizor koji ih čeka. – Bojim se da nije prijatno, gospodine. Životinje su stvarno unakazile tog tipa.

Na osnovu izraza Virđilijevog lica kad se vratio za sto pet minuta kasnije, policajac nije preterivao. Čak i nakon toliko godina iskustva s nasilnim smrtima, Virđilio je izgledao zgranuto. Njegova žena mora da je prepoznala taj izraz lica i video sam je kako ga hvata za ruku.

– To se dogodilo, Virđilio, i nema ničeg što možeš da uradiš u vezi s tim. Neka se lokalna policija bavi time. Zapamti, tako izgleda biti na odmoru.

Uputio joj je umoran osmeh i klimnuo glavom. – Da, naravno. Pored toga, napad životinje nije posao odeljenja za ubistva.

– Da li je to stvarno bio vuk? – Nisam mogao da poverujem svojim ušima. Uputio sam mu osmejak i pokušao da ga obodrim. – Duguješ mi bocu kjantija.

– Tako izgleda, ali Bruno će sačekati dok ne dobije mišljenje forenzičara. Nisam uveren, tako da opklada i dalje važi. Patolozi su upravo stigli.

Kad smo završili doručak, pojavio se isti mladi policajac i prišao da razgovara s Virđilijem. – Inspektor pita imate li malo vremena, gospodine. Patolog je pronašao nešto zanimljivo i inspektor želi vaše mišljenje.

Virđilio je ustao i pogledao me je. – Ideš li, Dene?

Koliko god da sam bio zainteresovan – ne zbog krvi i pokolja nego mogućnosti da je napad izvela životinja koju sam sinoć čuo – odmahnuo sam glavom, nadajući se da će Virđilio shvatiti moj mig i uraditi isto. – Ne, idi ako želiš, ali zapamti, na odmoru smo. Obećao sam Ani...

Osetio sam Aninu ruku na svojoj. – U redu je, Dene. Oskar mi je rekao da bi voleo ponovo da se prošeta, a ti bi mogao da odeš s Virđilijem, dok Lina i ja odvedemo Oskara da vidimo ima li veverica koje bi mogao da juri.

– Jesi li sigurna?

Nagnula se i poljubila me je u obraz. – Idi. Znam da jedva čekaš i ne smeta mi. Iskreno.

Poljubio sam je, ali nisam smeo da pogledam Linino lice, da bih video šta ona misli o toj ideji.

5.

Subota ujutro

Krenuo sam za Virđilijem i mladim policajcem. Kad smo skrenuli iza ugla zgrade i video ograđeno područje, bilo je jasno da se napad dogodio gotovo tačno ispod prozora naše sobe, među uredno potkresanim žbunovima ruzmarina. To je izgleda potvrđivalo da je zavijanje koje sam čuo proizvela životinja odgovorna za napad.

Neko je prekrio telo čaršavom, a patolog je stajao sa strane, zadubljen u razgovor sa inspektorom. Pogledali su nas dok smo se približavali i Bruno je pokazao rukom na patologa. – Donatela je otkrila nešto. Zanima me šta vi, gospodo, mislite.

Patolog je čučnula i podigla kraj čaršava rukom u rukavici. Telo je ležalo potrbuške i obrijala je malo guste, tamne kose na potiljku. Virđilio i ja smo se nagnuli napred da bolje pogledamo i bilo je odmah vidljiva velika crveno-plava modrica i nekoliko kapi krvi.

– Da li bi vuk ili pas mogao to da uradi? – Virđilio je postavio pitanje koje mi je bilo navrh jezika, i obojica smo videli kako patolog odmahuje glavom.

– Nemoguće. Ta modrica je izazvana tupim predmetom, a ne zubima ili kandžama.

– Da li je mogao da padne na nešto tvrdo?

– Pretražili smo okolinu i tu je samo trava i mekana zemlja. Nema kamenja, cigli, metalnih predmeta. Pretpostavljam da je moguće da je pao i udario glavu negde drugde, i da je puzao natrag kad je naleteo na čopor vukova. Pregledali smo sve, ali zasad nema nikakvih tragova.

– Da li bi ga taj udarac u glavu ubio?

Ponovo je patolog odmahnula glavom. – Uzrok smrti je gotovo sigurno krvarenje – znaću više nakon obdukcije – ali udarac koji je bio dovoljno jak da ovoliko ošteti lobanju gotovo sigurno bi onesvestio žrtvu na neko vreme i vrtelo bi mu se u glavi kad se probudio – ako bi se probudio.

Virđilio i ja smo se ispravili i pogledali inspektora, koji je mrko klimnuo glavom. – Izgleda da ipak imamo ubistvo.

Pogledao sam patologa, koja je i dalje čučala kraj prekrivene žrtve. – Ako je iskrvario nasmrt, šta je odgovorno za gubitak krvi? Da li su ga stvarno napali vukovi, možda nakon što se onesvestio?

Patolog je svukla čaršav, pružila ruke i prevrnula telo. Odmah su mi pažnju privukle ne užasne povrede na žrtvinom grlu, vratu i grudima nego činjenica da sam prepoznao to lice.

– Znam tog tipa. Video sam ga juče. On je jedan od učesnika simpozijuma o ekologiji. Ne znam mu prezime, ali zove se Nikolaos. Grk je.

– Doktor Nikolaos Dijamantis. – Patolog je uzela plastičnu karticu okačenu na uzicu i zaljuljala je ispred nas. – Bila mu je u džepu.

– Jadnik. – Pogledao sam umlaćene ostatke muškarca koga je Ana opisala kao vrlo zgodnog, a ja ga nazvao Kazanovom, i polako sam odmahnuo glavom. – Pa, bojim se da više neće biti privlačan damama.

– Mislite li da su ove rane naneli vukovi? – Virđilio je i dalje zvučao sumnjičavo, i sad kad je postojala mogućnost da je to bilo ubistvo, znao sam da moram biti podjednako oprezan u donošenju zaključaka. Moja boca kjantija je izgledala sve manje i manje izvesna.

– Ponavljam, znaću više nakon autopsije. – Patolog je pogledala na sat. – Moći ću da vam kažem nešto više ovog popodneva, ali zasad, ako zanemarimo udarac u glavu, pretpostavljam da je moguće da su ove rane i razderotine bile delo nekog velikog mesožđera.

– Ili nekog ko je želeo da izgledaju kao delo nekog velikog mesožđera. – Samo sam razmišljao naglas, ali video sam da oba detektiva i patolog klimaju glavom.

Bruno se zahvalio patologu i rekao joj da ona i njen tim mogu da odnesu telo. Zatim je naredio četvorici uniformisanih policajaca da detaljno pregledaju okolinu. – Posebno vidite možete li da pronađete ono čime je udaren u glavu i potražite otiske šapa ili stopala na mekom tlu. Nema tragova na travi, ali trebalo bi da pronađete nešto kad stignete do cvetnih leja na rubu travnjaka. Ovaj deo vrta je zasad zatvoren za javnost.

Krenuli smo ka hotelu i zastali pored ukrasne fontane, gde su se bucmasti heruvimi glupirali s dva delfina što izbacuju vodu iz usta. Bio je to prijatan, miran prizor i izgledalo je gotovo neverovatno da se nasilan napad odigrao nekoliko metara dalje.

Inspektor je izgledao zamišljeno. – Dok ne budemo sigurni da li tražimo životinju ili čoveka, bolje da budemo spremni na sve i pretpostavimo da je to ubistvo. Daću uputstva da niko ne napušta hotel. Čuo sam da je hotel pun zbog neke konferencije. Koliko učesnika govori italijanski?

Virđilio i ja smo istovremeno odmahnuli glavom i on je odgovorio za obojicu. – Ne mnogo, pretpostavljam. Jezik koji se govori na ovom simpozijumu očigledno je engleski.

Sad je bio Brunov red da odmahne glavom. – To je problem koji mi nije bio potreban. Ako Donatela potvrdi prljavu igru, moraćemo da uzmemo izjave svih u hotelu, a jezik će biti pravi problem. Moj engleski je vrlo siromašan, a ni ostali policajci nisu ništa bolji. – Zastao je i pogledao me je. Imao sam osećaj da znam šta će uslediti... i bio sam u pravu. – Vi sjajno govorite italijanski, Dene. Zar vam ne bi prijalo da zaradite malo novca? Pobrinuću se da dobijete najvišu tarifu.

Da me je to zamolio bilo kog drugog vikenda, pristao bih odmah, ali ovoga puta sam oklevao. – Bolje da prvo pitam Anu. Možete li mi dati nekoliko minuta?

– Naravno. Ali mnogo bi nam pomoglo ako biste mogli... čak i na nekoliko sati, dok ne pronađemo drugog prevodioca.

Vratio sam se u našu sobu, ali bila je prazna, i zato sam izašao da vidim mogu li pronaći Anu i Oskara. Dok sam hitao *strada biancom* kroz vinograd, čuo sam zvuk trčanja i neka prilika se pojavila iza ugla, idući ka meni. Bila je to Freja Blomkvist, poznata kao Čika Džek, koja je izašla na trčanje u šortsu od spandeksa i majičici. Zaustavila se kad je stigla do mene i uputila mi je prijatan osmeh koji bi na kolena oborio i jače muškarce od mene. Srećom, već sam bio u ozbiljnoj vezi... i, pored toga, kao što me je moja devojka jasno podsetila, bio sam mnogo stariji od plavokose seks bombe i bilo bi dobro da zapamtim to.

Okrenula je ka meni te svoje zadivljujuće plave oči. – Dobro jutro, Dene. Znate li šta rade sva ta policijska kola ispred hotela?

Palo mi je na pamet da bi bilo korisno da dobijem mišljenje stručnjaka za vukove. – Neko je ubijen, nažalost. Kako izgleda, možda je bio napad vukova.

Niz različitih izraza prešao joj je preko lica, od užasa do neverice, ali, nazovite me sumnjičavim, možda nije izgledala previše iznenađeno. – To je besmislica. Zar vam Pavel nije juče rekao koliko malo ima razloga za strah od vukova? Ko je ubijen?

Sećajući se kako se juče popodne ponašala s Grkom, pravio sam se da nisam siguran. – Ne znam, nažalost, ali čuo sam da policijski patolog i dalje pokušava da utvrdi uzrok smrti.

– Pa, to sigurno nisu vukovi, mogu da ti garantujem. – Nije bilo sumnje u sigurnost u njenom glasu. – Oni nikad ne napadaju ljude.

– Šta bi bilo ako bi pronašli nečiji leš? Da li bi pojeli telo?

– Samo ako su očajnički gladni, a vukovi ovde imaju divljači u izobilju, da ne pominjem farme sa živinom i jaganjce na pašnjacima. Vukovi poznaju naš miris, znaš, i obično se drže podalje od svega što miriše na ljude. Zašto pitaš, da li je nešto pojelo leš?

Kad sam bolje razmislio o tome, mada je žrtva bila gadno osakaćena, nisam se sećao da nedostaju neki komadi. Prema onom što je Freja rekla, izgledi da je to bio napad vuka bili su sve manje izvesni, a sa druge strane, sve više je izgledalo da imamo ubistvo. Neodređeno sam slegnuo ramenima. – Izvini, ne znam. Samo sam razmišljao naglas.

Kad je ona potrčala prema hotelu, nastavio sam stazom. Ubrzo će saznati identitet žrtve, i imao sam osećaj da će joj to biti neprijatno iznenađenje – ili makar bi trebalo da bude. Ali nisam mogao da se otresem osećaja da nije bila previše iznenađena kad je čula za smrt.

Dvesta metara dalje, sustigao sam Anu, Linu i Oskara. Kad je labrador skočio da me pozdravi, Ana me je uhvatila za ruku, baš kao što je Lina bila uhvatila Virđilija.

– Da li je bilo užasno?

Klimnuo sam glavom. – Prilično gadno, ali pogodi ko je žrtva... Nik Grk.

Sneveselila se. – Grozno. Kakva šteta.

Odabrao sam da verujem kako je njenu saosećajnost potakla sama smrt drugog ljudskog bića, a ne tragičan gubitak za žene zbog smrti posebno privlačnog muškarca. Rekao sam joj da su sad sve veći izgledi da je to bilo ubistvo, a ona je iznenađeno zastenjala.

– Ko bi želeo da ubije običnog naučnika? Koliko znam, simpozijum se bavi očuvanjem prirode i ekologijom; i jedno i drugo je veoma važno za budućnost planete, ali nije stvar koja privlači međunarodne špijunske agencije ili takve ljude. Nije se bavio nuklearnim tajnama ili balističkim projektilima. Da li misle da je neko iz hotela uradio to?

I ja sam postavio sebi to pitanje. – Iskreno, ne znam. Videli smo ga da se posvađao s tim Englezom juče, ali to je više izgledalo kao klinačko koškanje nego kao nešto ozbiljno. A što se tiče ostalih, ne poznajem ih, ali ako to *jeste* ubistvo, inspektor iz sijenskog odeljenja za ubistva zamolio me je da mu pomognem s prevođenjem. Moraće da razgovara sa svima u hotelu, znaš. – Okrenuo sam glavu i pogledao Oskara, koji je bio zaokupljem češanjem uveta zadnjom nogom. – Da li bi ti smetalo ako im pomognem? Znam da sam obećao da ću pokušati da se ne bavim poslom ovog vikenda, ali ovo je prilično izuzetno, najzad...

– Naravno da mi ne smeta, tupane. Ako je neko ubijen, dužnost svih nas je da pomognemo. To verovatno znači da putovanje u San Galgano otpada?

– Prema onom što je inspektor rekao, želi da svi ostanu u hotelu ili u blizini, tako da smo zaglavljeni ovde do kraja dana. Jesi li sigurna da ti ne smeta?

– Naravno da mi ne smeta; možemo da uradimo to u ponedeljak ili neki drugi put. Pored toga, Lina i Oskar će mi praviti društvo. – Zastala je, kao da se setila nečeg. – Kad bolje razmislim, ako im trebaju prevodioci, mogu i ja da ponudim svoje usluge, zar ne?

Široko sam joj se osmehnuo. – Inspektor je rekao da će nam platiti za utrošeno vreme, i nikad se ne zna, možda na kraju i zaradimo ovog vikenda.

6.

Subota, u vreme ručka

Patolog je pozvala malo posle dva, dok smo pili kafu nakon još jednog izvrsnog obroka – ovoga puta je to bio švedski sto, s ponudom rečnih rakova i kozica do najbolje cezar salate koju sam ikad jeo. Inspektor Bruno nam se pridružio za ručak i nije bilo iznenađenje što je atmosfera u ostatku restorana bila napeta. Mada sam čuo kako nekoliko učesnika zvuči ogorčeno što moraju zasad da ostanu u hotelu ili dvorištu, većina ljudi je bila zaprepašćena. Koliko sam razumeo, simpozijum je prekinut jutros, ali kad su ljudi počeli da ustaju nakon ručka i izlaze, čuo sam kako govore o povratku u konferencijski centar gde treba da nastave s radom.

Među licima sam prepoznao Vajolet, direktorku škole, koja je izgledala neuobičajeno uznemireno. Očigledno sam bio nepravedan prema njoj jer sam pretpostavio da će više biti nezadovoljna zbog prekida simpozijuma nego tužna zbog mrtvaca, ali oči su joj bile crvene i izgledala je potišteno. Očigledno, duboko u duši, nije bila toliko gruba koliko je njena zastrašujuća spoljašnjost nagoveštavala.

Nije bilo ni traga od Freje, što nije bilo iznenađujuće jer je bila bliska prijateljica žrtve. Verovatno je bila u svojoj sobi i plakala. Tomas, nadmeni Englez, izgledao je neuzdrmano, ali već sam znao da se on i Grk nisu mirisali. Pažljivo sam mu posmatrao lice kad je prošao kraj mene, ali nisam video nikakve znakove krivice. Tek što je izašao, kad me je neko potapšao po ramenu. Bio je to Frejin riđokosi posmatrač vučjeg izmeta od juče. Izgledao je napeto – nisam znao da li je to bilo od straha, a ako jeste, od koga ili čega?

– Razgovarao sam malopre s Frejom i rekla mi je kako policija misli da je to bio napad vuka. Da li stvarno to misle? Sigurno nije tako?

Pokazao sam prema Brunu, koji je sedeo s druge strane stola. – Ovo je inspektor Seneze iz sijenskog odeljenja za ubistva, koji je došao da istraži stvar, a ovo je moj prijatelj inspektor Pizano iz Firence. Kako se zovete, molim?

Izvadio je ličnu kartu. – Havel... doktor Pavel Havel. Ja sam s Karlovog univerziteta u Pragu, ali nemoguće je da su vukovi... – Baš kao i Freja, zvučao je zaprepašćeno zbog te pomisli i pokušao sam da ga umirim.

– Niko ne zna sigurno u ovom trenutku, ali autopsija je u toku. – Dok sam brzo prevodio Brunu, Virđilio je odgovorio naučniku na prilično dobrom engleskom.

– Čuli smo da jedan broj učesnika dobro poznaje vukove. Pretpostavljam da to uključuje i vas?

Pavel Havel je klimnuo glavom. – Ima nas dvoje koji smo specijalizovani za velike mesožđere, medvede i vukove. Tu je Freja sa Univerziteta u Stokholmu, a ja sam iz Praga, ali nas dvoje istražujemo iste stvari. I pretpostavljam da se može reći da smo stručnjaci.

– Jeste li rekli medvedi? Ima li medveda u Italiji? – Ana je zainteresovano podigla pogled sa svoje kafe.

– Da, ali ne ovde. Ima nekoliko desetina mrkih medveda u delovima Alpa i južnije u Laciju i Abrucu, prilično daleko od ovog mesta, ali broj im je i dalje vrlo ograničen.

– Zar se ne smatraju opasnim?

Odmahnuo je glavom. – Ne stvarno. Kao i s vukovima, uvek ima nekih ljudi koji misle da velike mesožđere treba istrebiti. Ti ljudi su obično zemljoradnici, ali većina ljudi prihvata filozofiju živi i pusti druge da živi.

Virđilio je nastavio. – Shvatam, a da li znate je li doktor Dijamantis bio uključen u neko posebno istraživanje? Nešto sporno?

– Koliko znam, nije. Bio je morski biolog, specijalizovan za morske fisipede. – Videvši izraze na našim licima, objasnio je. – Morske sisare kao što su polarni medvedi i morske vidre, i mada je to povezano s mojim poljem interesovanja, nisam imao posla s njim.

– A vaše druge kolege, čime se one bave?

– Svim i svačim. Svi se bavimo očuvanjem životne sredine, i ovde su stručnjaci za floru i faunu iz svih delova sveta. Imamo učesnike ne samo iz Evrope nego i iz Azije, Afrike i Severne i Južne Amerike.

– Šta je s gospođom koja vodi simpozijum?

– Profesorka Grovenor, ona je predsednica našeg društva. Njena oblast su *cetacea* i *sirenia*. – Ponovo je morao da objasni, da bismo ga razumeli. – Ona se takođe bavi morskim sisarima, ali u njenom slučaju su to kitovi, delfini, morske krave i slično. – Zabrinut izraz mu se pojavio na licu. – Zašto postavljate sva ta pitanja? Mislite da je Nikolaosa ubio neko odavde? – Oči samo što mu nisu iskočile iz glave.

Virđilio mu se obratio umirujućim tonom. – Ne obavezno, samo smo želeli da saznamo malo više. Inspektor Seneze zasad razmatra sve mogućnosti, dok on i njegovi ljudi nastavljaju istragu. Možda se ispostavi da je to bilo ubistvo, a možda napad životinje.

Doktor Havel je izgleda bio prilično siguran. – To mora da je bilo ubistvo. Kao što stalno govorim, ova tragična smrt ne može biti delo vukova; oni ne napadaju ljude. Molim vas, šta god da radite, nemojte govoriti to, ili ćete godinama unazaditi napore za očuvanje životne sredine. Ima mnogo narodnih predanja o vukovima, i nije potrebno mnogo da se ljudi okrenu protiv njih. Bili su gotovo istrebljeni pre svega nekoliko decenija, i ako se ukloni njihov zaštićeni status, to bi mogla biti katastrofa, ne samo za vukove nego i za čitav ekosistem ovde.

Bilo je jasno koliko se zalagao za svoj predmet istraživanja i razumeo sam njegovu zabrinutost. Izgledalo je da Bruno misli isto, ali nije okolišao kad je odgovorio, i preveo sam to naučniku. – Dok ne dobijemo potvrdu od patologa, sve mogućnosti su u igri. Međutim, ako se ispostavi da su vukovi odgovorni, bojim se da neću imati drugog izbora do da obavestim odgovarajuće službe. Sve nakon toga neće zavisiti od mene... Izvinite, zove me patolog.

Uzeo je telefon koji je zavibrirao na stolu i javio se odsečno, izgovarajući samo svoje prezime. – Seneze.

Doktor Havel je nervozno stajao kraj stola dok je Bruno razgovarao. Nakon nekoliko minuta, razgovor je završen i inspektor je pogledao naučnika. Prevodio sam dok je saopštavao sadržaj razgovora. – Dobre vesti, doktore Havele, bar što se tiče vas, sad je sigurno da imamo posla sa ubistvom. Ko god da je ubio vašeg kolegu, hoda na dve noge, ne četiri, iako je ta osoba pokušala to da predstavi kako je neka životinja krivac.

Talas olakšanja prešao je preko naučnikovog lica. – Hvala vam, inspektore, to su najbolje moguće vesti.

Već se okretao da prenese dobre vesti svojim kolegama, kad je Virđilio dodao prirodan zaključak. – Zavisi da li smatrate vrlo stvarnu mogućnost da je ubica među nama dobrom ili lošom vešću. Ja se osećam pomalo neprijatno.

Na licu drugog čoveka videlo se da je tek sad shvatio to. – Da, da, naravno. Nisam razmišljao.

Virđilio mu je onda postavio pitanje za koje sam znao da ću ga često slušati tokom narednih nekoliko sati. – Kažite mi, imate li predstavu ko je mogao da ubije doktora Dijamantisa?

Havel je odmahnuo glavom. – Otkako sam čuo za njegovu smrt, pitao sam se to isto. Iskreno, ne znam nikog ko bi ga toliko mrzeo da ga ubije. Možda neko iz Ženeve?

– Tamo je živeo?

– Ili tamo ili negde blizu. Radi... radio je na Univerzitetu u Ženevi. Odlično je govorio francuski i engleski.

– Hvala vam, doktore Havele. – Nakon što je otišao, Bruno je preneo čitav sadržaj razgovora s patologom.

– Vreme smrti je između jedan i četiri ujutro. Donatela kaže da je žrtva umrla od gubitka krvi, ali da je gotovo sigurno bila u nesvesti kad su nanete smrtonosne rane, jer nema tragova odbrambenih rana. Posekotine i oderotine na grlu i grudima, koje su ga ubile, nanete su slomljenom bocom ili nečim sličnim, verovatno da bi se stekao utisak da je to uradio vuk. Donatela je pronašla nekoliko komada slomljenog stakla u ranama, što izgleda potvrđuje to. Što se mene tiče, zbog pokušaja da se okrivi vuk, uza sve ove naučnike koji znaju da oni ne bi ubijali ljude, mislim da nije verovatno kako je ubica neko odavde. Moguće je da je to neko manje upućen, možda neko ko nema nikakve veze sa simpozijumom.

Osetio sam kako moram da ukažem na problem s tom pretpostavkom. – Možda ste u pravu, ali sumnjam da svi na ovom simpozijumu stvarno znaju da vukovi ne napadaju ljude. Da li bi specijalista za, recimo, orhideje ili insekte, znao mnogo o mesožderima? Možda je moguće da je tu varku pokušao neko od učesnika simpozijuma, ali neko s manje znanja o toj temi. – Oklevao sam kad mi je još nešto palo na pamet. Moja bivša žena me je često optuživala kako ne mogu ništa da prihvatim takvo kakvo je, i gotovo sam čuo njen glas koji mi se ruga kad sam nastavio. – S druge strane, možda je to uradio neko od učesnika ko dobro zna da to nije mogao biti vuk, ali ko je želeo da to izgleda kao delo nekoga ko nije stručnjak za mesoždere.

Video sam da Bruno razmišlja o toj ideji, i uputio mi je kiseo osmeh. – Imate još uvrnutiji mozak nego ja, Dene. Jeste li ikad razmišljali o tome da radite u policiji?

Uzvratio sam mu osmeh. – Probao i srećno se penzionisao, hvala.

Virđilio je frknuo. – Penzionisao? Mora da se šališ. On nikad ne prestaje, zar ne, Ana?

Uznemireno sam se okrenuo prema njoj. Bila je to bolna tačka između nas dok sam se borio da izgradim svoju novu istražiteljsku karijeru i istovremeno gajim relativno svežu vezu sa Anom. Umirujuće mi se osmehnula pre nego što je odgovorila Virđiliju.

– Znam, ali takav je kakav je. Ušla sam u ovu vezu svesna svega toga, tako da ne mogu da se žalim.

Dok je Ana govorila, pogledao sam u Linu. Nije mi promaklo to što je začkiljila i malo stisnula usne, i sneveselio sam se. Iako sam i ja bio slep za te znake tokom godina svog braka, sad sam ih znao i prepoznavao sam ih sasvim lako. Imao sam užasan osećaj da bi Virđiliov posao konačno mogao da utiče na njihov brak, i saosećao sam sa oboma.

U međuvremenu, Bruno je razmišljao. – Dobro, nema drugog rešenja; moramo da razgovaramo sa svima u hotelu: naučnicima, običnim gostima i osobljem. Prema onom što mi je rečeno, to znači negde između devedeset i stotinu ljudi. Već sam poslao ljude da pretražuju okolinu mesta gde je pronađeno telo, ali reći ću im da prošire potragu i na susedna imanja. Ne deluje mi verovatno da bi neko od meštana mogao da poznaje nekog grčkog profesora iz Švajcarske, ali moramo da proverimo.

Klimnuo sam glavom i pogledao u Anu. – To će verovatno uključiti naše prijatelje Rajnera i Suzi. Ko zna? Zbog svoje netrpeljivosti prema naučnicima, možda je dojahao ovamo da izvrši ubistvo? – Videvši da se Bruno odmah zainteresovao, pokušao sam da objasnim da sam se šalio – ili sam mislio da se šalim – ali morao sam da pomislim kako je Rajner prilično čudan tip, možda čak i sociopata, a upoznao sam dovoljno sociopata koji su ubijali. Nadam se da nije tako.

U međuvremenu, Bruno je imao pitanje za Anu. – Kao neko ko je naučnik a ne policajac, šta mislite? Da li je mogao da ga ubije neko od naučnika? Mislite li da je profesionalna ljubomora mogla da se otrgne kontroli i rezultira ubistvom?

Odmahnula je glavom. – Rekla bih da je to malo verovatno, u stvari gotovo nemoguće. Moj osećaj, a to je sve što imam, kaže da je umešana i neka žena. Bio je *vrlo* zgodan muškarac, ne zaboravimo to.

Virđilio je ispričao Brunu o flertovanju Nikolaosa Dijamantisa s brojnim ženama za vreme jučerašnjeg ručka, kao i prizor kojem smo prisustvovali tog popodneva na terasi, a pomenuo je i strastvenost s kojom je Šveđanka Freja zagrlila ubijenog. Dodao sam svoj osećaj da možda uopšte nije bila iznenađena kad je čula da je neko ubijen. Ana je onda dodatno okrnjila moje samopouzdanje oduševljeno opisujući Grkov izgled i njegovu očiglednu zanimljivost za pripadnice suprotnog – ili njegovog – pola. Očigledno smo morali da utvrdimo kakva je veza postojala između njega i Freje, ali pošto je ona živela u Severnoj Evropi, dok je on živeo dve hiljade kilometara dalje u Švajcarskoj, nije izgledalo verovatno da su bili u nekoj ozbiljnoj vezi.

Bruno je klimnuo glavom. – Možda ste u pravu. Seks i novac su i dalje dva glavna motiva za ubistvo, mada ljubomora – profesionalna ili emotivna – može imati uticaja. Jedno je sigurno, više nema razloga da krivimo vukove.

Virđilio me je pogledao i osmehnuo se. – Verujem da mi duguješ bocu kjantija.

Klimnuo sam glavom. – Izgleda da je tako. Šteta je što više nismo u oblasti Kjanti.

Osmeh mu je postao širi. – Dobar pokušaj, ali tu si pogrešio. Nalazimo se na južnom kraju oblasti Kjanti, ali i dalje smo u njoj. Nalazimo se u Koli Seneziju, i sasvim slučajno se, svega nekoliko stotina metara odavde, nalazi vrlo dobar vinar.

Uzvratio sam mu osmeh. – Dobro, priznajem poraz. Vukovi su oslobođeni sumnje, a ti ćeš dobiti bocu.

– Izvrsno. – Iznenada znatno ozbiljnije, pogledao je u Anu. – Molim te, ne misli da smo bezosećajni što se bavimo besmislicama tako brzo nakon nečije smrti, ali pretpostavljam da je to neka vrsta odbrambenog mehanizma. To je problem s policajcima. Ponekad je teško isključiti se.

Video sam da ga je žena uhvatila za ruku dok je Ana odgovarala. – Mogu da zamislim, Virđilio, a dosad sam prilično dobro upoznala obojicu. – Prihvatila je poslovni stav i okrenula se prema Brunu. – Dakle, šta želite da radimo ovog popodneva?

Pre nego što je stigao da odgovori, Virđilio se ubacio. – Bruno, pošto imaš mnogo ljudi kojima moraš da se baviš, rado ću uzeti neke izjave i pomoći ću ti.

Čak i da dotad nisam sumnjao, izraz na Lininom licu, dok je slušala muževljevu ponudu bilo je sasvim lako pročitati i gotovo sam rekao nešto, ali na kraju sam se ujeo za jezik i odlučio da se ne mešam. Makar ne još.

Naizgled nesvestan napetosti, inspektor je zahvalno klimnuo glavom. – To je vrlo ljubazno, Virđilio. Pošto sam u prijatnoj situaciji da imam *dva* iskusna inspektora kraj sebe, podeliću uzimanje izjava u četiri grupe. Ana, zašto ne biste prevodili za mene dok se Virđilio i Den bave drugim ljudima koji govore engleski? Daću svakom od vas po jednog policajca za podršku. Moji ljudi mogu da razgovaraju sa svima koji govore italijanski. U redu?

Virđilio se okrenuo prema Lini, uz osmeh. – Neće ti smetati ako pomognem, *carissima?* Možeš da uživaš u spa centru, zar ne?

Nije mu uzvratila osmeh, ali klimnula je glavom. – Naravno, moraš da radiš to što moraš da radiš.

Ovoga puta mora da je i Ana to čula, jer sam osetio kako mi steže ruku ispod stola. Virđilio, čije su istražiteljske sposobnosti i moć dedukcije obično bili vredni divljenja, poljubio je ženu u obraz i ustao, veselo trljajući ruke.

– Sjajno, jedva čekam da počnem.

Pritisak na mojim prstima se pojačao i video sam kako Ana misli da bi trebalo da kažem nešto, ali šta? Ovo nije bilo ni mesto niti vreme da se bavim tuđim bračnim problemima. Ali imao sam neprijatan osećaj da se to vreme brzo približava.

7.

Subota popodne

Razgovori su trajali veći deo popodneva. Bruno je podelio imena i seo sam u jednu sporednu sobu sa Oskarom kraj nogu, a tu je bio i jedan mlad policajac koji je bio prvi na mestu zločina. Rekao mi je da se zove pozornik Gori, i imali smo prilike da ćaskamo dok smo uzimali izjave, zapisivali odgovore i pravili beleške. Ispostavilo se da je tek godinu dana u policiji i da je prvi put video tako gadno osakaćenu žrtvu ubistva. Držao se vrlo dobro, ali video sam da ga je sve jako pogodilo i dao sam sve od sebe da ga ohrabrim. Setio sam se svog prvog iskustva s nečim sličnim: leš izvučen iz Temze nakon što je pronađen u vodi. Mogao sam da zamislim kroza šta prolazi. Oduševio sam se kad sam otkrio da mu je engleski bolji nego što sam očekivao i da uspeva da pravi beleške bez potrebe da prevodim svaku reč.

Slučajno ili namerno, u mojoj grupi nije bila Freja Blomkvist, ali dobio sam direktorku škole. Profesorka Vajolet Grovenor sa Univerziteta u Kembridžu sad je izgledala i zvučala manje opasno, ali ubistvo može imati takav uticaj na ljude. Polako sam postavljao pitanja koja smo Bruno, Virđilio i ja pripremili. Pošto je bila trenutna predsednica društva za zaštitu životne sredine, počeo sam pitanjima o simpozijumu i otkrio sam da se održava jednom godišnje, prvi put u Italiji. Pitao sam je zašto su odabrali ovu lokaciju, i odgovor me je pomalo iznenadio.

– To je bilo uglavnom zbog markiza. – Pre nego što sam stigao da pitam, objasnila je. – Markiz od San Bartolomea je dugo bio pokrovitelj našeg društva i godinama poziva naše članove da posete njegov divni dom.

– A gde je to? Sigurno nije vlasnik hotela?

– U stvari jeste, ali ne živi ovde. Živi u zamku *San Bartolomeo*, pet minuta vožnje južno odavde. Svi učesnici su pozvani tamo na oproštajnu večeru u utorak uveče. Mislite li da će nam biti dozvoljeno da odemo, ili ćemo i dalje biti primorani da ostanemo u hotelu?

To je bilo za tri dana i nadao sam se da bi istraga dotad mogla biti završena, ali odgovorio sam neodređeno. – Ne znam. Zavisi od toga kako inspektor bude napredovao sa istragom. Pobrinuću se da čuje za ovo, i nadam se da će biti moguće. – Pogledao sam Gorija da proverim je li zapisao to i video sam ga kako klima glavom pre nego što sam nastavio. – Kako nameravate da odete do tamo?

– Imamo dva autobusa, koji treba da dođu po nas u sedam uveče u utorak i vrate nas u hotel u ponoć. Trebalo je da bude i bal, ali nakon ovog što se dogodilo, sigurna sam da će sve biti znatno svedenije.

– Reći ću inspektoru. Dobro, moram da pitam – svakom postavljam to pitanje – možete li nam potvrditi gde ste bili između sinoćne večere i jutrošnjeg doručka?

Ako se uvredila što mora da obezbedi pojedinosti o svom kretanju, nije to pokazala. – Odmah nakon večere otišla sam u konferencijski centar na sastanak sa ostalim članovima komiteta, kako bismo utvrdili program za naredna tri dana.

– Koliko simpozijum traje?

– Pet dana, od petka do utorka, ali zbog ovog danas imamo ozbiljno kašnjenje. Nedelja je obično slobodan dan i trebalo je da odemo na izlet u Sijenu, ako nam bude dozvoljeno. Nakon današnje tragedije, moraćemo da izmenimo program kako bismo nadoknadili ono što smo propustili danas, verovatno ćemo skratiti sutrašnji izlet u Sijenu na pola dana i raditi sutra ujutro da sve nadoknadimo. Razgovarali smo za vreme ručka, ali ne možemo da produžimo sve do srede, jer ljudi imaju rezervisane letove i druge obaveze.

– Možete li mi dati imena članova komiteta, molim vas?

– Komitet ima samo četiri člana, pored mene. – Navela je imena tri muškarca i jedne žene, i ona su zabeležena pre nego što sam nastavio razgovor.

– A koliko dugo je trajao sastanak?

– Oko sat vremena. Sećam se da je bilo gotovo pola jedanaest kad sam se vratila u sobu. Nakon toga sam legla u krevet i nisam izlazila do doručka u sedam i trideset, a onda sam, naravno, čula užasne vesti o Nikolaosu.

– Da li neko može da potvrdi da niste napuštali sobu?

Oštro me je pogledala. – Bila sam sama. Ne, niko ne može da potvrdi, ali uveravam vas da *nisam* napuštala sobu.

– Hvala vam. Da li ste dobro poznavali žrtvu?

– Prilično dobro. Srela sam ga nekoliko puta na ovakvim događajima, ali nikad nismo razgovarali nasamo.

– Da li je postojao neko s kim je bio posebno blizak?

Možda je bilo nečeg u mom tonu, ali pogledala me je oštro i možda je bilo čak i malo veselja u njenim očima. – Pretpostavljam da ste čuli neke priče o Nikolaosu, zar ne?

Imao sam osećaj da znam o čemu govori, ali glumio sam neupućenost. – A kakve bi to priče mogle biti?

– Recimo samo da je bio poznat kao ženskaroš. – Bio sam pomalo iznenađen što nisam čuo prekor u njenom glasu. Kao da je govorila o nekom posebno nemirnom štenetu.

– Da li je ovog vikenda bio s nekom damom?

Kao da je zažalila zbog trenutka popustljivosti, ponovo je preuzela svoju oštriju, autoritativniju ličnost. – Ne tiče me se kako drugi ljudi provode svoje slobodno vreme. Ako je Nikolaos imao neke bliske veze s drugim učesnicima simpozijuma, meni to nije poznato.

– Cenim vašu diskreciju, profesorka, ali ovo je istraga ubistva. Jeste li sigurni da ne znate neka imena?

Usledila je kratka pauza dok je očigledno odlučivala da li da se spusti na moj nivo, pre nego što je nevoljno popustila. – Predlažem vam da razgovarate s Mari-Frans... ona se bolje razume u takve stvari.

– Mari-Frans...

– Profesorka Mari-Frans Peletje, nekad zaposlena na Katedri za biologiju Univerziteta u Lionu.

Pogledao sam spisak učesnika s kojima sam morao da razgovaram ovog popodneva, i bilo mi je drago što je ime francuske profesorke bilo na njemu. – Mislite li da je ta dama mogla biti u romantičnoj vezi sa žrtvom?

Isti tračak veselja na trenutak je prešao preko uzvišenog gospođinog lica. – Mislim da je to malo verovatno, ali kao što rekoh, Mari-Frans je uvek pratila šta se dešava i sigurna sam da zna više nego ja.

A sad sam joj postavio pitanje od milion dolara. – Možete li se setiti ikoga ko je mogao da izvrši ovaj zločin? Nekog ko je mrzeo profesora Dijamantisa? Možda onaj Englez s kojim se prepirao juče na terasi, kad ste morali da se umešate?

– Tomas? Ne bih rekla. Znam da je bilo optužbi protiv Tomasa – izneli su ih Nikolaos i drugi – o nekim sumnjivim postupcima i prezrivom stavu prema drugim naučnicima, ali on sigurno nije ubica. Izgleda mi kao osoba koja bi se onesvestila kad vidi krv. Što se tiče ostalih, posebno naših kolega na simpozijumu, zaprepastilo bi me da je neko od njih umešan.

– A Nikolaos nije radio ni na čemu tajnom, nečemu što bi ga moglo učiniti metom neke od sumnjivih vladinih agencija? – Hvatao sam se za slamku, i ona je bila dovoljno pametna da to primeti.

– Nipošto, osim ako ne verujete u priče o ruskim polarnim medvedima koji nose kamere ili morskim vidrama koje nose mine.

– Da li takve stvari postoje?

Prezrivo je frknula. – Naravno da ne postoje. Neki ljudi imaju suviše bujnu maštu; to je samo naučna fantastika. Ne, stvarno ne mogu da se setim nekog razloga zbog koga bi neko ubio sirotog Nikolaosa. – Zatim je rekla manje-više ono što je kazala i Ana. – Naravno, bio je *veoma* zgodan muškarac, tako da je motiv možda ljubomora ili neuzvraćena ljubav, ali mi je teško da poverujem da bi neko od ovako uvaženih naučnika mogao da padne tako nisko i ubije nekog.

Tokom popodneva, Gori i ja smo razgovarali sa ostalim potencijalnim svedocima, ali bez vidljivog rezultata, dok nismo razgovarali s francuskom naučnicom sa Univerziteta u Lionu. Kad je profesorka

Peletje ušla, počeo sam da shvatam zašto je moje pitanje o mogućoj romantičnoj vezi sa žrtvom izazvalo tračak veselja na licu profesorke Grovenor. Nikad nisam bio dobar u procenjivanju starosti starijih dama, ali ova je sigurno imala preko osamdeset, iako je bila odevena u farmerke, jarkožute patike i crvenu majicu s licem Čea Gevare. Iznenadio sam se što je nisam uočio ranije, jer se sigurno isticala izgledom. Čak je i Oskar podigao glavu i zagledao se u nju. Profesorka Peletje je imala raščupanu, podignutu sedu kosu koja se širila od njene glave u svim smerovima, zbog čega je izgledala kao mešavina Harpa Marksa i Meduze. Nešto nalik na tetovažu nalazilo joj se na jednoj nadlanici, velike minđuše veličine krofni visile su joj uz glavu, a narukvice su joj zveckale na tankim zglavcima. Gori je bez razmišljanja ustao i ponudio joj da sedne, a ona mu se osmehnula.

– Hvala vam, mladiću. – Naslonila je svoj štap na naslon stolice i sela naspram mene. – Dobro, kako mogu da vam pomognem? – Da mi nije bilo rečeno da je Francuskinja, pretpostavio bih da je pripadnica engleske više klase. Engleski joj je bio besprekoran, a naglasak čak egzotičniji nego kod Vajolet Grovenor. Šake su joj bile artritične, ali zelene oči su i dalje bile bistre i imala je prijateljski izraz na izboranom licu. Odmah mi se svidela i izgledalo je da isto važi i za mog psa. Oskar je ustao i prišao da joj spusti glavu na koleno. Pomazila ga je po ušima dok se razgovor nastavljao.

– Profesorka Peletje? Zovem se Den Armstrong i pomažem inspektoru Senezeu sa istragom ubistva Nikolaosa Dijamantisa.

– Shvatam. Vi ste Englez?

– Da, jesam. Dobro, što se tiče doktora Dijamant...

– Da li ste radili u policiji? Izgledate mi kao pandur.

Taj žargonski izraz je zazvučao tako pogrešno iz usta nekoga ko govori kao kraljica Elizabeta, i morao sam da se osmehnem. Klimnuo sam glavom. – Da, nekad sam bio detektiv.

– Šta ste vi? Inspektor ili neko višeg čina?

– Bio sam glavni inspektor u Skotland jardu. Dobro, da li bismo mogli...

– A da li je ovaj divni labrador vaš?

– Da, to je moj pa...

– To je vrlo lep pas. – Oskar joj je uputio pogled koji je govorio da je dobro svestan svoje lepote. – Kako se zove?

– Oskar, ali stvarno...

– Ali šta radite ovde u Italiji? Jeste li na odmoru?

– Ne, živim ovde. Dobro, molim vas, ako vam ne smeta, moram ja *vama* da postavim neka pitanja. Ovo je istraga ubistva, uostalom. – Bilo je sasvim jasno da je ova dama radoznala i video sam zašto ju je Vajolet predložila kao izvor informacija. – Možete li se setiti nekog ko bi mogao da bude odgovoran za smrt doktora Dijamantisa?

– Mislite, od prisutnih ljudi?

– Bilo koga.

Video sam kako razmišlja nekoliko trenutaka. – Ne mogu da zamislim nikoga odavde ko bi uradio nešto tako grozno kao što je ubistvo, ali nema sumnje da je Nikolaos bio podjednako voljen i omražen. – Pogledala me je i zelene oči su joj zablistale. – Uglavnom su ga volele dame, a mrzeli muškarci.

– Možete li mi dati neka imena? Obećavam da vas neću navesti kao izvor informacija.

– O, ne brine mene to. Suviše sam stara da bih se brinula šta ljudi misle o meni. Što se tiče imenâ, ima ih dosta, tako da mislim da je bolje da ih podelim na potencijalna osvajanja i one s kojima je... – slegnula je ramenima na vrlo galski način – s kojima je već bio intiman.

Preveo sam to na italijanski zbog mladog policajca i video sam ga kako koluta očima. Nesvesna ili nezainteresovana za naše reakcije, profesorka Peletje je podigla ruku i počela da nabraja imena koristeći iskrivljene prste. – Dobro, da vidim... imena koja mi padaju na pamet u kategoriji potencijalnih uključivala bi Žilijet iz Pariza, Ingrid iz Austrije i Karlu iz Italije, mada se zapustila otkako sam je poslednji put videla, sirotica. Ne znam da li se išta već dogodilo između njih i Nikolaosa, ali sigurno imam osećaj da bi rado pristale da ih je pitao. One s kojima su stvari bile ozbiljnije su, koliko mi je poznato, Freja iz Švedske, Monika iz Mančestera i Pilar i Elena iz Barselone – ili pojedinačno ili obe istovremeno. – Kad je pomenula dve Špankinje, nestašno se osmehnula. Dotad je već počela da koristi prste druge ruke i Gori je gotovo istrošio mastilo iz olovke.

Dao sam sve od sebe da mi glas ne zvuči veselo. – To su tri mogućnosti i četiri izvesnosti. Niko ne bi mogao reći da je doktor Dijamantis bio stidljiv kad govorimo o pripadnicama suprotnog pola. Čudo je što je uopšte uspevao da se bavi naukom. Čestitam vam, gospođo Peletje, na memoriji i istražiteljskom daru. Moje sledeće pitanje je možete li se setiti nekih ljubomornih momaka, devojaka ili muževa neke od tih dama.

– Koliko znam, ovde je samo jedan muž, a to je Piter iz Mančestera. Oženjen je Monikom Fauler. Verujem da je i Ingrid udata, ali kazala mi je da je njen muž na ekspediciji u Nepalu. Mislim da ostale nisu udate, ali možda grešim.

– A momci, ljubomorni ili ne?

– Nema ih, koliko znam, mada ima nekoliko muškaraca koji se nabacuju Freji – verovatno ste ih i sami primetili. Posebno visoki Rimljanin s konjskim repićem, koji je očigledno bacio oko na nju... Masimo nešto na S, mislim da se tako zove. Možda ih ima još jer ona ume besramno da flertuje, posebno nakon nekoliko čaša vina. Imam osećaj da su on i Monika imali vezicu, ali nemam dokaz za to.

Imao sam promućurnu ideju da Ana možda neće biti iznenađena profesorkinim opisom Freje kao kokete, ali iz osećanja solidarnosti s koleginicom književnicom, dodao sam upitnik kraj tog komentara, pre nego što sam prešao na sledeće pitanje sa spiska.

– A šta je s Monikinim mužem? Zar mu ne smeta što mu je žena s drugim muškarcima?

– Bolje da ga pitate lično. – Imao sam osećaj da sitna profesorka zna više nego što govori o Monikinom mužu, ali nadam se da će se to saznati tokom ispitivanja.

Zabeležio sam imena dvojice muškaraca i podvukao sam Pitera Faulera, Engleza oženjenog Monikom iz Mančestera, navodno jednoj od Nikolaosovih ljubavnica. Tu smo, makar, imali mogućeg sumnjivca s prilikom – bio je ovde – i solidnim motivom zasnovanim na ljubomori. Uz pomoć profesorke Peletje, identifikovali smo prezimena ljudi koje je pomenula i zahvalili smo joj se na saradnji. Brza provera imena na mom spisku otkrila je da je Monika Fauler pretposlednja na spisku, a njen muž, profesor Piter Fauler, poslednji. Imao sam osećaj da će razgovor s njima biti zanimljiv.

8.

Subota popodne

Poslao sam Gorija kod Bruna i Virđilija sa ostalim imenima koja je pomenula profesorka Peletje, kako bi mogli da motre na njih dok sam ja izašao sa Oskarom na svež vazduh. Ostali smo u blizini hotela jer nismo imali mnogo vremena za gubljenje, ali pobrinuo sam se da ostanem podalje od mesta zločina. Otišli smo do druge strane imanja i krenuli uskom vijugavom šljunčanom stazom prema ogromnoj, ali uredno potkresanoj živici koja je izgledala kao da je vekovima tu. S druge strane se nalazio hotelski povrtnjak, i zatekao sam tamo jednog starijeg gospodina kako radi, pripremajući zemlju za setvu. Zastao sam da nakratko porazgovaram s njim i otkrio sam da je živeo u obližnjem gradiću Pontenuovo i dolazio je ovamo da pomaže i zaradi malo novca. Prema onom što sam čuo, najverovatnije je on otkrio telo, mada je izgledao relativno bezbrižno iako je video tako krvav prizor. Ipak, pobrinuo sam se da pomenem ubistvo što sam opreznije mogao. Iz njegovog odgovora bilo je jasno šta misli da se dogodilo.

– Užasno je kad čoveka rastrgne čopor vukova svega nekoliko metara od hotela punog ljudi. – Nedostajalo mu je nekoliko zuba i zbog toga je pomalo zviždao kad govori.

Bilo mi je drago što Freja Blomkvist i Pavel Havel nisu ovde da to čuju. Setivši se šta su rekli o rizicima demonizacije ugroženih vrsta, dao sam sve od sebe da okončam glasinu o napadu vukova. – Razgovarao sam sa inspektorom koji vodi slučaj i rekao mi je kategorički da to nema nikakve veze s vukovima, mada veruje da je ubica hteo da ostavi taj utisak, da bi zbunio policiju. Molim vas, recite svojim prijateljima i susedima da su ubistvo počinili ljudi, a ne vukovi. Pored toga, stručnjaci su mi rekli da vukovi inače nisu opasni za ljude.

Sumnjičavo me je pogledao. – Ne kradu vaše kokoške. A odnose i veće životinje. Pronašli smo ostatke jelena nedaleko od Pontenuova prošlog meseca, a lokalni seljaci su izgubili jaganjce. Ako mogu da ubiju ovcu ili jelena, mogu da ubiju dete. Treba ih pobiti, a ne zaštititi. Jeste li videli u kakvom je stanju bilo telo tog nesrećnika? Ljudsko biće ne bi uradilo tako nešto drugom ljudskom biću.

Dok sam radio u londonskoj policiji video sam grozne posledice onog što ljudska bića mogu da urade jedna drugima, ali ovaj starac je video dovoljno pokolja i krvi za jedan dan, tako da sam samo ponovio kako vukovi nisu umešani. Nije izgledao uvereno i ostavio sam ga da gunđa sebi u bradu i vratio se unutra, razmišljajući kako je sasvim jasno da su vukovi ovde na lošem glasu i shvatajući da je netrpeljivost prema njima vrlo velika. Dovoljno velika za ubijanje? Da li je moguće da je neko odlučio da ubije jednog od tih zaštitnika prirode iz inata, ili kao prilično radikalan način da se podigne svest o navodnoj pretnji od vukova? Ali ko bi bio spreman da uradi nešto tako zbog gubitka nekoliko domaćih životinja? Odmah sam se setio Rajnera i Suzi. Da li su izgubili neku kokošku? Možda je to dovoljno razljutilo sociopatu poput njega da poželi da se osveti naučniku koji je zaslužan za zaštitu vukova u Toskani?

Kad smo se Oskar i ja vratili unutra razgovori su se nastavili. Gotovo svi su prošli brzo bez korisnih informacija. Većina ljudi je izgledala zaprepašćeno i rastuženo onim što se dogodilo, i nisam mogao da uočim nikakve tragove krivice. Međutim, kad je došao red na Moniku iz Mančestera, posebno me je zanimalo šta ona ima da kaže.

Doktorka Monika Fauler bila je zgodna žena. Ako je profesorka Peletje bila u pravu, i ona imala nekakvu aferu s pokojnikom, oče-kivao bih da izgleda rastuženo, možda čak odsutno. Umesto toga, lice joj je bilo bezizrazno. Starom sumnjičavcu kao što sam ja, to odsustvo reakcije nije obavezno bilo dokaz nevinosti. To je mogla biti maska, i zbog toga podjednako sumnjiva, s obzirom na to da su

gotovo sve druge osobe s kojima smo razgovarali bile vidno uzne-
mirene, a neke su i zaplakale.

Počeo sam uobičajenim pitanjima i saznao da je radila na Od-
seku za entomologiju Univerziteta u Mančesteru, gde se posebno
bavila pčelama. Nisam se iznenadio kad sam čuo da ne može da
se seti nikog ko je imao nešto protiv Grka. To se ponavljalo u svim
razgovorima, ali imao sam osećaj da ona zna više nego što priznaje,
i kad je postalo jasno da neće dobrovoljno dati informacije, odlučio
sam da ne okolišam više.

– Čuo sam da ste vi i doktor Dijamantis bili bliski. Bio bih vam
zahvalan ako biste mi rekli koliko ste bili bliski i, doktorko Fauler,
ne zaboravite da je ovo istraga ubistva. Snimamo sve što govorite, i
možda ćete morati da ponovite to pod zakletvom. – Potrudio sam
se da zvučim što više zvanično i ozbiljno u pokušaju da je trgnem iz
tog njenog nepristupačnog stava. Nakon kratkog razmišljanja, bilo
mi je drago što sam uspeo. Opustila je ramena i pogledala svoje
spojene šake.

– Bili smo *vrlo* bliski, inspektore. – Nisam znao ko joj je po-
menuo moju bivšu karijeru, ali verovatno su učesnici razgovarali
međusobno dok su ispitivanja trajala. – Poznajem Nika pet godina i
privukao me je na prvi pogled. – Podigla je pogled i njen nezainte-
resovan izgled zamenili su obrazi rumeni od srama i poneka suza u
uglovima očiju. – Niko i ja smo bili ljubavnici.

– Pet godina?

Odmahnula je glavom. – Ne, tek od jesenas. – Tužno je uzdah-
nula.

– Živite u Mančesteru? – Klimnula je glavom i nastavio sam.
– Ali verujem da je doktor Dijamantis živeo u Švajcarskoj, tako da
verovatno niste imali mnogo prilika da se sastajete. Napokon, udati
ste, zar ne?

Na moje iznenađenje, nehajno je odmahnula rukom. – Piter se
ne računa. On i ja živimo odvojeno godinama. On ima svoje prija-
telje, a ja svoje.

– Da li je znao za vas i doktora Dijamantisa?

– Možda... verovatno. Ne znam. Nikad mu nisam pominjala
Nika, ali Piter je znao da imam druge muške prijatelje.

– Kad kažete „muške prijatelje", da li to znači da ste imali druge ljubavnike osim žrtve?

Obrazi su joj i dalje bili rumeni, ali glas joj je zvučao odlučnije i zagledala se prkosno u mene. – Da, inspektore, to upravo to znači.

Nešto mi je palo na pamet. – Da li je neki od njih bio ovde ovog vikenda?

Oklevala je predugo pre nego što je odgovorila. – Nije.

Pokušao sam malo da je pritisnem, ali to je bilo sve što je zasad rekla, tako da sam nastavio dalje s pitanjima. Njen odgovor na pitanje može li da potvrdi šta je radila između večere i doručka doveo je do zanimljivog otkrića.

– Otišla sam pravo u svoju sobu, malo radila i otišla na spavanje.

– Verovatno vaš muž može da potvrdi to?

Odmahnula je glavom. – Moj muž i ja smo u zasebnim sobama. Nažalost, niko ne može da mi pruži alibi, ali uveravam vas u jedno, inspektore: nikad ne bih ni pomislila da iščupam i vlas s Nikove glave. Kao što sam vam rekla, volela sam ga.

Kad su se vrata zatvorila iza nje, pogledao sam u Gorija. Mislio sam da je pristojno da ga uključim u ovu istragu, i zanimalo me je da čujem šta on ima da kaže. – Šta mislite o doktorki Fauler? Mislite li da je mogla to da uradi?

Video sam ga kako razmišlja pre odgovora. – Sklon sam da joj poverujem kad je rekla da ga je volela i poverovao sam joj to koliko joj je brak uvrnut, ali da li je ta ljubav mogla da se pretvori u mržnju zavisi mnogo od mogućeg uzroka.

– Bravo, Gori, a sad pažljivo razmislite, jeste li u nekom trenutku stekli utisak da laže?

Ovog puta je odgovorio odmah. – Da. Kad ste je pitali da li je još neki njen ljubavnik ovde, a ona odgovorila da nije. Verujem da je to možda bila laž.

Pružio sam ruku i potapšao sam ga po ramenu. – I ja tako mislim. Mislim da bi trebalo da motrimo tu damu i njene prijatelje i poznanike. Dobro, da vidimo šta muž ima da kaže.

Profesor Fauler je bio poslednja osoba na mom spisku i izgledao je iznenađujuće. Iz načina na koji je njegova žena govorila, očekivao sam krhkog starca, ali nije bilo tako. Bio je verovatno tek godinu-dve stariji od nje, možda malo više od četrdeset pet, visok, plećat i u dobroj formi. Odmah sam pomislio da bi on sigurno imao snage da uzme palicu, čekić ili nešto slično i jako udari žrtvu u glavu. Pokazao sam mu da sedne naspram nas i započeo sam ispitivanje.

– Vi ste profesor Piter Fauler?

– Jesam.

– I radite na Univerzitetu u Mančesteru, kao i vaša supruga? – Klimnuo je glavom, pa sam nastavio. – Molim vas, recite mi čime se bavite?

– Ja sam načelnik Katedre za proučavanje useva i posebno se bavim genetski modifikovanim biljkama. – Mada sam znao o čemu govori, dozvolio sam mu da objasni, makar zbog toga da čujem kako govori i vidim kako se ponaša. – Radili smo na razvijanju sorti genetski modifikovanog kukuruza, koji bi trebalo da bude otporan na mnoge parazite i bolesti koje mogu da unište useve u zemljama u razvoju.

Mada je radio na Univerzitetu u Mančesteru, imao je londonski naglasak. Zvučao je kao da je veoma zainteresovan za svoj rad i, makar u tom trenutku, nisam mogao da primetim znake nelagode ili krivice. Ali, naravno, možda je samo vrlo dobar glumac. Upoznao sam ih dosta tokom godina.

– Kao što znate, istražujemo ubistvo doktora Dijamantisa. Jeste li ga poznavali? – Pažljivo sam mu gledao lice kad sam pomenuo žrtvino ime, ali opet nisam primetio ništa neprikladno.

– Samo iz viđenja. Verujem da je... da je bio stručnjak za ribe ili morske životinje. To me ne zanima mnogo. Znate li zašto je ubijen?

Ponovo, ništa sumnjivo. – To je ono što pokušavamo da otkrijemo. Svima smo postavili ovo pitanje: molim vas, možete li potvrditi gde ste bili od kraja sinoćne večere do jutrošnjeg doručka.

– Otišao sam nakon večere u bar s gomilom drugih ljudi i ostao sam tamo do jedanaest. – Učinilo mi se da sam uočio kratko oklevanje pre nego što je dodao: – Nakon toga sam otišao u svoju sobu i zaspao.

Odlučio sam se da glumim kako ne znam ništa o otvorenom braku koji je njegova supruga opisala. – Može li vaša žena to da potvrdi?

Odmahnuo je glavom. – Iznenađen sam što vam nije rekla. Mi smo samo formalno u braku. Oboma nam odgovara da budemo u braku, ali ovde, kao i kod kuće, vodimo odvojen život i odsedamo u odvojenim sobama.

– Kad kažete da vam oboma odgovara da ostanete u prividnom braku, možete li mi objasniti šta pod tim mislite? – Video sam uznemirenost na njegovom licu i dodao sam uobičajenu opasku. – Izvinite, ali ovo je istraga ubistva i ponekad moramo da postavljamo neprijatna pitanja.

– Ne znam kakve to veze ima s vama ili sa ovom istragom, ali sasvim je jednostavno: imamo dve ćerke tinejdžerke i zbog njih smo odlučili da ostanemo zajedno, makar dok se obe ne osamostale. – Pogledao me je u oči. – Slušajte, inspektore, znam da je moja žena imala ljubavnike, i to mi ne smeta. Koliko znam, mogla je da bude u vezi s Dijamantisom, ali to ne znam i ne marim.

– Hvala vam, profesore Fauleru. Kažite mi, da li i *vi* imate druge veze?

Bio sam siguran da je na tren oklevao. – Da, povremeno, ali ništa ozbiljno.

– S nekim ko je ovde ovog vikenda?

Odmahnuo je glavom, ali nisam bio uveren. I njega je, kao i njegovu ženu, trebalo detaljnije istražiti.

9.

Subota, kasno popodne

Kad sam završio razgovore, video sam da je Bruno, uz Aninu pomoć, i dalje imao šestoro ljudi koji treba da daju izjavu, tako da sam odlučio da odvedem Oskara u pristojnu šetnju. Prvo sam otišao u sobu da se prezujem i Oskar mi je pomogao, otrčavši da donese jednu od mojih patika, a onda ju je doneo i spustio kraj mojih nogu. Seo sam na kraj kreveta, izuo jednu cipelu i zamenio je patikom, a on je otišao da mi donese drugu. Taj mali obred bio je nešto što smo često radili. Tokom vlažnih zimskih meseci, povremeno mi je donosio blatnjave gumene čizme u spavaću sobu. Iako sam cenio trud, nisam cenio to što sam posle morao da čistim.

Otišao sam do prozora i otvorio ga. Naša spavaća soba gledala je na zapad i kasno popodnevno sunce ušlo je u sobu. Spustio sam laktove na topao prozorski okvir i pogledao prema mestu gde mi se učinilo da sam video senovitu figuru prethodne noći. Oskar, uvek radoznao, propeo se na zadnje noge, stao kraj mene, i čuo sam ga kako zainteresovano njuška vazduh. Sad je bilo jasno da vukovi nisu imali veze sa smrću doktora Dijamantisa, tako da je, ako sam stvarno video neki pokret, to gotovo sigurno bilo ljudsko biće i, podjednako verovatno, možda i ubica. Uočio sam tačnu lokaciju između dva velika žbuna i odlučio da dodatno istražim.

Prošli smo kroz predvorje i obišli bočnu stranu hotela do zadnjeg dvorišta. Plava traka je ukazivala da je oblast i dalje zabranjena za kretanje, ali dežurni policajac me je prepoznao i čak je podigao traku kako bih mogao da razgledam. Rekao sam Oskaru da hoda kraj mene – a u poslednje vreme je postao bolji u tome – i otišao sam do mesta koje sam označio u glavi. Nalazilo se između velikog žbuna ruzmarina, višeg od mene, i bodljikavog trnovitog žbuna čiji naziv nisam znao – botanika mi nikad nije bila jača strana. Iza njih se nalazila šljunčana staza koja je vijugala ponovo prema hotelu. Forenzičari su već odbacili ideju da je žrtva možda onesvešćena negde drugde, jer nije bilo tragova da se Grk doteturao ili je dovučen do travnjaka. S obzirom na to, bilo je verovatno da mu je napadač ili bio poznat i bio s njim dok je stajao na travi na jarkoj mesečini, ili se krio iza tog prigodno gustog žbunja, odakle je mogao da iskoči i napadne ga.

Pokušao sam ponovo da zamislim pokret koji sam uočio sinoć, i što sam više mislio o tome, to mi je bilo jasnije da sam stvarno video nekog, a ne nešto. Pod pretpostavkom da je taj neko bio ubica, izgledalo je logično da je ista osoba uspela uspešno da oponaša vučje zavijanje, verovatno u pokušaju da scenariju napada vukova doda na uverljivosti. Nažalost, imao sam samo neodređenu predstavu o toj figuri koju sam video, a nisam mogao ni da pretpostavim da li je muško ili žensko.

Dok je Oskar lutao naokolo, razmišljao sam o činjenici da je ovo ubistvo bez sumnje bilo s predumišljajem i temeljno pripremljeno, čak i u smislu da je ubica nosio dva oružja: palicu da onesvesti Grka i slomljenu bocu kako bi mu prerezao grlo. Da li je ta temeljna priprema uključivala i ubrzani kurs oponašanja vučjeg glasanja? I, naravno, razmišljao sam, činjenica da Oskar nije reagovao na jezivo zavijanje sinoć značila je da to nije bilo pravo zavijanje. Verovatno je prepoznavao lažno čim ga čuje.

Mada smo Oskar i ja njuškali nekoliko minuta, nismo pronašli nikakve tragove i na kraju sam odustao i krenuli smo uobičajenom stazom kroz vinograde, pre nego što smo se ponovo vratili u hotel. Nakon desetak minuta stigli smo do šumarka gde je mogao da trči koliko mu srce ište i pronađe mi bezbrojne štapove koje sam mu bacao. Bilo je neuobičajeno toplo za početak aprila i bilo mi je drago što nisam obukao jaknu. Negde u daljini čuo sam kliktanje detlića i, osim toga, ovde je bilo predivno mirno. No da li je to bila samo iluzija mira? Da li će ubica ponovo napasti?

Dok sam bacao štap Oskaru, razmišljao sam o ljudima s kojima sam upravo razgovarao i nisam video nikog koga bih mogao da stavim u kategoriju mogućih sumnjivaca, osim bračnog para iz Mančestera, pre pojedinačno nego zajedno. Drugi ljudi su izgledali iskreno zaprepašćeni Grkovom smrću i mislio sam da je verovatno bezbedno da ih isključim – makar zasad. Što se tiče njih dvoje, možda je Monika videla Nikolaosa Dijamantisa s nekom drugom ženom i pratila ga je napolje da bi ga ubila u nastupu ljubomornog besa? Ipak, bila je misterija šta je on radio u vrtu usred noći. Njen muž, opet, uprkos onom što nam je rekao, možda nije imao isto mišljenje o otvorenom braku kao njegova žena, i možda je ubio Grka iz ljubomore.

S druge strane, ako je Monika – koja je priznala da je imala druge ljubavnike – imala vezu s nekim drugim učesnikom simpozijuma, kao i s Dijamantisom, možda je taj muškarac ubio Nikolaosa da ukloni suparnika? Koji god motiv da je bio, oboje su morali da ostanu na spisku sumnjivih i moramo da otkrijemo identitet drugog Monikinog ljubavnika ili više ljubavnika.

Ostali smo u šumi neko vreme, gde je Oskar bio u svom elementu, jurišao je u šipražje i vraćao se sa štapovima, šišarkama i svim drugim stvarima koje mi je donosio da mu bacam. Na kraju, pogledao sam na sat i krenuo prema hotelu, a on je trčao kroz vinograd da bi potražio još predmeta koje bih mu bacao. Pošto mi je izgledalo vrlo verovatno da je ubica izašao i vratio se u hotel kroz balkonska vrata pored bara, umesto da rizikuje da ga vidi noćni portir na recepciji, namerno sam odabrao taj put. Napokon, postojali su veliki izgledi da je ubica imao krv na rukama, a možda i na drugim delovima tela i odeći.

Vratili smo se kroz vrt prema terasi i balkonskim vratima, kad je Oskar iznenada nestao u žbunju i pojavio se s nečim neobičnim u ustima. Seo je na stazu, uhvatio tu stvar prednjim šapama i počeo da je gricka. Znajući da se zbog proždrljivosti već nekoliko puta skoro udavio predmetima kao što su odvratna stara cipela i bezglava dečja lutka, brzo sam čučnuo i pokušao da mu to izvučem iz usta pre nego što ga proguta. To je podrazumevalo dosta natezanja, jer sve što izgleda i najmanje jestivo brzo mu je završavalo u želucu. Na kraju sam uspeo da izvučem to iz njegovih moćnih čeljusti i skočio je na noge i stajao, raširenih prednjih nogu, uzbuđeno dahćući, čekajući da mu to bacim. Ali nisam. Umesto toga, uzeo sam jedan štap i bacio ga na drugi kraj travnjaka, dok sam gledao to što je on pronašao.

Bio je to očigledno komad drveta i, podjednako očigledno, bio je ručno rezbaren. Bio je veličine i oblika malog korneta za sladoled i neko se potrudio da ga izdubi. Nisam znao šta je to. Debljina mu je varirala od centimetra na tanjem kraju do širine šoljice za espreso na drugom. Zanimljivo, s obzirom na to da je ležalo u žbunu ruzmarina, bilo je iznenađujuće čisto – osim debelog sloja labradorske pljuvačke – i tako, nakon što sam izbacio nevoljnog pauka koji se skućio u udubljenju, prineo sam tu stvar usnama i pokušao da duvam.

Rezultat je bio zadivljujući. Na moje iznenađenje, zvuk koji je izašao iz malog komada drveta bio je glasno, vučje zavijanje. Nije bilo sumnje u to; Oskar je pronašao ključan dokaz koji je, gotovo sigurno, ubica bacio u žbunje u pokušaju da ga se otarasi. Nažalost, kad sam ga izvlačio iz Oskarovih nevoljnih čeljusti, prekrio sam ga svojim otiscima prstiju, kao i balavim labradorskim otiscima zuba, i bio sam gotovo siguran da su otisci koji pripadaju ubici zamrljani i uništeni. U razmišljanju me prekinuo Oskarov povratak sa štapom koji sam mu bacio i brzo sam ga ponovo bacio dok sam prolazio između grma ruzmarina i velikog žbuna kamelija u smeru iz kog je pas izašao sa onim što je pronašao.

U stvari, bilo je izuzetno lako pronaći ono što sam tražio i morao sam da zahvalim Oskaru za to. Dotrčao je iza mene sa štapom u ustima, i ta prokletinja me je zakačila iza kolena pa smo obojica naglo zastali. Kad sam se sagnuo da izmasiram list i izgovorim nekoliko psovki, video sam komade slomljenog stakla na zemlji ispred sebe. Staklo je bilo smeđe boje, a usred njega se nalazio vrat slomljene pivske boce. Trudeći se da Oskar ostane daleko iz straha da se ne poseče, uništi dokaze ili i jedno i drugo, čučnuo sam i zagledao se u krhotine. Nisam imao lupu ali nije mi ni bila potrebna da uočim ono što je sigurno bila osušena krv na nekoliko oštrijih komada. Izgledalo je gotovo sasvim sigurno da smo moj pas i ja pronašli oružje kojim je grlo onesvešćenog čoveka iskidano na froncle. Potražio sam palicu ili neki drugi težak predmet kojim je Dijamantis udaren, ali nisam ništa pronašao. Nema sumnje da je bačen negde drugde.

Napravio sam nekoliko fotografija pronalaska pre nego što sam pogledao oko sebe i video jednog od policajaca koje sam poznavao. Sad je nosio zaštitno odelo i pretraživao je drugi kraj vrta. Mahnuo sam da mu privučem pažnju i prišao je odmah. Stajao sam kraj njega dok je polako i oprezno skupljao komade rukom u rukavici i stavljao ih u vrećicu za dokaze. Kad smo bili sigurni da ništa više nije ostalo, uzeo sam vrećicu od policajca i odveo Oskara na terasu da potražimo Virđilija i Bruna. Zatekao sam ih kako sede na suncu. Nije bilo ni traga Ani i Lini. Verovatno su ostavile detektive da razgovaraju o slučaju. Spustio sam vrećicu s krhotinama stakla na sto i rekao im gde smo ih Oskar i ja pronašli. Bruno me je ozareno pogledao.

– Sjajno, verovatno je počinilac bacio bocu iz straha da će biti pronađena u njegovoj sobi ako bude pretresa. Nadajmo se da nije nosio rukavice i da ćemo uspeti da skinemo neke otiske sa stakla. – Pozvao je mladog policajca koji mi je pomogao ranije, koji je stajao malo dalje na terasi i pijuckao kafu. – Gori, pozovi forenzičare i kaži im da smo prilično sigurni da smo pronašli oružje ubistva, i onda uskoči u kola i odnesi im vrećicu što je pre moguće. Pobrini se da je čuvaš kao oči u glavi. – Sagnuo se da pomiluje Oskara po ušima. – Ko je pametan pas, Oskare?

Oskar je liznuo Brunovu šaku. Već je znao odgovor na to pitanje.

Virđilio je razmišljao naglas. – Naravno, ako forenzičari uspeju da pronađu otiske, to znači da ćemo morati da uzmemo otiske od svih u hotelu, a to će potrajati. Pretpostavljam da bi trebalo da počnemo da uzimamo otiske od glavnih sumnjivaca. – Odgovarajući na moj upitni pogled, pokazao je na otvorenu beležnicu na stolu ispred. – Kako Bruno i ja mislimo, verovatno ima svega desetak osoba koje bi trebalo detaljnije ispitati. Većina učesnika je isključena ili zbog toga što imaju alibi ili što ne verujemo da su sposobni za ubistvo. Koliko znamo, niko od hotelskog osoblja nije bio uključen, mada su dvojica – noćni portir i čistač – bili budni u to doba.

Klimnuo sam glavom. – Ja imam samo dva sumnjivca: Monika i Piter Fauler. – Počeo sam da im pričam o otvorenom braku to dvoje i svojim sumnjama. – Mislim da treba da ih motrimo, a trebalo bi dodati i Masima koji se preziva nešto na S, zbog onog što mi je profesorka Peletje rekla. Zvuči kao da mu se sviđala Freja a možda i Monika Fauler, pa ako je Dijamantis bio zainteresovan za te dve žene, možda imamo ljubomoru kao motiv. Ko je na vašem spisku?

Bruno je odgovorio. – Rekao sam forenzičarima da pretraže žrtvinu sobu i našli su dosta toga. Prvo, u njegovom krevetu niko nije spavao, što znači da sinoć nije ugostio nijednu damu u svojoj sobi. Najverovatnije je bio u tuđem krevetu, osim ako nije proveo nekoliko sati tumarajući po mraku, što ne deluje verovatno. U njegovoj sobi su bili telefon i laptop, koje upravo pregledaju. – Pogledao me je. – Ako naletimo na jezičke probleme, možda ćete nam pomoći. Novčanik mu je takođe bio tamo, tako da nije nameravao da ide daleko kad je izašao.

– A šta je s njegovim društvenim mrežama? Da li je neko pregledao to?

– Da, ali ako imate nekoliko minuta, mogli biste da pogledate, to bi nam mnogo pomoglo.

– Naravno, pogledaću to večeras. Pretpostavljam da je veliko pitanje šta je uopšte radio u vrtu.

Bruno je imao odgovor na to. – Pogledajte ovo. To je najzanimljivija stvar pronađena u žrtvinoj sobi. Bilo je bačeno u kantu za otpatke. – Dodao mi je telefon i pokazao mi fotografiju zgužvanog lista papira veličine razglednice i očigledno otcepljenog od većeg komada papira na linije. Na njemu su, crvenim mastilom, bile ispisane reči na engleskom:

MORAM DA TE VIDIM. ZADNJE DVORIŠTE U 2.

Nije bilo potpisa, ali ispod je pisac nacrtao smešno malo srce probodeno strelom. – Poslaću to forenzičarima u nadi da će pronaći otiske prstiju.

Zagledao sam se u rukopis. U Skotland jardu sam ponekad koristio usluge grafologa gospođe Koneli. Ta nenametljiva stara dama dobijala je rezultate koji su u pojedinim – ali ne svim – slučajevima bili gotovo zadivljujući. Ne samo što je gotovo uvek mogla da identifikuje pol pisca i da li je levak ili dešnjak nego je mogla i da proceni njegovu starost, a to je često bilo neobično blizu istini. Sećam se jednog slučaja kad je grafolog zaključio da je pisac poruke radio u IT sektoru, a kad smo uhvatili počinioca, ispostavilo se da radi za neku multinacionalnu softversku kompaniju. Pošto nisam imao na raspolaganju usluge gospođe Koneli, dao sam sve od sebe da se setim onog što me je naučila.

Činjenica da je poruka bila napisana velikim slovima otežavala je stvari. Prema blagoj zakrivljenosti nalevo crte na T, izgleda kao da je osoba koja je pisala verovatno levak, a prema preciznom načinu na koji je broj dva bio napisan, moglo se pouzdano pretpostaviti da je pisac bio matematičar ili naučnik. Srculence kao da nagoveštava da je poruku pisala žena, i to romantično povezana sa žrtvom, ali to je bilo sve. Osmehnuo sam se tužno nakon što sam rekao dvojici detektiva ono što sam uspeo da zaključim.

– Nije previše korisno, ali pretpostavljam da pomaže.

Bruno se oglasi. – Sve pomaže. Hvala, Dene. Što se tiče sumnjivaca, imena koja se ističu, osim bračnog para iz Mančestera, jesu Masimo Santini, kao što ste rekli, Pavel Havel, Tomas Kartrajt, Freja Blomkvist, Žilijet Dužarden, Ingrid Šmit, Karla Vespuči, Hans Majer i Dominik Gringras. Tu su i dve Špankinje koje ste pomenuli, Dene, ali dele sobu i tvrde kako su obe spavale celu noć. – Spustio je beležnicu i uzeo kafu. – Ostaje da se vidi s kim.

Zapisao sam imena s njegovog spiska dok ih je čitao i zagledao sam se u njih. Uz Faulerove, bilo ih je trinaestoro. Prepoznao sam gotovo sva imena: Masimo Santini je sigurno bio taj tip na S koga je pomenula francuska profesorka, Pavel Havel je bio riđokosi ljubitelj izmeta, a Tomas Kartrajt nadmeni Englez čiju sam prepirku sa žrtvom video na terasi juče popodne. Karla Vespuči bila je, naravno, žena s naočarima od kornjačevine, koja je dobila nagradu sinoć i koja je možda žudela za Dijamantisom, ako je profesorka Peletje bila u pravu. Žilijet i Ingrid su takođe bile na profesorkinom spisku mogućih kandidata za žrtvinu naklonost, kao i dve Špankinje, ali dvojica muškaraca na kraju bila su mi nepoznata i pitao sam ko su. Bruno je objasnio.

– Hans Majer je iz Ciriha, a Dominik Gringras iz Dablina, a noćni portir ih je video kako hodaju naokolo – pojedinačno, ne zajedno – u vreme zločina. U ovom trenutku nemamo razloga da verujemo da su umešani u ubistvo i pokušavamo da pronađemo neku vezu između njih i žrtve, ali sigurno ih treba dodatno istražiti.

– Šta je sa snimcima nadzornih kamera? Ima li snimaka ljudi koji ulaze i izlaze iz soba u kojima nije trebalo da budu?

Bruno je odmahnuo glavom. – Nažalost, jedine kamere se nalaze u predvorju u prizemlju. Nema ih na spratu. Moji ljudi pregledaju snimke, ali izgleda da su jedini koji su prolazili kroz predvorje posle ponoći dvoje zaposlenih i Majer i Gringras. Loša vest je što postoje tri stepeništa, a balkonska vrata u baru bila su otključana cele noći, i bila su širom otvorena oko sat vremena, dok je čistač radio tamo, tako da je bilo ko mogao da siđe, izađe i vrati se neprimećeno.

To je izgleda potvrđivalo moj predosećaj da je ubica koristio balkonska vrata da bi neopaženo izašao iz hotela. Postavio sam pitanje inspektoru.

– Patolog misli da je žrtva iskrvarila nasmrt. Da li bi je bilo mnogo na ubičinoj odeći i telu?

– Kaže da ako je žrtva bila onesvešćena, ubica je lako mogao da joj prereže grlo i nanese ostale povrede bez prljanja.

– Dakle, ništa od toga. Šta je sa susedima? Da li su vaši ljudi pronašli nešto zanimljivo na susednim farmama?

– Suština je da ima vrlo malo imanja. – Bruno je ponovo pogledao beležnicu. – Dve vikendice, u vlasništvu stranaca, zaključane i prazne, i tri farme. Imanje zapadno od nas u vlasništvu je dvoje osamdesetogodišnjaka, a vodnik koji je razgovarao s njima kaže da bi oni jedva podigli kofu s mlekom nakon muže jedine krave, a nipošto ne bi mogli da obore nekog i iseckaju ga na komade. Sa druge strane brda su vaši prijatelji, austrijsko-američki par. Moji ljudi koji su ih posetili kažu da je to vrlo čudan par i, mada godinama žive u Italiji, govore italijanski gore nego ja engleski.

To me nije iznenadilo. – Sigurno su uvrnuti, svakako, ili makar muž. Rekao mi je da je pre četiri godine doneo odluku da napusti jurnjavu za novcem, i zato su život u Njujorku zamenili samovanjem ovde. Imam osećaj da je ta odluka bila njegova a ne zajednička, i nisam siguran da je njegova žena toliko zagrižena za celu tu priču o odbacivanju civilizacije koliko on. Što se tiče italijanskog, verovatno ne viđaju druga ljudska bića, tako da im taj jezik gotovo nikad nije potreban. Nisam video telefon niti televizor u njihovoj kući i, u stvari, kad sam razgledao, izgleda da nemaju uvedenu ni struju. Da li su vaši policajci uspeli da dobiju sve odgovore, ili biste želeli da ja odem do njih? – Nadao sam se da će odgovor biti ne, ali čekalo me je razočaranje.

– Bio bih vam vrlo zahvalan, Dene, hvala. Samo proverite gde su bili sinoć, da li imaju neke veze s ljudima ovde, znate kako to ide. Nema žurbe, može i sutra. Jedina druga farma nalazi se nedaleko od glavnog ulaza na hotelsko imanje. To je malo zanimljivije, jer njen vlasnik, Đorđo Karbonaro, tvrdi da se probudio sinoć, baš kao i prethodnih noći, i zatekao vukove kako pokušavaju da mu otmu kokoške. Izgleda da te zveri redovno zavijaju ispred njegovog prozora i mrzi ih iz dna duše. Ako tražimo nekoga ko mrzi vukove, onda smo ga pronašli.

Iznenada sam se setio vabilice koja oponaša zavijanje vuka, koju je Oskar pronašao, i izvadio sam je iz džepa. – To me je podsetilo, pogledajte ovo. Jeste li nekad videli nešto slično? Oskar ju je pronašao blizu slomljene boce, baš pored stepenica terase. – Pustio sam da je razgledaju nekoliko trenutaka, pre nego što sam je uzeo i „odsvirao" vučje zavijanje. To je izazvalo zanimljive posledice. Oba detektiva su se osmehnula, ali onda su tužno odmahnula glavama kad sam im objasnio da je kombinacija Oskarovih zuba i mojih grozničavih pokušaja da mu izvadim taj predmet iz usta pre nego što ga proguta, najverovatnije uništila sve otiske prstiju. To je takođe privuklo pažnju Freje Blomkvist, koja je istrčala kroz balkonska vrata kad je začula zavijanje. Kad je videla drveni predmet u mojoj ruci, prišla je do stola izgledajući radoznalo.

– Šta to imate, Dene? Mogu li da pogledam? Na trenutak sam pomislila da je pravi vuk.

– Mislim da je to bila namera onoga ko je napravio tu vabilicu. – Dodao sam joj je. – Jeste li ikad videli nešto slično? Verujemo da ju je možda koristio ubica.

Odmahnula je glavom. – Ne, nikad je nisam videla, ali čula sam za njih. U vreme kad su vukovi lovljeni u Evropi, ovo je korišćeno da ih izmami iz šume.

– Znate li odakle je? Iz koje zemlje?

– Stvarno ne znam. Pretpostavljam da bi mogla biti italijanska ili možda iz neke od zemalja koje imaju veće i potencijalno opasnije vukove, ili možda iz zemalja kao što je Slovačka, gde je lov i dalje dozvoljen ili je tek odnedavno zabranjen.

– A koje bi to zemlje mogle da budu?

– Najverovatnije delovi bivšeg Istočnog bloka i Rusije, kao što sam rekla, no to je samo pretpostavka.

Nakon što je vratila vabilicu i otišla, Bruno je pogledao preko stola. – Nemamo Ruse, ali imamo jednog Čeha, a on se posebno zanima za vukove. Mislim da treba da pokažemo ovo doktoru Havelu, zar ne?

Klimnuo sam glavom, ali nisam zaboravio da Freja Blomkvist, drugi stručnjak za vukove, nije izgledala iznenađeno kad je čula za ubistvo. Da li Čika Džek ima neku veliku tajnu?

10.

Subota uveče

Ana me je čekala kad sam se vratio u sobu i nije gubila vreme. Čim sam zatvorio vrata za sobom i Oskarom, počela je da priča. – Imala sam iskren razgovor s Linom... ili, makar, ona je rekla šta joj je na duši.

– O Virđiliovom poslu, zar ne? – Nije bilo potrebe da čekam da klimne glavom. – Nikad ranije to nisam primetio, ali danas je bilo nekoliko prilika kad sam video nešto na njenom licu. Uvek sam im zavideo zbog načina na koji je ona uspela da prihvati otežavajuće okolnosti njegovog posla, ali zvuči kao da je stiglo do kritične tačke.

– Stvarno mislim da jeste. Bila je uplakana, sirotica. Nema sumnje da ga i dalje voli, ali sve joj je teže i teže da se nadmeće s njegovim poslom.

Tužno sam odmahnuo glavom. – Bože, to je sve tako poznato, ali šta možemo da uradimo?

– Mislim da je pitanje šta *ti* možeš da uradiš, Dene. Sad već poznaješ Virđilija vrlo dobro, i znam da ti veruje. Prošao si kroza sve to ranije i mislim da je najbolje da sedneš i razgovaraš s njim. Na osnovu onog što sam videla danas, mislim da on nema pojma koliko je ona uznemirena.

Seo sam na ivicu kreveta, a Ana je sela kraj mene i spustila šaku na moje koleno kad je nastavila. – Znam da muškarci ne vole da pričaju o takvim stvarima, ali to je u njegovom interesu.

Bila je u pravu. Dugovao sam Virđiliju da razgovaram s njim i da ga, nadam se, navedem da razgovara sa svojom ženom, ali nisam se radovao tome. Nisam im zavideo na onom što ih čeka, ali znao sam da moram da pokušam. Spustio sam šaku na Aninu i uputio joj osmejak. – Naravno da ću razgovarati s njim. Stvarno mora da razgovara s Linom. To je bila greška koju sam ja napravio. Helen i ja nikad nismo razgovarali o tim stvarima. Možda bi, da jesmo, sve ispalo drugačije. – Stegnuo sam Aninu ruku. – Ali, naravno, onda ne bih upoznao tebe.

Cmoknula me je u obraz i ustala, a i Oskar je ustao s njom. – Dobro, sedela sam ovde čitavog popodneva, i dobro bi mi došla šetnja. – Kao i obično, ta čarobna reč je navela Oskara da veselo poskakuje kraj nje, tako da sam i ja ustao i predložio nešto.

– Bruno želi da svratim kod Rajnera i Suzi i postavim nekoliko pitanja, ali mogu da uradim to ujutro. – Videvši upitan izraz na njenom licu, objasnio sam. – Ništa važno, samo jezički problemi. Policajci koji su otišli da uzmu izjave nisu mogli da se sporazumeju s njima, tako da sam se dobrovoljno javio da odem. Ne brini, ti si slobodna. Samo ću otići tamo i zadržati se pet minuta. Što se tiče ovog popodneva, zašto ne bismo otišli da obližnje farme gde prave vino, da kupim Virđiliju bocu koju mu dugujem?

Napolju je sunce bilo nisko na horizontu iza nas i bacali smo izdužene senke dok smo hodali prilazom do puta. Jedna od stvari koje volim u vezi s Toskanom je to što su generacije Toskanaca sadile čemprese pored puteva, staza i prilaza i mogao si ih pratiti kilometrima kako se protežu preko brežuljaka. Hodali smo a Oskar je trčao ispred nas, tražeći grane i šišarke, kao i uvek. Uhvatio sam Anu za ruku.

– Jesi li sigurna da ti ne smeta što sam pomagao inspektoru danas popodne? Poslednje što želim je da te dovedem u istu situaciju u kojoj je sad Lina.

Stegla mi je ruku i uputila mi osmejak. – Zaboravljaš da sam i ja pomagala inspektoru danas popodne, ali ne brini, kao što sam rekla ranije, ušla sam u ovu vezu otvorenih očiju.

– I obećavaš da ćeš mi reći ako stavim posao ispred tebe?

– Obećavam, ali znam da će biti takvih trenutaka. To je normalno, ne brini.

– Kako je bilo danas? Da li si žarko poželela da se priključiš policiji?

– Bilo je zanimljivo, ali ne, vrlo sam zadovoljna svojom srednjovekovnom istorijom, hvala na pitanju. Neki od ljudi s kojima smo razgovarali stvarno su bili uznemireni zbog Dijamantisove smrti. – Namignula mi je. – I ne samo žene. Uzgred, da li znaš da je doktor Dijamantis bio donekle slavan?

Odmahnuo sam glavom. – Na koji način? Čuo sam da je bio stručnjak za polarne medvede.

– Izgleda da je bio internetski influenser, koga su pratile desetine hiljada ljudi na društvenim mrežama. Rekli su da je bio na televiziji, a napravio je redovan potkast o zaštiti prirode i intervjuisao je velika imena iz te oblasti.

– To je zanimljivo. – Ako je žrtva bila toliko poznata na internetu, bilo je vrlo verovatno da ima ne samo legiju obožavalaca nego i izvestan broj onih koji poriču klimatske promene, ludaka i gnevnih ljudi. Da li je neko od njih mogao da se uvuče na simpozijum ili nekako uđe u hotel i namami Dijamantisa napolje da ga ubije? Palo mi je na pamet da je u hotelu bilo desetak ljudi, osim nas četvoro, koji su bili obični gosti i nisu imali veze sa simpozijumom. Nisam razgovarao s njima i pitao sam se koliko ozbiljno Bruno razmišlja o tome.

– O čemu razmišljaš? – Ana me je zaustavila i zagledala se u mene, nežno me dodirujući po slepoočnicama. – Znam taj pogled. Unutra radi kompjuter, zar ne? Jesi li imao neko otkrovenje? Znaš li ko je ubica?

Osmehnuo sam joj se. – Voleo bih da znam. Što se tiče mozga, očajnički mu je potrebna čaša vina da bi radio bolje, ali samo sam razmišljao o tome da je možda neko od ostalih gostiju hotela mogao imati nekakve veze sa žrtvom koja nam je promakla. Svi s kojima sam razgovarao danas popodne bili su naučnici i učesnici simpozijuma, ali ima nekih nenaučnih gostiju kao što smo mi, ljudi koji sede u našem delu restorana za vreme obroka. Da li je Bruno razgovarao s nekim od njih?

– Nije, koliko se sećam. To je ostavio svojim ljudima, zato što su ostali gosti ili Italijani ili govore italijanski. Shvatam zašto si pomislio na to. Misliš da je ubica možda neko od njih, zar ne?

– Iskreno, ne znam, ali to je nešto što treba proveriti.

Imanje Đorđa Karbonara bilo je više vinarija nego farma. Mada sam video nekoliko belih krava na jednom polju i kokoške u dvorištu, bilo je jasno da je sva pažnja usmerena na vino. U jednom ambaru otvorenih strana, video sam ona dva smešna uska traktora koje meštani koriste kad idu gore-dole između čokota. Limena nadstrešnica je zaklanjala nekoliko prikolica, umrljanih plavičastoljubičastom bojom od grožđa koje su prevozile šest meseci ranije tokom berbe grožđa. Još jedna šupa bila je prepuna plastičnih gajbica, takođe umrljanih, bez sumnje korišćenih prilikom berbe grožđa. Velika stara drvena dupla vrata na drevnom kamenom prolazu vodila su do vinskog podruma, a mala vrata napravljena na jednom krilu velikih imala su oznaku *Entrata*.

Učtivo sam pokucao na vrata i ušli smo. Jedan muškarac bio je sagnut ispred nas i radio je nešto kraj jedne u nizu velikih drvenih bačvi položenih na tlo, i podigao je glavu kad smo ušli. Bio je verovatno mojih godina, ali izborana, preplanula koža govorila je da je, za razliku od mene, vreme provodio uglavnom napolju. Pokazao sam na Oskara. – Dobro veče, da li smemo da uđemo sa psom? Vrlo je srdačan, verovatno i previše.

– Sve dok mi ne piša na bačve, dobrodošao je, kao i vi.

Prišao nam je i rukovali smo se. Oskar se propeo na zadnje noge kako bi taj čovek mogao da ga pomiluje po ušima. – Imate lepog psa. Pobrinite se da ne naleti na nekog vuka.

Odlučio sam da se pravim nevešt. – Da li stvarno ima vukova u okolini?

– Nego šta! Te prokletinje me bude svake noći pokušavajući da mi odnesu kokoške. Kao što sam rekao, čuvajte tog psa kad ste u šumi, posebno kad padne mrak.

Rekao sam mu da provodimo vikend u hotelu i on je podigao glavu.

– Policija je ranije bila ovde. Kažu da je neko ubijen u hotelu.

Odlučio sam da ne pominjem svoju ulogu u istrazi. – Da, užasna stvar. Nadajmo se da će policija brzo uhvatiti osobu koja je to uradila.

– Razgovarao sam ranije s jednim radnikom hotela i kaže da policija misli kako je to možda napad vukova. – Pitao sam se da li je razgovarao s vrtlarom.

Odmahnuo sam glavom. – Ne, patolog je potvrdio da je to ubistvo.

Nije lako odustajao. – Jeste li sigurni? To su opasne životinje, znate, a broj im se povećao tokom poslednjih nekoliko godina.

– Ne, to sigurno nisu bili vukovi.

– Dakle, ubistvo? Mora da je pomalo jezivo znati da živite u istoj zgradi sa ubicom.

Pogledao sam Anu. – Malo je uznemirujuće, ali srećom policija istražuje slučaj. – Nije zvučalo kao da može nekako da doprinese istrazi, pa sam prešao na razgovor o vinu. – Što se tiče vina, zasad samo želim da kupim jednu bocu dobrog crnog, ali obećavam da ću se vratiti u ponedeljak ili utorak da kupim još vina pred polazak.

Insistirao je da probamo pre kupovine i odveo nas je do šanka napravljenog od debelih dasaka postavljenih odozgo na dva bureta. Izvadio je tri čaše i tri boce vina, dve crnog i jednu belog, iz olupanog starog frižidera.

Počeli smo od hladnog belog vina, koje je bilo vrlo pitko, i odlučio sam da kupim nekoliko boca. Kjanti je u suštini oblast gde se proizvodi crno vino, mada sve veći broj vinara sadi i sorte belog grožđa. Oni su i dalje u manjini, a izbor je ograničen, tako da sam, otkako sam se doselio ovamo, stekao naviku da kupujem po nekoliko boca za svoj mali podrum kod kuće, kad god bih pronašao dobro belo vino.

Popio sam sve vino iz čaše – nisam vozio, a bilo mi je besmisleno da vrtim vino u čaši i ispljunem ga kao što rade stručnjaci – Ana je pijuckala svoje, odmahnula glavom, i dozvolila mi da pređem na probanje crnog. Sinjor Karbonaro je takođe popio vino iz svoje čaše, a onda sipao malo crnog u moju čašu, okrenuo ga i prosuo vino na zemljani pod podruma, pre nego što je dopola napunio čašu i gurnuo je preko šanka ka meni.

– Dobro stono vino, dvanaest odsto alkohola. Možete ga popiti koliko želite, i garantujem vam da ćete se i dalje osećati dobro sutra ujutro.

Bio sam pomalo sumnjičav, ali moram priznati da je to bilo vrlo dobro vino, svetlocrvene boje i sigurno vrlo pitko. Nakon što sam ispustio prikladno zvuke zadovoljstva i, naravno, progutao sve, sinjor Karbonaro je dopunio svoju i moju čašu iz druge boce crnog vina.

– Dvadeset četiri meseca u hrastovoj bačvi, četrnaest odsto alkohola. Jako i aromatično, ali treba mu pristupiti s poštovanjem. Prodao sam hotelu sedamdeset dve boce za neko venčanje prošlog leta i zatekao jednog od gostiju u svom kokošinjcu narednog jutra, čvrsto je spavao, a jedna od kokošaka mu se ugnezdila u pantalonama.

– Kad govorimo o kokoškama, ispričajte mi malo više o tim vukovima. – Mada sam čuo mišljenje naučnika i hotelskog vrtlara, zanimalo me je da vidim šta je pravi seljak mislio o njima. – Jesu li opasni za ljude?

– Kažu da nisu, ali naravno da jesu. – Pokazao je na Oskara koji je zadovoljno ležao na podu kraj mojih nogu. – Veliki mužjak je gotovo dvostruko veći od vašeg psa i, kao i svaka tako velika životinja, kad je gladan ili ljut može da napravi mnogo štete. Ako želite moje mišljenje, vlada bi trebalo da promeni zakon i istrebi ih.

– Ne smete da pucate u njih, čak ni da zaštitite svoje domaće životinje? – Uvek sam umeo da se pravim glup. Činjenica da polovinu vremena i jesam takav bez sumnje mi je pomagala.

– Zaštićeni su zakonom. Ništa ne možemo da uradimo osim da prihvatimo činjenicu da ćemo izgubiti nekoliko jaganjaca i kokošaka svake godine. Trebalo bi da nam vlada nadoknadi štetu, ali ne biste verovali koliko obrazaca za to treba popuniti.

– Imate i ovce? – Ana je i dalje držala čašu belog vina.

Izgledao je pomalo postiđeno. – Pa ne, ali mogao bih da ih imam, zar ne? Za sve su krivi naučnici. Ne znam u kojem svetu oni žive, ali moraju da razumeju da vukovi i ljudi ne mogu da žive zajedno.

– Ali kako da naterate te naučnike da se predomisle? – Zanimalo me je da vidim hoće li zagristi mamac.

– Kad nekog od njihovih budu ubili vukovi, onda će razumeti. To je jedini način. – Bila je to prilično ekstremna izjava. Da li ovaj seljak ima mračniju stranu?

– Zvučite kao ljudi s kojima sam juče razgovarao. Možda ih poznajete: stariji bračni par koji živi na drugoj strani brda.

– Nemci? Da, poznajem ih. – Njegov ton je sve rekao, ali malo sam ga isprovocirao.

– To su oni. – Dobro, Austrijanci su, ali za toskanskog seljaka Nemci su gotovo ista stvar. – Zar se ne slažete s njima?

– Jedva ih i viđam, kao i ostali. Koliko znam, možda su u programu zaštite svedoka.

– Mislite li da su ih vukovi gnjavili?

– Ako imaju domaće životinje, sigurno jesu. Ne zaboravite, po tome kako su zapustili vinograde i maslinjake, sumnjam da drže životinje. Oni su samo turisti... – Iz prezira u glasu, bilo je jasno da sinjor Karbonaro nema visoko mišljenje o njima.

Na kraju sam kupio po jednu bocu od svake vrste vina i zahvalio mu se na degustaciji. Dok smo se Ana i ja vraćali prema umirućim zracima zalazećeg sunca, razmišljao sam o onome što mi je upravo rekao. Da li je ovaj prijateljski nastrojen farmer ili neko od njegovih kolega možda odlučio da iskoristi simpozijum o očuvanju životne sredine da izvede lažni napad vukova, koji bi naterao vladu da promeni ono što smatraju pogubnom politikom? Da li je ubica neko od seljaka? A šta je s Rajnerovom mržnjom prema naučnicima? Da li je moguće da je čuo za taj simpozijum i odlučio da kazni jednog od učesnika, uz mogućnost da istovremeno okrivi vukove?

Kad smo se vratili u hotel, zatekli smo Virđilija i Linu kako sede na terasi. Prišao sam i dao mu bocu dve godine starog crnog vina i čestitao mu na dobijenoj opkladi. Zamalo sam mu ispričao šta mi je farmer rekao i pomenuo sumnje koje su njegove reči izazvale u meni, ali setivši se Lininog današnjeg razgovora sa Anom, odlučio sam da ne pominjem to dok Virđilio ne bude sâm. Sad nije bilo vreme za razgovore o poslu. Rekao mi je da je Bruno otišao kući, ali vratiće se u nedelju ujutro, da započne novu turu ispitivanja s ljudima koji su nam danas privukli pažnju, a nakon toga, dao sam sve od sebe da u razgovoru ne pominjemo ubistvo. To je bilo lakše reći nego učiniti.

Kad je sunce konačno nestalo iza horizonta, a temperatura ponovo počela da pada, ustali smo i ušli u hotel. Nadao sam se da ću moći da ostanem nasamo s Virđilijem, ali on i Lina su otišli zajedno u sobu, tako da sam mogao samo da čekam da mi se ukaže druga prilika. Ana i ja smo otišli u svoju sobu, gde je Oskar odmah legao na pod uz glasan uzdah i uskoro zadovoljno zahrkao. Ana je dugo bila u kupatilu, kupajući se, a ja sam uzeo svoj laptop i upisao ime Nikolaosa Dijamantisa. Trenutak kasnije, pojavile su se brojne stranice na kojima se pominje taj čovek i počeo sam da čitam o njemu.

Prva stvar koju sam pronašao bio je njegov sajt, i bilo je jasno da se uglavnom bavio očuvanjem životne sredine i posledicama globalnog otopljavanja. Zatim sam otišao na *Fejsbuk* i pregledao poslednjih nekoliko nedelja i meseci, otvarajući postove i gledajući fotografije ugroženih vrsta, ledenih kapa koje se smanjuju i polarnih medveda nasukanih na ledenima santama, kao i vremenske katastrofe širom sveta, dok se nisam osetio potpuno demoralisano. Taj čovek nam je govorio da su nam dani na ovoj planeti odbrojani. Povremeno je, među sumornim stvarima, bilo srećnijih fotografija sastanaka, konferencija i čak nekoliko prijema i balova. Videlo se da je taj Grk stalno bio okružen lepoticama. Zagledao sam se u njih, i odmah sam prepoznao jednu. Bila je to Freja iz Švedske i nije skidala ruke s njega.

Proučavanje je prekinuo Anin glas iz kupatila koji me je pozivao da joj se pridružim u kadi. Sva mrzovolja koju sam osećao nestala je u trenu. Život je ponovo bio lep.

11.

Subota uveče

Namerno sam ostavio Anu u sobi i sišao sam u bar u pola osam, u nadi da ću zateći Virđilija samog. Nije mu bilo ni traga, ali nisam dugo ostao sam. Tek što sam naručio čašu belog vina Đorđa Karbonara i seo za sto, neko me je dodirnuo po ramenu i kad sam se okrenuo gledao sam pravo u prelepe plave oči švedske stručnjakinje za sisare mesoždere, književnice i bliske prijateljice žrtve.

– Dobro veče, Čika Džek. – Uprkos sumnjama, prijateljski sam je dočekao.

– Zdravo, Dene, drago mi je što vas vidim. – Nagnula se preko stola ka meni, a njen dekolte nije mnogo toga ostavljao mašti. S obzirom na to da je moja voljena bila samo nekoliko spratova iznad nas, skrenuo sam pogled i odlučio sam da je najbolje da se držim nauke.

– Razgovarao sam s jednim farmerom koji živi u okolini i rekao mi je kako želi da vukovi budu istrebljeni. Izgleda da svake godine kradu kokoške i jagnjad s ovdašnjih farmi. Moram da kažem kako sam zadovoljan što smrt doktora Dijamantisa ne može biti pripisana vukovima, inače bi to bila vrlo loša reklama za njih. Koliko su ugroženi?

Pomerio sam stolicu i sela je naspram mene, i tako makar nije morala mnogo da se naginje. Mama mi je govorila da mi je lako odvući pažnju, i bila je u pravu.

Frejino lice se uozbiljilo. – Stvarno su ugroženi. Ako vlada ukine zakonsku zaštitu, to će biti katastrofa. Ako priča o tome da je vuk ubio čoveka dospe do medija, to bi moglo da bude razorno, ne samo u Toskani nego i širom Evrope.

Hteo sam da ona nastavi da govori i pitao sam se da li da joj ponudim piće, kad se Pavel Havel pojavio kraj nje i doneo joj čašu crnog vina. Uputila mu je zanosan osmeh i pokazala mu da sedne kraj nje kako bi mogla da ga cmokne u obraz. Bio sam zadivljen što on ne samo što nije osetio slabost zbog toga nego se nije čak ni zacrveneo. Taj Čeh je bio čovek od kamena.

– Dobro veče, inspektore. Jeste li ostvarili neki napredak?

Nameravao sam da se pobunim, ali zaustavio sam se. Izgledalo je da nema mnogo svrhe. Očigledno je da sam ja, što se prisutnih tiče, sad bio „inspektor" i to je bilo to. Odgovorio sam mu uobičajeno oprezno. – Verujem da inspektor Seneze prati neke tragove i mislim da će se vratiti ujutro da dodatno ispita osobe od važnosti za ovaj slučaj. – Odlučio sam da neće škoditi ako malo zamutim vodu. – Mislim da su vaša imena na tom spisku, tako da će vas verovatno pozvati u nekom trenutku.

Na tren ili dva, obrazi doktora Havela postali su rumeniji nego njegova kosa. – Ne misli valjda da smo mi umešani?

Odlučio sam da se pravim nevešt, i to ne samo zato što sam bio samo ovlašno povezan sa istragom pa je možda bilo nekih novih otkrića koja su mi nepoznata. – Nemam predstavu. Zašto, jeste li umešani?

Lice mu se još više zacrvenelo. – Naravno da nisam; kako možete da kažete tako nešto?

– Drago mi je što to čujem. Kažite mi, da li je ijedno od vas bilo posebno blisko s doktorom Dijamantisom?

Na delić sekunde, Čeh je pogledao švedsku koleginicu, pre nego što je odmahnuo glavom. – Ne stvarno. Oboje smo ga poznavali, naravno. Viđao sam ga na ovakvim skupovima tokom godina, ali nikad nismo radili zajedno na nekom projektu. – Obojica smo obratili pažnju na Freju, koja je odmahnula glavom.

– Ni ja nikad nisam radila s njim. Kao i Pavel, znala sam tog tipa i sviđao mi se, ali nismo bili posebno bliski.

Da je Pinokio sedeo ispred mene, verovatno bi mi iskopao oko nosom. Tokom godina sam razvio prilično dobar radar za ljude koji ne govore istinu, i čak i da nisam video fotografiju nje i žrtve, ili da me profesorka Peletje nije upozorila na Frejinu vezu s njim, znao bih da je, kako kažu političari, neiskrena. Ili, kako kažu policajci, lagala je kao pas. Pomislio sam da joj ukažem na to, ali nisam video svrhu da je večeras provociram. Mogu to bezbrižno da ostavim Brunu za sutra ujutro. Pored toga, kao što sam nameravao da podsetim Virđilija, bili smo na odmoru.

U tom trenutku, uočio sam Virđilija na vratima na drugom kraju bara. Brzo sam se izvinio i otišao do njega. Koliko sam video, bio je sâm, tako da je možda došlo vreme za razgovor u četiri oka. Nisam se tome radovao, ali znao sam da moram to da uradim.

– Zdravo, Virđilio, čime mogu da te počastim? Belo vino je dobro. Potiče iz susedne vinarije.

Odmahnuo je glavom. – Siguran sam da je sjajno. Otvorio sam tvoju bocu crnog u sobi i probao sam ga. Sjajno je i hvala ti još jednom, ali sačekaću večeru pre nego što popijem još alkohola. Moram da zadržim bistru glavu za slučaj da se nešto dogodi večeras.

Shvatio sam to kao šlagvort. – Zašto *ti* moraš da zadržiš bistru glavu? Na odmoru si.

Tužno se osmehnuo. – Znaš kako je to, Dene; u ovom poslu nikad nisi van dužnosti.

– Kad smo kod toga...

Ali pre nego što sam počeo govor koji sam spremio, pokazao je ka drugom kraju prostorije.

– Tamo je Masimo Santini i potpuno je sâm. Zašto ne bismo otišli tamo i malo porazgovarali s njim? On je tip koga ti je pomenula francuska profesorka, koji se možda loži na Freju Blomkvist i/ili Moniku Fauler, zar ne? Ako su jedna ili obe imale vezu sa žrtvom, onda je možda taj tip postao ljubomoran i ubio Dijamantisa.

– Da, ali to nije naš posao... – Glas mi je zamro jer je on već išao ka visokom Italijanu s konjskim repićem. Nevoljno sam krenuo za njim. Kad smo stigli do Santinija, naučnik se osmehnuo Virđiliju.

– Dobro veče, inspektore, kako napreduje istraga? – Dosad sam naučio da prepoznam rimski naglasak, i bio sam siguran da mogu da prepoznam pravo zanimanje ispod naizgled nehajnog pitanja. Ostalo je da se vidi da li je to urođena radoznalost ili nešto drugo.

– Izuzetno dobro, hvala na pitanju. – Virđilio se ozario. – Inspektor Seneze mi kaže kako se nada da će već sutra uhapsiti nekoga.

Potrudio sam se da ne izgledam iznenađeno. Koliko sam znao, istraga je bila tek na početku i sigurno nismo imali glavne osumnjičene – makar ne dok ne dobijemo otiske prstiju sa slomljene boce koje bismo mogli da uporedimo s nečijim odavde. Shvatio sam šta Virđilio radi: baš ono što sam ja radio s Frejom i Havelom, uzburkava vodu da vidi hoće li nešto isplivati. Gledao sam Rimljaninovo lice i pomislih da sam nakratko video nešto. Krivicu? Zaprepašćenje? Zabrinutost? Bilo je teško reći. Pribrao se i dao žustar odgovor koji nije zvučao sasvim iskreno.

– Dobro, drago mi je zbog toga. Nadam se da nije niko od mojih kolega. Ne mogu da poverujem da bi neko od njih izvršio ubistvo.

Virđilio je odgovorio neodređeno. – Ne znam. To nije moja istraga, ali zvuči obećavajuće.

U tom trenutku je prišla Vajolet Grovenor, direktorka škole, i po njenom izrazu lica, želela je nešto. – Sjajno, oba policajca su ovde. – Hteo sam da se pobunim, ali ona je nastavila s pitanjima i digao sam ruke. Mada više nisam bio policajac, pretpostavljam da je bila u pravu, sviđalo mi se to ili ne, oko toga da sam se umešao u ovu istragu. – Molim vas, možete li mi reći je li doneta neka odluka oko sutrašnjeg izleta u Sijenu? Odlučili smo da ga skratimo i odemo tamo samo na ručak – koji je već rezervisan – a onda obilazimo grad nekoliko sati tokom popodneva. Tako ćemo sutra ujutro da nadoknadimo veći deo današnjih otkazanih sastanaka. Suština je u tome što iz turističke agencije žele da znaju večeras hoćemo li ići ili nećemo.

Virđilio je klimnuo glavom. – Razgovarao sam sa inspektorom Senezeom o tome i zamolio me je da vam kažem kako dozvoljava da odete na izlet, ali zahteva da putujete kao grupa i da se svi vrate zajedno. Svako ko odabere da ne ide moraće da ostane u hotelu. Takođe je zamolio da u svakom autobusu bude mesta za dvojicu njegovih ljudi koji će pratiti grupu. U ovom trenutku ne znamo zašto je doktor Dijamantis ubijen, tako da postoji rizik, iako mali, da ubica ponovo napadne.

Izraz olakšanja proširio se preko lica Vajolet Grovenor. – Izvrsne vesti. Da, naravno, pobrinuću se da bude mesta za njegove ljude. Molim vas, zahvalite mu se na razumevanju. Veoma cenim to. – Lice joj se uozbiljilo. – Nadam se da više neće biti tih užasnih ubistava.

Odlučio sam da proverim svoju ideju kod nje i Rimljanina. – Pitao sam se da li je ovo ubistvo možda delo nekog ko se nada da će za smrt biti okrivljeni vukovi? Čujem da među zemljoradnicima ima mnogo zlovolje spram povećanja broja vukova i mnogi bi voleli da se zakon promeni. Šta vi mislite?

– Mislite da je to neko spolja možda uradio da uznemiri javno mnjenje? – Vajolet Grovenor je zvučala zadovoljno. – Sigurna sam da to zvuči mnogo verovatnije. Ne mogu da zamislim da bi neko od mojih kolega mogao da uradi tako nešto. Šta vi mislite, Masimo?

– Ja sam mikrobiolog, i ne znam mnogo o sisarima, ali siguran sam da ste možda u pravu. Naravno, mnogi ljudi, ne samo farmeri, smatraju vukove opasnim. U Apeninima, nedaleko od Rima, često slušamo priče o otimanju jaganjaca i kućnih ljubimaca. Čuo sam da vukovi dolaze u predgrađa velikih gradova. – Pogledao je Vajolet. – Da li ubiju mnogo životinja godišnje? Šta je s ljudima?

Njena reakcija je bila ista kao kod dvoje specijalista za vukove. – Ja se bavim morskim sisarima, ali znam da, iako ubiju izvestan broj jaganjaca i kokošaka svake godine, vukovi takođe dobro kontrolišu populaciju jelena i divljih svinja – a te životinje nanose mnogo veću štetu usevima. Takođe verujem da većina zemalja u Evropskoj uniji ima načina da obešteti farmere kad izgube stoku, tako da vukovi nisu toliko loši koliko mislite, a znam da im ne bi palo na pamet da napadnu ljude. Svu tu histeriju pripisujem horor filmovima.

Pomislio sam na svog četvoronožnog prijatelja gore, koji verovatno srećno spava kraj Aninih nogu. Sigurno ne bih bio toliko popustljiv da ga rastrgnu vukovi.

U međuvremenu, Virđilio je usmerio pažnju na visokog Rimljanina. – Kažite mi, doktore Santini, imate li neku teoriju o tome ko je mogao da ubije vašeg kolegu?

Odmahnuo je glavom. – To mi izgleda prilično neverovatno, inspektore. Nisam dobro poznavao Nikolaosa, ali svi su mi rekli da je bio dobar momak. Zašto bi ga neko ubio?

Da, zašto?

U tom trenutku nam se pridružio Pavel Havel i zagledao sam se u lica dvojice muškaraca. Bilo je jasno da je Havel blizak s Frejom, i ako je profesorka Peletje bila u pravu, da je Santini zagledan u nju, očekivao sam vatromet, ali nisam osetio nikakvu napetost kad su se sreli. Ili je stara Francuskinja pogrešila, ili nijedan od njih nije gajio tako snažna osećanja prema Freji. Ili su obojica dobri glumci.

Bilo je jasno da je Virđilijeva prilika da vodi miran razgovor nasamo sa Santinijem sad prošla i zato smo otišli, i odveo sam ga na terasu, daleko od ljudi. Bilo je primetno svežije tamo, ali ne onoliko hladno kao prethodnih noći. Proleće je sigurno dolazilo. Kad sam bio siguran da nas niko ne može čuti, počeo sam svoju priču, nadajući se da ne ugrožavam naše prijateljstvo.

– Ovaj... Virđilio, moram nešto da ti kažem.

Mora da je osetio moj ton. – Šta je bilo, Dene? Nešto nije u redu? Problemi sa Anom?

– Ne, sve je u redu, hvala. Ne želim da pričam s tobom o Ani nego o Lini.

– Lini?

– Ona i Ana su razgovarale. Pa, da budem iskren, Lina je rekla šta joj je na duši i Ana kaže kako je jasno da je sve više nesrećna. – Brzo sam razjasnio. – Ne zbog tebe, samo zbog tvog posla. – Zagledao sam se u njegovo lice i osetio sam veliko olakšanje kad je pokazao znake razumevanja, i zato sam skupio snagu i nastavio. – Moram da priznam da je bilo nekoliko situacija kad sam se podsetio kako je bilo sa mnom i Helen poslednjih godina našeg braka. Ti si mi najbolji prijatelj i ne bih voleo da se tvoj brak okonča kao moj, tako da te molim da me ne shvatiš pogrešno. Ne pokušavam da ti se petljam u privatni život, samo pokušavam da pomognem. – Popio sam veliki gutljaj belog vina i zabrinuto čekao njegov odgovor. Potrajalo je, ali osetio sam veliko olakšanje kad je progovorio.

– Hvala ti, Dene, i hvala Ani. Cenim što mi govoriš to. Moram da priznam da nisam sasvim iznenađen, ali pretpostavljam, iskreno, da sam ignorisao to i nadao se da će proći. Nisam shvatio koliko to utiče na nju. – Bespomoćno je pružio ruke, s dlanovima nagore.

– Šta mogu da uradim? Znam da je posao problem, ali volim to što radim. Dobro, kukam povremeno, ali ne bih ga menjao. Naravno, nema govora da bih ikad poželeo da između mene i Line stvari krenu naopako, ali ne znam šta da radim. Pretpostavljam da mogu da zatražim kancelarijski posao, gde mogu da imam normalno radno vreme, ali obojica znamo kako će se to završiti. Za nekoliko dana bih umro od dosade. Znaš kako je to.

I znao sam. Bio sam zabrinut za oboje. Sve mi je to bilo tako strašno poznato. Nije lako biti u braku s policajcem. Osim nemogućeg radnog vremena, uvek postoji strah kod supružnika koji ostaje kod kuće da će se dogoditi nešto grozno, kao ozbiljna povreda ili smrt. Mada je britanska policija uglavnom nenaoružana, krivična dela izvršena nožem ili pištoljem su u porastu poslednjih godina, a stopa ranjavanja policajaca se povećala u skladu s tim. Ovde u Italiji čak i lokalni pozornici koji naplaćuju kazne za pogrešno parkiranje nose pištolje, tako da je situacija još gora. Mogu sasvim da razumem kako stalna briga raste tokom godina, dok ne postane nepodnošljiva. Istovremeno, tačno sam znao kako se Virđilio oseća. Uživao sam u svom poslu, ali pre svega sam se osećao korisno, imao sam mogućnost da pomognem ljudima, a to je bio dobar osećaj. Na kraju krajeva, morao sam da prihvatim da su moja osećanja prema poslu bila jača od osećanja prema mojoj ženi, i razvod je bio neizbežan, ali bilo je to teško za oboje.

– Slušaj, Virđilio, ja sam najgora osoba da te savetujem. Pogledaj šta se dogodilo s mojim brakom. Otkako sam upoznao tebe i Linu, zavideo sam vam na sreći, i znam da je poslednje što bi želeo da ugroziš to. Ali moraćeš da sedneš i da razgovaraš s njom. To je ono što ja nisam uradio dok nije bilo prekasno. Tvoja veza s Linom je suviše jaka da bi se prekinula. Razgovaraj s njom, i siguran sam da ćete pronaći neko rešenje.

Uprkos tim optimističkim rečima, nisam bio tako siguran.

Večera je bila prilično sumorna, ne samo zbog ubistva. Virđilio je davao sve od sebe da bude brižan i pažljiv prema Lini, a Ana i ja smo se pridružili, nadajući se da će to razvedriti atmosferu. I pored toga, napetost na Lininom licu bila je vidljiva, a razgovor oko stola postajao je sve usiljeniji. Na kraju, pre nego što je stigao desert, Lina je ustala i vrlo učtivo rekla da ima glavobolju. Virđilio je izgledao na tren nesigurno, ali onda je skočio na noge i krenuo za njom. Pogledao sam u Anu i tužno odmahnuo glavom.

– To je bilo čupavo. Nadam se da će uspeti da smisle nešto. Uspeo sam da ranije razgovaram s njim, pre nego što ste došle Lina i ti, ali to je već poznata priča: posao ili žena?

Pružila je ruku i spustila je preko moje na stolu. – Hvala ti što si pokušao, znam da si dao sve od sebe. Oni su veoma dobri ljudi i zaslužuju da budu srećni. – Osmehnula se. – Kao i mi.

Osetio sam hladnu, vlažnu njušku na gležnju. Na trenutak sam se zapitao da li je Oskar shvatio kako ćemo imati dva deserta viška, i nudi svoje usluge efikasnog sistema za odlaganje otpada. Dao sam mu komad hleba i odmahnuo glavom.

– Nema slatkiša za tebe, kuče. Kako očekuješ da pobegneš od vuka ako ti dozvolim da se ugojiš?

Po njegovom izraza lica, bilo je prilično jasno da je spreman da rizikuje.

12.

Nedelja ujutro

Ustao sam rano u nedelju ujutro i otišao u šetnju sa Oskarom. Danas je bilo osetno toplije ali uočio sam sive oblake na horizontu, i imao sam osećaj da će kiša pasti pre kraja dana. Nadao sam se da tokom našeg izleta do Sijene neće biti kiše. Oskar i ja smo krenuli danas na drugu stranu i hodali smo stazom koja je vijugala preko šumovite padine na jugu, dok nismo izašli na čistinu gde je neko pažljiv postavio drvenu klupu pored staze. Odatle sam mogao da vidim hotel i okolne vinograde. Zasad, loza je još bila gola nakon zime, ali u roku od nekoliko nedelja cela će oblast ponovo biti zelena i drevni ciklus rasta, berbe i čarobnog preobražaja soka u vino počeće iznova. Da, Toskana je sigurno bez premca.

Telefon mi je zazvonio ali nisam prepoznao broj. Ipak, možda je bilo poslovno i odmah sam se javio. Saznao sam da je to inspektor Bruno Seneze.

– *Ciao*, Dene. Nadam se da ste mirno spavali. Upravo mi se javio Virđilio i rekao da je zauzet jutros, ali dao mi je vaš broj. Pitam se možete li da mi pomognete da uzmem izjave od desetak osoba.

Bio sam zadovoljan jer je to zvučalo kao da Virđilio daje sve od sebe da ubedi Linu kako je ona najvažnija u njegovom životu, pokazujući kako je spreman da ignoriše svoje urođene instinkte kako bi bio s njom. – Naravno, rado. Uzgred, kad su vaši ljudi razgovarali sa ostalim gostima, koji nisu učesnici simpozijuma, da li je neko među njima bio zanimljiv? Sve ovo s vukovima navelo me je da se zapitam da li je neko ko ima nešto protiv vukova inscenirao napad vuka kako bi oni došli na loš glas. Da li svi izgledaju kao relativno normalni ljudi? Niko ko ima jake veze sa selom ili istoriju protivljenja zakonskoj zaštiti vukova?

Usledila je pauza tokom koje sam pretpostavio da lista svoju beležnicu. Kad je odgovorio, zvučao je zainteresovano. – Dobro razmišljanje, Dene. Većina izgleda prilično normalno: dvoje vlasnika prodavnice iz Firence, nekoliko penzionera iz Milana i Bolonje i grupica posmatrača ptica iz Venecije, ali ima jedan tip koji radi na Katedri za poljoprivredu Univerziteta u Pizi. Tu je s devojkom. Mislim da ću i njega pozvati na drugi razgovor.

– Kad želite da počnete? Ako ne bude previše rano, otići ću prvo kod austrijskog para, da im postavim pitanja koja juče nisu razumeli.

– To bi bilo sjajno, hvala. Da kažemo da ćemo početi s razgovorima u deset? To će vam dati dovoljno vremena, zar ne?

Potvrdio sam da mi to zvuči dobro i on je nastavio. – Uzgred, idem da uzmem otiske prstiju svima s kojima ćemo ovog jutra razgovarati. Upravo su me pozvali iz laboratorije i rekli da ima nekih nepotpunih otisaka na krhotinama stakla koje ste pronašli, i da pokušavaju da skupe pristojan set otisaka kako bismo ih uporedili sa otiscima sumnjivaca. Poruka koju smo pronašli u žrtvinoj sobi takođe ima nekoliko nepotpunih otisaka, ali ništa upotrebljivo. Nadajmo se da će sastaviti nešto od tih delova i možda ćemo pronaći poklapanje. Ako ne pronađemo, onda ćemo morati da uzmemo otiske prstiju svima u hotelu, a to će potrajati.

Nakon doručka, ostavio sam Oskara Ani i odvezao se do Rajnerove i Suzine kuće. Kao i pre, ovčarski pas me je dočekao hladno, a njegov vlasnik još hladnije.

– Nisam očekivao da se ponovo vidimo.

– Ni ja. – Rekao sam mu zašto sam došao, jednostavno opisujući sebe kao prevodioca i da sam uvučen u sve ovo jer sam odseo u *Hotelu spokojnih šuma*, gde se ubistvo dogodilo, i nevoljno me je pozvao da uđem. Nije bilo ni traga od njegove žene, ali riđa mačka je ponovo kraljevski ležala na stolici. Seo sam, a Rajner naspram mene. Danas mi nije ponudio kafu, ali to me nije iznenadilo. Na osnovu njegovog izgleda, to je bilo njegovo najljubaznije ponašanje.

Izvadio sam beležnicu i počeo da postavljam pitanja, počevši od toga gde su on i žena bili u petak uveče. Odgovor je bio jednosložan.

– Ovde.

– Oboje?

– Da.

– Da li ste znali da se u hotelu održava naučni simpozijum?

– Nisam. – Usledilo je kratko oklevanje pre nego što je prasnuo. – Prokleti naučnici. Samo pomislite na njihov ugljenički otisak, nakon što su došli ovamo iz svih krajeva sveta. To je sramota. Oni uništavaju planetu.

– To je simpozijum o očuvanju životne sredine. Mislim da ćete otkriti da su to dobri momci.

– Nema dobrih momaka među naučnicima. Bilo bi nam bolje bez njih.

Razgovor nije trajao još dugo, i jedva sam čekao da odem. Dok sam se vozio putem od kuće, zapitao sam se koliko bi daleko bio spreman da ode da bi oslobodio svet od mrskih naučnika.

Sastao sam se s Brunom u deset, kako smo se dogovorili. Ana je rekla da će mi rado pomoći s prevođenjem i ispitivanjem, ako uzmem Oskara dok ona bude išla u spa centar. I ona je dala Virđiliju i Lini mogućnost da provedu vreme zajedno i, ako bude sreće, porazgovaraju o svemu. Namerno smo doručkovali u sobi kako ih ne bismo gnjavili. Naravno, nas četvoro ćemo ručati zajedno u Sijeni, i to nismo mogli da promenimo, ali taj popodnevni obilazak grada biće savršena prilika za Anu i mene da odlutamo i ostavimo njih dvoje nasamo.

Dao sam Brunu izveštaj o prilično neprijatnom razgovoru s Rajnerom i video sam ga kako klima glavom.

– Mislite li da je taj tip možda ubica?

– Iskreno, ne znam. On je starac i tvrdi da mu je jedino prevozno sredstvo konj, tako da mislim da nije verovatno da je došao ovamo. Ako je uspeo da dođe, nisam siguran da je dovoljno lud da ubije nekog. Da, ima neke prilično radikalne poglede na nauku, ali ni ja, na primer, ne volim fudbalske huligane, pa to ne znači da idem i ubijam ih. Mislim da zasad moramo da mislimo o njemu, ali sumnjam da je on krivac. – Uputio sam mu osmejak. – Ali i ranije sam grešio.

Bruno mi se zahvalio i rekao mi koja pitanja želi da postavim ljudima jutros – u suštini, sve o njihovim vezama, romantičnim i drugačijim, sa žrtvom i ponovna provera gde su bili te noći i s kim... i rekao mi je da postavljam i druga pitanja koja želim. Činilo mi se da mu je drago što mu pomažem i prijalo mi je što se moja stručnost ceni i u mojim zrelim godinama, pedeset šest i tri četvrtine. Izneo sam mu neke ideje koje sam dobio od sinoć.

– Virđilio i ja smo nakratko razgovarali sa Santinijem sinoć, i rekao nam je da je mikrobiolog i da, kao takav, ne zna ništa o vukovima. To bi moglo značiti da je on čovek koji je smislio čitavu ovu predstavu, ne shvatajući da vukovi koji napadaju ljude predstavljaju retkost. Ne sumnjam da je osoba koja je ubila Dijamantisa nameravala to da prikaže kao napad vukova, u nadi da će odvratiti sumnju sa sebe. – Nastavio sam da mu pričam o fotografiji Dijamantisa i Freje, pre nego što sam dodao: – Takođe, kad sam pitao Freju koliko dobro je poznavala žrtvu, čak je i Oskar mogao da čuje neiskrenost u njenom glasu kad mi je rekla da nisu bili previše bliski. Mislim da to dvoje treba pomno motriti.

– Bez sumnje, a i vaš par iz Mančestera zvuči obećavajuće. Da li vam je još neko privukao pažnju?

– Voleo bih malo da propitam Tomasa Kartrajta. On je tip koji je bio umešan u prepirku koju smo Virđilio i ja videli u petak popodne. Ne znam zašto bi ga to navelo da ode i ubije Dijamantisa, ali nešto mi se nije svidelo kod njega, i voleo bih da ga malo pritisnem, u nadi da će reći nešto zanimljivo. Mislim da krije nešto. To je samo predosećaj.

Bruno mi se osmehnuo. – Detektivski predosećaj? Svi ih imamo.

Dva Brunova čoveka stajala su ispred sobe u kojoj smo uzimali izjave, i dobili su zadatak da uzmu otiske prstiju svim ljudima pre nego što uđu kod nas. Na moj predlog, svi su zamoljeni da napišu svoje ime velikim slovima na jednom papiru. Čak i bez pomoći gospođe Koneli, nadao sam se da će nam to pomoći da identifikujemo osobu koja je napisala poruku pronađenu u žrtvinoj sobi, ili makar suzimo spisak.

Bruno je počeo ispitivanje od jednog od ostalih „običnih" gostiju, koji nisu učestvovali u simpozijumu. To je bio doktor Vinčenco Albeze sa Univerziteta u Pizi, i kad je ušao u prostoriju shvatio sam da je to tip čija je devojka pokušala da jede kamenice za susednim stolom one prve večeri. Izgledao je zbunjeno i pomalo nervozno, ali nisam video nikakve zlokobne znakove krivice na njemu. Verovatno je bio istih godina kao žrtva i rekao nam je da predaje o proizvodnji hrane. Kazao nam je da se bavi uljaricama, od uljane repice, preko kukuruza i palminog ulja, do maslina. Kao botaničar nije imao nikakve veze sa sisarima mesožderima. Prilično brzo smo ga eliminisali iz istrage, jer nismo videli kakvu bi korist mogao imati od kaljanja ugleda vukova, ali pre nego što je otišao dao nam je zanimljivu informaciju kad ga je Bruno pitao da li je primetio išta neobično ili sumnjivo u petak uveče.

– Izvinite, nije mi palo na pamet kad sam razgovarao s drugim policajcem juče, ali možda sam primetio nešto. Nisam ništa *video*, ali čuo sam povišene glasove u hodniku ispred naše sobe usred noći. Ta buka me je probudila.

– U koliko sati je to bilo?

– Negde oko dva ujutro. Pogledao sam na sat.

– Jeste li čuli oko čega su se svađali? Znate li ko je to bio?

Odmahnuo je glavom. – Izvinite, zvučalo je kao da su to dva muškarca, i razgovarali su na engleskom. Moj tehnički engleski je prilično dobar, ali nisam razumeo šta su govorili. Izvinite.

– I ne znate ko je to bio?

Ovoga puta odgovor je bio korisniji. – Ja sam u sobi dvadeset devet, a prekoputa mene su dvoja vrata: dvadeset osam i trideset. Kad se svađa završila, čuo sam zatvaranje nekih vrata i mora da su bila jedna od tih, ali ne znam koja.

Nakon što je otišao, Bruno je pogledao spisak soba koji je dobio od hotela, i video je da je u sobi dvadeset osam bio Tomas Kartrajt, a u sobi trideset Masimo Santini. Da li su se njih dvojica svađali u hodniku ili je neko drugi došao da se svađa s jednim od njih pre nego što se vratio u svoju sobu? I zbog čega su se svađali?

Narednih nekoliko ispitanika nije nam reklo ništa korisno. To su bili Žilijet Dužarden, Karla Vespuči i Ingrid Šmit, koje je profesorka Peletje navela kao osobe koje su možda bile zaljubljene u žrtvu. Sve tri su priznale da su ga smatrale privlačnim, ali tvrdile su kako ničeg nije bilo među njima. Ingrid je posebno insistirala na tome, tvrdeći da nikad ne bi bila neverna svom mužu. Karla, s naočarima debelog okvira i s muškaračkom frizurom, nije izgledala kao osoba spremna da uskoči u krevet s poznatim ženskarošom kao Dijamantis, i od sve tri je izgledala najmanje uznemireno zbog njegove smrti – ali ubistvo različito deluje na ljude. Možda tuguje u sebi.

Nakon njih tri, došao je zanimljiviji par: dve španske profesorke sa Univerziteta u Barseloni, Pilar i Elena. Pilar, koja je prva ispitana, nije otkrila ništa više od toga da je provela noć u sobi koju deli sa Elenom, ali kad smo razgovarali s njenom prijateljicom, ona je brzo priznala da se dogodilo mnogo toga. Izgleda da su te dve dame provele nekoliko sati u krevetu sa Ircem, doktorom Gringrasom.

Kad smo razgovarali s njim, odmah je priznao da je rado uskočio u krevet s njih dve i vratio se u svoju sobu oko dva i trideset – bez sumnje sa osmehom na licu. Kad sam ga pitao da li je video nekog ili čuo nešto neobično tokom ili nakon ljubavne avanture, odmahnuo je glavom i rekao nam da je, nakon što je napustio španske dame, sišao dole po svoju aktovku i onda otišao pravo u svoju sobu.

Naš naredni sagovornik bio je druga osoba viđena kako luta hodnicima usred noći: doktor Hans Majer, švajcarski naučnik. Bio je to stariji muškarac neuredne sede brade i rekao nam je da pati od nesanice već duže vreme i da je jedino rešenje da ustane i ode u kratku šetnju. To je objašnjavalo zašto je bio napolju, i ja sam mu, svakako, poverovao. Kad sam ga pitao da li je uočio nekog dok se šetao, izneo je zanimljivo otkriće.

– Čuo sam nekog u baru, i zatekao tamo čistača koji je praznio mašinu za sudove. Vrlo ljubazno mi je skuvao čaj od kamilice i dok sam ga pio siguran sam da je neko prošao i izašao kroz balkonska vrata – bila su širom otvorena – ali pošto sam bio okrenut ka šanku, nisam uspeo da se okrenem na vreme i vidim ko je to bio.

– A u koliko je to sati bilo, moliću lepo?

– Sat iza šanka pokazivao je da je prošlo dva.

– A nakon toga, vratili ste se u svoju sobu?

– Da, jesam, i drago mi je što vam mogu reći da sam prilično dobro spavao.

Kad je izašao iz prostorije, video sam kako Bruno precrtava ime doktora Majera.

– Mislim da možemo da ga isključimo iz istrage. – Ponovo je pogledao beležnicu. – Imam osećaj da će naredna imena biti zanimljiva.

Klimnuo sam glavom. – Sasvim sigurno.

13.

Nedelja ujutro

Pre nego što je naredna osoba ušla, jedan od policajaca ispred vrata doneo je poruku za Bruna. – Gradonačelnik je upravo stigao s nekoliko odbornika i želi da porazgovara s vama.

Bruno me je pogledao i podigao obrve. – Gradonačelnik? – Okrenuo se prema policajcu. – Dobro, kažite im da uđu.

Gradonačelnik je bio priča za sebe. Bio je toliko visok da mu je glava gotovo očešala dovratak, i čak je i Oskar zadivljeno pogledao tog diva koji ulazi. Bio je odeven u poslovno tamno odelo i nosio je zvaničnu lentu, ukrašenu zeleno-belo-crvenom italijanskom zastavom. Najuočljivija stvar na njegovom licu bili su veličanstveni brkovi, koji su mu sezali gotovo do ušiju. Jedno je bilo sigurno: nema svedoka koji bi se dvoumio ako mora da ga prepozna u policijskoj stanici. Iza njega je ušlo dvoje ljudi: sitna žena stara između šezdeset i sedamdeset godina, a za njom niko drugi do Đorđo Karbonaro iz vinarije. Bruno je ustao i rukovao se sa sve troje.

– Dobro jutro, gospodine gradonačelniče. Kako mogu da vam pomognem?

– Dobro jutro, inspektore. – Gradonačelnik Pontenuova je imao jedan od onih promuklih glasova koji zvuče kao šmirgla. Ispravio se i postao još viši, uhvatio se za revere obema rukama i nadmeno raširio ogromne grudi. Dugmići na njegovoj košulji su se pobunili zbog pritiska i instinktivno sam okrenuo glavu. Ako počnu da se otkidaju, mogli bi da mi izbiju oko. Nesvestan napetosti kojoj je izložio svoju odeću, gradonačelnik je progovorio. – Radi se o vukovima. Moramo da uradimo nešto povodom toga. Situacija je neodrživa i nešto se mora uraditi. – Video sam ga kako gleda ploču stola i video sam kako žudi da udari pesnicom po njoj, ali uspeo je da se uzdrži.

– Kakvim vukovima? – Bruno je odglumio neupućenost.

– Vukovima koji su ubili tog jadnika, naravno. – Gradonačelnik je sad bio u punom zamahu i video sam da gospođa iza njega klima glavom. Da budem iskren, Đorđo Karbonaro, koji je zahvaljujući meni znao istinu, ostao je neutralan.

Bruno se potrudio da mu izraz lica i ton ostanu prijateljski. – Mislite na ubistvo naučnika ovde u petak, pretpostavljam. Dozvolite mi da vas uverim da vukovi nikako nisu umešani, mada je ubica pokušao da ih okrivi.

– Ja nisam tako čuo. – Gradonačelnikov glas se podigao za oktavu i video sam kako Oskar diže glavu uz izraz koji je govorio da ne voli što je probuđen iz prijatnog sna o vevericama.

Brunovo lice je postalo odlučnije. – Ne znam šta ste čuli, gospodine gradonačelniče, ali verujte mi kad kažem da ova istraga ubistva nema nikakve veze s vukovima, i to je zvanično. – Ton mu je postao nepopustljiv. – Ali drago mi je što ste došli. Bilo je naznaka da je ubica neko od meštana ko namerno pokušava nepravedno da izazove pokolj zaštićene vrste. – Glas mu je postao još više preteći. – Moguće je da je ubica neko od meštana. Trenutno sprovodimo istragu u hotelu, ali možda je proširimo na ceo Pontenuovo, a vas ćemo prvog obavestiti ako odlučimo da ispitamo vas ili nekog od vaših sugrađana.

Bio sam zadivljen. Ovo nije prvi put da sam naišao na uobražene političare, lokalne i nacionalne, i naučio sam da je jedini način borbe protiv njih da im se suprotstavite – i nadate se da ne igraju golf s načelnikom policije. Bruno je sve uradio kako treba. Troje posetilaca se zgledalo zabrinuto, možda čak i sumnjičavo, i njihov neprijateljski stav je nestao.

Bruno je nastavio da koristi ostvarenu prednost. – Hvala vam što ste pronašli vremena da me posetite, gospodine gradonačelniče, ali bojim se da sad stvarno moram da nastavim sa istragom ubistva. Da bismo izbegli svaku sumnju, dozvolite da ponovim da je ovo istraga *ubistva*, koje nema nikakve veze, ponavljam nikakve, s bilo kojom četvoronožnom životinjom.

Tačno na vreme, Oskar, kome je bez sumnje bilo dosta stalnog prekidanja dremke za lepotu, ispustio je jedan od svojih prepoznatljivih zvukova: delom cviljenje, delom zavijanje, delom zevanje, i oduševio sam se kad sam video kako su posetioci uplašeno poskočili. Nakon još jedne ture rukovanja i tihih pozdrava, gosti su otišli, i kad su se vrata za njima zatvorila pogledao sam inspektora i široko mu se osmehnuo.

– *Complimenti*, Bruno!

Uzvratio mi je osmeh. – To bi trebalo da nam ih skine s vrata. Dobro, vratimo se istrazi.

Naredna osoba s kojom smo razgovarali bio je Masimo Santini, ali nismo od njega saznali ništa više. Da, poznavao je žrtvu, i ne, nije nameravao nikog da ubije. Pored toga, bio je u svojoj sobi čitave noći i nije izlazio. Pitali smo da li mu je neko kucao na vrata usred noći, što je dovelo do svađe, ali odmahnuo je glavom i rekao da ne zna ništa o tome. I dalje mu nisam verovao u potpunosti, ali bio je to samo jedan od mojih starih pandurskih predosećaja. Nisam mogao tačno da odredim, ali nešto u vezi s njim mi je delovalo lažno.

Zatim je ušla Freja Blomkvist. Pošto se ona i ja poznajemo – mada sasvim površno – dozvolio sam Brunu da postavlja sva pitanja, a ja sam bio samo prevodilac. Bilo mi je malo čudno da ispitujem koleginicu književnicu kao mogućeg osumnjičenog za ubistvo, ali činjenica je bila da nije bila previše uverljiva kad je govorila o svojoj vezi sa žrtvom. Prvo je poricala da je imala ikakve veze s Dijamantisom, ali nakon što ju je Bruno bez uvijanja podsetio da je ovo istraga ubistva i da se očekuje da kaže istinu, konačno je priznala. Njen odgovor me je podsetio na onaj koji sam dobio od Monike Fauler juče.

– Poznajem ga tri ili četiri godine, i povremeno smo se sastajali i zabavljali se. Bio je vrlo poželjan muškarac. Kad sam ga prvi put videla nisam mogla da skinem pogled s njega. Povremeno sam ga sretala na konferencijama i drugim profesionalnim sastancima poput ovog simpozijuma, ali ne bih mogla to da opišem kao vezu. – Pogledala me je i osmehnula se. – To je bio samo seks.

Srećom, nisam morao da odgovorim na to, jer je Bruno nastavio. – Da li biste rekli da ste bili zaljubljeni u njega?

Nasmejala se. – Naravno da nisam, bilo je to samo fizički. Nema šanse da se zaljubim u nekog kome je preljuba više izazov nego ograničenje. Pored toga, volim svog muža.

To me je iznenadilo i morao sam da se ubacim. – Udati ste?

Klimnula je glavom. – Da, već jedanaest godina.

– U srećnom braku?

– Vrlo srećnom, hvala na pitanju. – Sigurno joj nije promakla neverica na našim licima. – Svi imamo male slabosti. Moja su visoki tamnokosi zgodni muškarci. – Zatreptala je prema meni. – Muškarci poput vas, inspektore Dene.

U trenutku se nisam setio kako da odgovorim. Što se mene tiče, jedini zgodan, tamnokosi muškarac u mom domaćinstvu bio je Oskar. Pošto sam bio stari sumnjičavac, moja prva pomisao bila je da namerno pokušava da mi se umiljava jer nešto krije. Ubistvo, na primer? Bruno me je spasao potrebe da odgovorim nastavljajući sa ispitivanjem, i vratio sam se u ulogu prevodioca.

– Jeste li imali seksualne odnose i s drugim učesnicima simpozijuma?

Odmahnula je glavom. – Ne, Niko je bio jedini.

– Šta je s Masimom Santinijem? Čuli smo da je bacio oko na vas.

– Primetila sam. – Zazvučala je ogorčeno. – On to radi prilično očigledno, ali nije važno jer nisam zainteresovana za njega. Ne, kao što sam vam rekla, Niko je bio jedini.

Bruno nije lako odustajao. – Šta je s vašim češkim prijateljem, doktorom Havelom?

Ponovo se nasmejala. – Riđokos i bradat? Mora da se šalite, inspektore. Pored toga, Pavel je srećno oženjen i ima troje dece u Pragu. Ne, samo smo prijatelji, dobri prijatelji, ali ništa više.

– Da li ste bili s doktorom Dijamantisom u petak uveče?

Oklevala je na tren. – Ne, nije bio slobodan.

– Šta to znači?

– Rekao mi je da ima posla.

– I vi ste mu poverovali?

– Znala sam da je vrlo zauzet čovek. – Ali nije zvučala uvereno, a nisam bio ni ja.

Kad je otišla, Bruno i ja smo napravili kratku pauzu i policajac Gori se pojavio s dve šolje kafe. Nakon što sam mu zahvalio, uputio sam mu pitanje. Bio je pametan momak i hteo sam da mu dam priliku da nam kaže šta misli.

– Ima li naznaka ko je ubica, Gori?

– Ne baš. – Spustio je glas iako su vrata bila zatvorena. – Ali tip s bradom koji je sledeći na vašem spisku izgleda kao da bi rado ubio vodnika i mene. – Odmahnuo je glavom. – Suviše je pun sebe, ako mene pitate.

Pogledao sam Bruna. – To mora da je Tomas Kartrajt. Čini se da je Gorijevo mišljenje slično mom. Da vidimo šta vi mislite.

Moram da napomenem da se Tomas Kartrajt nije istakao tokom razgovora koji je usledio. Bio je razdražljiv, naporan i besmisleno pun sebe. Da, mislim da ga je Gori dobro procenio. Ali osim neprijatnog ponašanja, nije rekao ništa što bi nas navelo da ga osumnjičimo za ubistvo, iako smo mu pomenuli da se svađao sa žrtvom na terasi u petak popodne. Jednostavno nam je rekao da je to bilo profesionalno naučno pitanje koje policajci kao što smo mi ne bi razumeli. Naravno da je proveo noć u krevetu. A gde bi? Što se tiče bučne rasprave ispred njegovih vrata, nije ništa čuo. Kad je izašao iz sobe, obojica smo se obradovali, ali nije ni na koji način doprineo istrazi.

Zatim je ušao Pavel Havel i nijedan od nas nije mislio da je on naš čovek. Bio je očigledno vrlo nervozan, ali istraga ubistva ume tako da utiče na ljude. Pokazali smo mu drvenu vabilicu za vukove koju je Oskar pronašao. Njegova reakcija bila je stanovita radoznalost, ali ne i krivica. Kad smo ga pitali za odnos s Frejom, izgledao je izbezumljeno što ga sumnjičimo da ima nečiste namere prema njoj i samo je odmahnuo glavom.

Ostao nam je samo bračni par iz Mančestera. Prvo je ušla Monika Fauler, čije su crvene oči svedočile o bolu. Ponovila je ono što mi je rekla prethodnog popodneva, konkretno da je bila ludo zaljubljena u Dijamantisa, ali da nije bila s njim u noći ubistva. Kad smo je pitali zašto, odgovorila je prilično neuverljivo da ju je bolela glava. Glavobolja je bila, makar sudeći po mojoj bivšoj ženi, način da mi kaže kako je ozbiljno ljuta na mene. Pitao sam se da li je Grk možda uradio nešto što je iznerviralo ženu koja je tvrdila da ga voli. Napokon, Ana i ja smo ga videli kako se ljubaka s nekoliko drugih žena. Možda je pronašao drugu partnerku? Nekoliko puta smo je pitali za otvoreni brak i muža pre nego što je, napokon, Bruno otvoreno pitao da li misli da je njen muž mogao da ubije Dijamantisa iz ljubomore. Odgovorila je odmah i bez uvijanja, ali ono što je rekla kasnije bilo je zanimljivo.

– Nipošto. Nema šanse da bi Piter ikoga ubio. Ali iznenađena sam što vam je rekao da nije imao alibi. Prilično sam sigurna da je te noći imao društvo.

– S kim mislite da je bio?

– To ćete morati da pitate njega.

Pitali smo.

Bilo je potrebno neko vreme, ali napokon je popustio i njegov odgovor nas je iznenadio. – I dalje smatram da je ovo nečuveno ugrožavanje moje privatnosti, ali ako baš morate da znate, proveo sam noć s Tomasom.

Iznenada je stvar sa otvorenim brakom postala mnogo jasnija. Kao što je moj stari načelnik govorio koristeći pseću metaforu, izgleda da je profesor Piter Fauler više voleo Snupija nego Lesi. Nakon što smo ispitali i otpustili Faulera, Bruno je s velikim zadovoljstvom ponovo pozvao Tomasa Kartrajta i, izvukavši iz njega potvrdu da je uistinu bio s Piterom Faulerom, rekao mu kako bi mogao biti optužen za ometanje istrage ubistva i traćenje policijskog vremena. Jedan znatno manje nadmen i skrušeniji Tomas izašao je iz sobe nakon što mu je očitana bukvica. Pošto su se vrata zatvorila za njim, Bruno je spustio olovku na beležnicu i pogledao me je.

– Da li želite da izađemo na svež vazduh?

Znao sam već neko vreme da Oskarove sposobnosti razumevanja engleskog i italijanskog uključuju sve izraze za šetnju i hranu, ali mora da je nekako savršeno razumeo Bruna jer je odmah skočio na noge i krenuo ka vratima. Krenuli smo za njim.

Kad smo izašli u vrt, vazduh je bio prilično topao, iako je nebo bilo sve oblačnije. Otišli smo do druge strane hotela, gde se vrt završavao, a počinjao mali maslinjak. Dok je Oskar davao sve od sebe da obeleži svako drvo kraj koga smo prošli, Bruno mi je govorio o jutrošnjim razgovorima.

– Pa, na koga se kladite?

– I dalje pokušavam da shvatim *zašto* je Dijamantis ubijen. Da li je to iz ljubomore, ili je možda bio žrtva pokušaja antivučijih aktivista da lažnim napadom okončaju zakonsku zaštitu? Hotelski vrtlar, seljak od sinoć i gradonačelnik danas verovatno su predstavnici velike većine seljaka.

– Da, dobro, ali ubistvo? – Bruno je zvučao sumnjičavo. – Jedno je kad neko organizuje proteste ili se vezuje za mostove, ali ubistvo? To mi zvuči prilično suludo.

– Znam na šta mislite, ali uključujem to kao mogućnost, baš kao što postoji izvesna mogućnost da su Dijamantisa napali predstavnici proizvođača fosilnih goriva ili neki ludak s društvenih mreža. – Već sam rekao Brunu da je letimičan pogled na žrtvine društvene mreže otkrio samo onu fotografiju na kojoj ga Freja vrlo strastveno grli.

Bruno je klimnuo glavom. – Mislim da se možemo složiti da je najverovatnije posredi ubistvo iz strasti. Svi kažu da je bio veliki ženskaroš, tako da je ubica ili bio razočaran ili odbačen ljubavnik ili neko ko je mislio da mu je Dijamantis oteo voljenu ženu. Da li je tako?

Brzo sam se saglasio. – Sigurno, a na osnovu toga, mislim da možemo da eliminišemo Pitera Faulera i Tomasa Kartrajta zbog njihove seksualnosti – pored toga, sad obojica imaju alibi – a iznenadio bih se i ako Hans Majer ima išta s tim. Mislim da možemo da eliminišemo i Irca, Gringrasa, jer je imao drugog posla, a istom logikom mislim da možemo da eliminišemo i dve Špankinje, njegove poslovne saradnice. – Nabrajao sam druga imena sa svog spiska. – Žilijet, Ingrid i Karla nisu mi izgledale kao dovoljno zainteresovane za Dijamantisa da bi ga ubile, a mislim da treba da isključimo i Čeha Havela.

Bruno je klimnuo glavom. – Saglasan sam što se tiče ostalih. A šta je s drugima?

Zastao sam da podignem štap koji mi je pas spustio kraj nogu. Obojica smo znali šta treba da uradim, i zato sam ga bacio što sam dalje mogao, i gledao ga kako trči za njim. – Ima nečeg u vezi s tim Rimljaninom, Santinijem, što mi izaziva sumnju, ali ne mogu da smislim nijedan motiv koji bi on imao za ubistvo. Profesionalna ljubomora izgleda da ne dolazi u obzir, jer su se on i Dijamantis bavili potpuno različitim oblastima. Možda neka ljubomora ličnije prirode, pošto izgleda da je bio zainteresovan za Freju, a možda i Moniku Fauler. Ako je žrtva bila u vezi s jednom od njih, možda je Santini pokušavao da ukloni suparnika, ali to će biti teško dokazati.

Bruno se saglasio sa mnom i nastavio sam.

– Koliko vidim, imamo troje glavnih sumnjivaca: Moniku Fauler, Freju Blomkvist i Masima Santinija. Obe žene su bile u vezi sa žrtvom, mada tvrde da nisu bile s njim te noći, no nema nikakvih dokaza za to. Možda ga je jedna od njih ubila jer je sumnjala da se muva s drugom ženom. S druge strane, tu je Santini, koji je možda ubio Dijamantisa jer mu je Grk ukrao ženu ili nešto slično – ali nejasno je ko bi ta žena mogla biti. – Pogledao sam ga u oči. – Ali to je najblaže rečeno neuverljivo.

U tom trenutku, Gori je dotrčao stazom iza nas, sa spiskom imena koja su napisali ljudi s kojima je razgovarano i zastali smo dok sam ih pažljivo pregledao. Po mom zahtevu, napravio je belešku da li je osoba dešnjak ili levak. Rezultati su bili zanimljivi, mada neuverljivi. Polovina od četrnaestoro ljudi pisala je levom rukom, a četiri su bile žene: Pilar Gomez, Karla Vespuči, Freja Blomkvist i Monika Fauler. Ostali levaci bili su Piter Fauler, Pavel Havel i Masimo Santini. A što se tiče sličnosti rukopisa, bez gospođe Koneli, nisam mogao da budem siguran.

Bruno i ja smo pogledali jedan drugog i slegnuo sam ramenima.

– To nam ne pomaže mnogo, zar ne?

– Vredelo je pokušati.

Zahvalio se Goriju i poslao ga natrag u hotel, a on i ja smo nastavili šetnju. Bruno je gledao svoju beležnicu dok smo hodali stazom. – Nisam siguran koliko rukopis pomaže, ali makar smo jutros uspeli da skratimo spisak. Za mene je Faulerova na vrhu spiska, a zatim Blomkvistova i Santini. Tu je možda i Piter Fauler, ali sad ima alibi, mada mu ga je dao ljubavnik homoseksualac. I dalje postoji mogućnost, koliko god malo verovatna, da je ubica neko van naučne zajednice, iz nepoznatog razloga, ali ostaje činjenica da svega nekoliko drugih hotelskih gostiju ima alibi za tu noć, i izgleda da je bilo dosta uskakanja u tuđe krevete. Čini mi se da je ovaj simpozijum nije samo radi nauke. – Široko mi se osmehnuo.

Uzvratio sam mu osmeh. – Možda neko od njih napiše naučni rad o slobodnim aktivnostima... izgleda da ih je bilo dosta.

14.

Nedelja popodne

Ana i ja smo se sastali s Virđilijem i Linom negde pre podneva i otputovali u Sijenu mojim kolima, sa Oskarom pozadi. Kad smo krenuli, dva autobusa su išla prema nama, bez sumnje da povezu učesnike i prevezu ih u Sijenu na ručak i istorijski obilazak grada. Tokom dvadesetominutnog putovanja, Virđilio i njegova žena nisu mnogo pričali, ali su izgledali prilično srećno. Držao sam im palčeve. Video sam da Virđilio jedva čeka da sazna kako napreduje istraga, ali uspeo je da zadrži samokontrolu, a ja sam se već dogovorio sa Anom da je policijski rad danas strogo zabranjen.

Oskar je bio vrlo druželjubiv pas. Toliko druželjubiv, u stvari, da je ponekad gurao nos tamo gde mu nije mesto. Dobre vesti danas bile su da je u Sijeni početkom aprila, iako je bila gužva, bilo mnogo manje zakrčeno nego tokom letnjih meseci, i ljudi su uglavnom bili odeveni u duge pantalone. Oskar je posebno voleo dame u kratkim šortsevima, ali, razumljivo, ne vole svi hladnu labradorsku njušku koja ih dodiruje dok idu svojim poslom. I danas je za mene na drugom kraju povoca bilo manje stresno nego što bi bilo usred leta, mada sam znao da će to što je on s nama otežavati razgledanje istorijskih zdanja. Ali to je bio problem za popodne. Sad smo ručali i Virđilio je ljubazno našao restoran u kome primaju pse.

Restoran koji je odabrao nalazio se u uskoj ulici punoj srednjovekovnih kuća, negde između Trga del kampo i katedrale. Nalazio se i svega stotinak metara od kvesture, policijske stanice gde Bruno radi. Pretpostavljao sam da to nije slučajnost, ali nisam ništa rekao i ušao sam za njim na vrata. Vrata su se nalazila na prilično neupadljivoj fasadi izgrađenoj od istih ružičastih srednjovekovnih cigala kao i veći deo grada, i sišli smo niza ciglane stepenice do nečega što je nekad bilo veliki podrum. Zasvođena tavanica bila je napravljena od gole cigle, a veliki kamin na drugom kraju bez sumnje je davao prijatnu toplotu u hladnim zimskim noćima. Drvene police po zidovima bile su pune vinskih boca, a u većini se očekivano nalazila neka sorta kjantija. Bilo je intimno, bilo je drevno, imalo je štimunga, izrazito toskanskog. Imao sam osećaj da ćemo ovde dobro jesti.

Moja uverenost je dobila potvrdu.

A pomoglo je i to što sam bio gladan. Prvo su nam doneli veliki drveni tanjir prepun rukom sečene šunke i salame, tri-četiri različite vrste kozjeg sira, od svežeg i mekog do godinu dana starog i hrskavog, i naravno obaveznih krostinija ili brusketa. Danas je bila mešavina. To su bili jednostavno prepečeni komadi toskanskog neslanog hleba protrljani belim lukom i preliveni gustim maslinovim uljem, a uz njih su bile tradicionalne bruskete, neke prekrivene seckanim paradajzom u maslinovom ulju, neke paštetom od pileće džigerice, a neke komadima pečenih crvenih paprika, tek izvađenih iz rerne.

Dok smo jeli predjelo, razgovarali smo – i dalje uporno izbegavajući priču o policijskom poslu – i Ana je preuzela svoju ulogu neplaćenog turističkog vodiča, zahvaljujući svom poznavanju srednjovekovne istorije. Ispričala nam je da je u četrnaestom veku Sijena bila jedan od najnaseljenijih gradova u Evropi i bila je jača od svog suparnika, sad poznatijeg suseda Firence, pa čak i samog Rima. Mnogo predivnih starih zgrada koje ćemo obići danas izgrađeno je u to doba, ali moć Sijene zadobila je bukvalno smrtonosan udarac 1348, nakon izbijanja kuge, crne smrti, koja je odnela trećinu stanovništva grada, gurajući grad u siromaštvo i ubijajući mnogo nadarenih umetnika i zidara.

Razgovor o smrti naveo me je da se ponovo setim Dijamantisovog ubistva. Nadao sam se da će jedan set otisaka uzetih jutros odgovarati onim sa slomljene boce kojom je izvršeno ubistvo. Ako bude tako, gotovo sigurno ćemo imati počinioca. Kažem „gotovo sigurno", jer i dalje ostaje mogućnost da je Dijamantisov ubica namerno ostavio slomljenu bocu koju je nedavno dodirnuo neki učesnik simpozijuma, kako bi prebacio sumnju na tu osobu, ali zasad sam bio spreman za sve. Tokom godina, naučio sam da nikad ne odbacujem održive hipoteze dok se ne dokaže suprotno. Činjenica je bila da ćemo, ako ne pronađemo poklapanje, imati izuzetno malo dokaza za nastavak istrage.

Jedini konkretan dokaz koji smo imali bila je zgužvana poruka pronađena u žrtvinoj sobi, na kojoj nismo našli otiske koje je moguće identifikovati. Uhvatio sam sebe kako ponovo razmišljam o malom nacrtanom srcu probodenom strelom umesto potpisa. Dijamantis je bez sumnje pretpostavio da poznaje osobu koja je to napisala, a činjenica da je izašao takođe ukazuje na to da je bio spreman i možda srećan zbog tog susreta. Pošto je bilo dosta dokaza da je bio heteroseksualac, izgledalo je logično da se pretpostavi kako je ta osoba neka žena. Mada, podsetio sam sebe, postoji uvek mogućnost da je to napisao neki muškarac koji se pretvarao da je žena, ko god da je to bio.

Ana i Lina su se neubedljivo bunile kako ne žele testeninu pre glavnog jela, pečenja divlje svinje, ali ugostitelj je insistirao da svi probaju njegove posebne *gnude*. Te neobične zelene njoke bile su mi potpuna novost, a Virđilio mi je objasnio da su napravljene od spanaća i rikote, ali s grizom umesto krompira. Te knedlice bile su veličine prokelja i vrlo ukusne, ali veoma zasitne, tako da sam se potrudio da ih ne pojedem previše. Ana je uzela samo dve – brojao sam – i kazala da su izvrsne. Virđilio je, primetio sam, sipao veću količinu i pojeo sve. Bračni problemi često povećavaju apetit. Previše naručenih porcija ribe i pomfrita u poslednjim mesecima mog nesrećnog braka izazvalo je dobijanje neželjenih kilograma. Zabrinuto sam pogledao Oskara, koji je ležao kraj mojih nogu. To što sam ga nabavio obezbedilo mi je ne samo sjajnog pratioca nego su i sve te duge šetnje sigurno bile dobre za moj struk.

Pečena divlja svinjetina bila je izvrsna; meso je bilo tako meko da se raspadalo, a pečeni krompirići začinjeni ruzmarinom, predstavljali su sjajan prilog. Kad sam pojeo sve iz tanjira, potajno sam pružio ruku da otkopčam najgornje dugme farmerki. Toskanska hrana ima dosta kalorija i gotovo sam odbio izvrsni krem brule... Rekao sam „gotovo".

Nakon ručka, Ana me je povela u obilazak istorijskog centra, uporno odbijajući da drugo dvoje pođu s nama, govoreći im da im je potrebno malo vremena nasamo. Da budem iskren, oduševio sam se što sam imao malo vremena nasamo sa Anom. Bili smo zajedno šest meseci, stvari su se odvijale vrlo dobro, i bilo je izuzetno prijatno šetati se s njom po ovom divnom gradu, dok mi je pokazivala svoje enciklopedijsko znanje o srednjovekovnoj istoriji. S vremena na vreme, videli bismo pojedince ili grupice naučnika sa simpozijuma, ali nisu nas uznemiravali, a ni mi nismo uznemiravali njih.

Dobio sam imejl nekoliko dana ranije, od svoje prijateljice novinarke, Džes, koja mi je prenela lepe vesti o tome da je uspela da svoj članak o bivšem londonskom policijskom inspektoru koji je postao pisac ubaci u, ni manje ni više, *Sandej tajms*. Kad sam video kiosk s napred izloženom stranom štampom, proverio sam da li imaju primerak, ali novine iz Britanije su dolazile s danom zakašnjenja. Moraću da sačekam. Nadao sam se da nije previše kritikovala knjigu – pod pretpostavkom da je imala vremena da je pročita – i verovao sam da će to poboljšati prodaju. Kad sam to rekao Suzan iz svoje izdavačke kuće, zvučala je vrlo optimistički, tako da sam se nadao najboljem.

Šetnja nas je neizbežno dovela do Trga del kampo, srca grada. Taj trg u obliku lepeze popločan crvenom ciglom bio je mesto najčuvenije *palio* konjske trke, koja se održavala svakog leta. U nekom trenutku sam znao da ću morati da dođem i posmatram *palio*, ali zasad je bilo vrlo prijatno lutati naokolo na prolećnom suncu, bez probijanja kroz gomile gledalaca ili guranja s turistima. Trg je bio nagnut prema Palaco publiko i Tore del manđa, vitkom tornju od crvene cigle, koji se uzdizao preko sto metara do mermernog vrha, gde su energični turisti koji se uspenju uz četiristo stepenika mogli da uživaju u fantastičnom pogledu na grad. Nikad nisam voleo visinu i rado sam odbio ponudu da se popnem. Bio sam prilično siguran da ne bih smeo da pogledam dole, ako bih nekako i stigao do vrha.

Ana je tako dobro poznavala lokalnu istoriju da je znala za nekoliko manje poznatih ali izuzetno lepih mesta, a najznačajnije je bilo *Fačatone*. Izgrađena iza katedrale, nekoliko stotina metara od Trga del kampo, ova jedinstvena i ogromna građevina napravljena od crvene cigle i crno-belog mermera, trebalo je da postane deo onoga što je zamišljeno kao najveća verska građevina u Evropi u četrnaestom veku. Bilo je to na vrhuncu moći i bogatstva grada, ali je kuga to naravno prekinula. Ime je u prevodu značilo „velika fasada", i savremenom oku bio je to samo veliki nedovršeni zid, visok gotovo kao katedrala, sa otvorima za polukružne prozore, bez stakala, koji stoji samostalno, izgledajući prilično usamljeno. Video sam male figure koje se kreću visoko iznad na otvorenim terasama na vrhu, ali svejedno nisam imao nikakvu nameru da im se pridružim.

Nakon čitavog popodneva provedenog u obilasku, sedeo sam ispred katedrale malo posle pola šest, uživajući u zasluženom odmoru sa Oskarom kraj nogu, dok je Ana otišla da pogleda neku statuu koja ju je zanimala, kad mi je zazvonio telefon. Bio je to Bruno, i imao je velike vesti.

– Imamo poklapanje. Imamo ubicu. Hoćete li da pogađate ko je?

Razmišljao sam o tom pitanju čitavog popodneva i svaki put se sve svodilo na tri mogućnosti. Rizikovao sam i opredelio se za muškarca, umesto za jednu od dve žene. – Reći ću Masimo Santini. Bilo je nečeg u njemu što nije bilo kako treba. Jesam li u pravu?

– *Bravissimo*, Dene. Pravo u centar. Forenzičari su uspeli da dobiju dobar set otisaka i poklapanje je potpuno. Uhvatili smo ga. Naučnici bi trebalo da se vrate u autobuse u narednih dvadesetak minuta, a ja ću biti tamo sa svojim ljudima da ga uhapsim. Ako želite da dođete, samo izvolite. Ako vidite Virđilija, kažite mu ovo, važi?

Mada sam to izrekao naglas, i dalje sam u mislima gajio sumnju da je Santiniju možda smešteno, ali kad je Ana izašla iz katedrale, a ja joj preneo dobre vesti, nisam pomenuo svoje sumnje. Zvučala je kao da joj je laknulo, i bio sam siguran da će i ostali učesnici simpozijuma osećati isto. Odbila je poziv da ode do autobusa i posmatra hapšenje, ali rado je sela u obližnji kafić sa Oskarom koji će je čuvati – i preklinjati za keksiće – dok sam ja jurio uskim ulicama da prisustvujem tome. Razmišljao sam da pozovem Virđilija i saopštim mu vesti, ali sam se setio svoje rešenosti da izbegavam pominjanje policijskog posla, i odlučio sam da sačekam dok se ne vidimo kod kola, kao što smo se dogovorili.

Dva autobusa su čekala na dogovorenom mestu ispred srednjovekovnog centra i već su bila napola puna. Uniformisani policajci su pregledali imena na spiskovima, dok su učesnici simpozijuma stizali, kako niko ne bio zaboravljen. Uočio sam Bruna i njegovog vodnika kako nestrpljivo čekaju i otišao sam da čekam s njima. Uvek je zadovoljavajuće napokon uhvatiti počinioca tako krvavog ubistva. Bruno mi je mahnuo kad me je video.

– *Ciao*, Dene, radujem se ovom. Santini se nije još vratio, ali nadam se da će se vratiti svakog trena. – Nije baš radosno protrljao ruke kako bi Virđilio uradio, ali oduševljenje na licu bilo mu je vidljivo. – Slučaj ubistva je rešen za svega trideset šest sati, to je prilično dobro, zar ne?

– Nego šta. Žao mi je što Virđilio nije ovde.

Utišao je glas i pogledao oko sebe. – Kako stoje stvari između njega i Line? Jesam li u pravu što mislim da imaju probleme? Uvek su mi izgledali kao savršen par.

Klimnuo sam glavom. – I meni. U pravu ste, stvari nisu previše dobre za njih u ovom trenutku. Obojica znamo da nije lako biti u braku s policajcem. Moj brak se završio katastrofom iz tog razloga. A šta je s vama? Jeste li oženjeni?

Odmahnuo je glavom. – Žao mi je zbog toga. Ne, bio sam u nekoliko dugih veza, ali nijedna nije potrajala. Znate kako je... ovaj posao.

Nastavili smo da ćaskamo posmatrajući poslednje naučnike kako ulaze u autobuse, ali i dalje nisam uočio Santinija. Uzbuđenje je počelo da mi jenjava i krenuo sam da razmišljam o mogućnosti da je naš počinilac iskoristio nekoliko sati slobode u Sijeni da bi pobegao. Iste misli mora da su prolazile i kroz Brunovu glavu jer je brzo izdao naređenje svom vodniku da proveri spiskove i prebroji ljude koji su ušli u autobus, za slučaj da je Rimljanin nekako uspeo da uđe neopaženo. Sačekali smo još petnaest minuta da bi došli poslednji putnici, ali Santiniju i dalje nije bilo traga. Na kraju smo morali da prihvatimo neizbežan zaključak. Ptičica je odletela, ali sad se nije moglo ništa uraditi.

Bruno je dozvolio autobusima da se vrate do hotela i upravo je izdavao naređenja svojim ljudima da organizuju potragu, počevši od železničkih stanica i aerodroma, kad je njegov vodnik obavio telefonski poziv i odmah prekinuo inspektora.

– Pronađen je leš, gospodine. Santinijev. – Naćuljio sam uši. Šta to znači? Da li je izvršio samoubistvo ili je to još jedno ubistvo?

Bruno je usmerio svu pažnju na vodnika. – Santini je mrtav? Gde i kako?

– Izgleda kao samoubistvo. Kažu da se izgleda bacio s *Fačatonea*.

– Samoubistvo! – Bruno me je pogledao. – Možda je shvatio da smo mu na tragu ili ga je iznenada obuzelo kajanje?

– Jesmo li sigurni da je samoubistvo? – Često su me optuživali da sam previše sumnjičav i ne prihvatam stvari kakve jesu, ali bila je to mogućnost koju nismo smeli da zanemarimo. – Šta ako ga je neko gurnuo? Šta ako postoji još jedan ubica na simpozijumu? Ili šta ako su tu dvojicu naučnika ubile nepoznate osobe van grupe?

Bruno je klimnuo glavom. – Sve je moguće. Mislim da moramo da odemo do *Fačatonea* što je pre moguće. Idete li, Dene?

Pogledao sam na sat. Bilo je deset do šest, a dogovorio sam se da ću se naći sa ostalima kod kola u šest. Mada su mi instinkti govorili da krenem s njim, Brunu neće biti potrebna pomoć s prevođenjem i morao sam da podsetim sebe da ovo nije moja istraga ubistva, napokon, i odmahnuo sam glavom... mada je to bilo protivno mojim željama. – Osim ako vam nisam neophodan, vratiću se u hotel. Ako želite pomoć sa ispitivanjem, samo me pozovite. Da li je to u redu?

– Naravno. Mnogo vam hvala na dosadašnjoj pomoći. – Razočarano je frknuo. – Nadam se da je samoubistvo ili ćemo se vratiti na početak.

Delio sam njegovu zabrinutost. Nekako je sve bilo prelako i sad, iznenada, izgledalo je kao da će se kuća od karata srušiti.

15.

Nedelja uveče

Uprkos obećanju da ću izbegavati razgovore o poslu, osećao sam da moram da kažem ostalima šta sam upravo saznao, i u kolima je prilikom povratka u hotel zavladala potištenost. Čak je i Oskar samo legao uz tresak i zatvorio oči, ali verovatno je bio umoran nakon duge šetnje po istorijskom centru. Kad smo se vratili u hotel, videli smo dva autobusa koji su ponovo išli prilazom ka nama, nakon što su ostavili preostale naučnike. Da li je drugi ubica bio među njima?

Šta ako to nije bilo samoubistvo? Morao sam da se zapitam da li je Santinijev motiv za ubistvo Dijamantisa uopšte bio ljubomora. Možda se radi o nečem znatno zlokobnijem. Sve ovo su prilično ugledni naučnici. Možda je, nekim slučajem, reč o industrijskoj ili državnoj špijunaži? Otisci prstiju koji su optuživali Rimljanina bili su prilično ozbiljni, ali da nisu možda podmetnuti kako bi se odvukla pažnja od pravog ubice?

Činjenica je da su slomljena boca i vabilica za vukove ostavljene sumnjivo blizu otvorenih balkonskih vrata hotela. Pretpostavka je bila da ih je Santini bacio u panici dok je bežao s mesta zločina, ali možda su namerno bačene tamo, gde će biti lako pronađene. Ali, ako je neko to uradio da podmetne Santiniju, zašto bi se toliko potrudio da ga okrivi, a onda ga je sutradan ubio? I dalje sam razmišljao o tome kad sam parkirao auto i pomalo sam se iznenadio kad se Lina oglasila sa zadnjeg sedišta.

– Dene, zašto ti i Virđilio ne biste otišli na pivo? Ja idem u sobu da se okupam.

Ana je odmah podržala taj predlog. – Mislim da ću i ja uraditi isto. Zašto vas dvojica ne odete da razgovarate o tom ubistvu? Izbacite to iz misli pre večere.

Uhvatio sam je za ruku i stegnuo je. Stvarno me je dosad dobro upoznala. – Dobro, ako si sigurna, moram da priznam da pivo zvuči dobro. Virđilio, ideš li?

Dotad je nebo bilo već potpuno tamno, ali i dalje je bilo dovoljno toplo da nas dvojica sednemo na terasu ispred bara, s labradorom kraj nogu. Kao i uvek, Oskar je izgledao gladno – uprkos tome što je dobio veliki komad mesa koji jedan od gostiju nije mogao da pojede. Pobrinuo sam se da budemo dovoljno daleko od radoznalaca dok sam prenosio Virđiliju ono što sam čuo od Bruna, i on je bespomoćno odmahnuo glavom.

– To mora da je samoubistvo. Mislim da je Santini ubio Dijamantisa i oduzeo sebi život jer nije mogao da podnese krivicu, zar ne? – Poznavao me je dovoljno dobro da bi podigao ruku pre nego što sam odgovorio. – Da, znam da je Grka možda ubio neko drugi, ko je onda, iz nekog razloga, pokušao da okrivi Santinija nabavivši bocu s njegovim otiscima i ostavljajući je da je pronađemo. Ali ako je tako, zašto bi ga sad ubio?

Morao sam da se saglasim. – Da, razmišljao sam o tome, i samoubistvo je očigledan odgovor, ali naravno da treba utvrditi da li je skočio ili je gurnut.

Prekinuo nas je jedan posetilac. Pogledao sam i video Pitera Faulera kako ide preko terase ka nama. Izgledao je bojažljivo i zapitao sam se šta ima da kaže.

– Dobro veče, gospodo. Moram nešto da vam kažem, a to me muči otkako smo jutros razgovarali. Bojim se da nisam bio potpuno iskren i otvoren s vama. Trebalo je da vam kažem ranije. Radi se o tome da sam u petak uveče video nekoga.

Mada sam bio siguran da je Virđilio razumeo, odgovorio sam mu, pošto sam ja jutros razgovarao s njim. – Koga ste videli i kad ste ga videli, profesore Fauleru?

– Negde oko dva ujutro. – Izgledao je vrlo bojažljivo. – Radi se o tome, kao što sam rekao, da vam ranije nisam rekao potpunu istinu.

Rekao sam vam da sam proveo noć s Tomasom, ali on i ja smo se žestoko posvađali i izjurio sam i otišao usred noći.

– A to je bilo negde oko dva ujutro? A da li se vaša prepirka nastavila u hodniku? – To bi objasnilo ono što je doktor Albeze rekao o svađi ispred svojih vrata. Kad je Fauler klimnuo glavom, ponovio sam drugo pitanje. – Dakle, koga ste videli i gde?

Ponovo je nervozno pogledao oko sebe i utišao glas. – Masima Santinija. Video sam ga kako silazi niza stepenice. Ne mislim da me je video i bio bih vam zahvalan ako ne biste javno govorili da sam ga video. On i ja nismo baš prijatelji, i ako misli da pokušavam da ga uvalim u nevolje, stvari bi mogle da postanu neprijatne.

Virđilio i ja smo se pogledali i video sam kako jedva primetno odmahuje glavom. Znao sam na šta je mislio... i ja sam razmišljao o istom. Nije bilo potrebe da širim činjenicu da je Santini mrtav dok ne budemo imali sve činjenice. Odgovorio sam iskreno. – Mogu da vam obećam da doktor Santini neće saznati da ste nam ovo rekli. Kažite mi, profesore Fauleru, zašto se vi i on ne slažete?

Ponovo je bojažljivo pogledao preko ramena. – Monika, moja žena, bila je u vezi sa Santinijem godinu ili duže, koliko znam, koja je sad možda okončana. Tomas mi je rekao da je čuo kako je nedavno bila u vezi s Dijamantisom, i prema njenoj reakciji na njegovu smrt, mislim da je to verovatno tačno. Iskreno, baš me briga da li me je varala s jednim ili drugim. Vodimo odvojen život, tako da smo oboje slobodni da budemo s kim želimo. Problem je u tome što Santini zna da ja znam za njegovu vezu s njom, i pretpostavljam da se boji kako bih mogao da izazovem skandal obznanjivanjem te njihove veze. Što znači da su odnosi između nas dvojice oduvek bili nategnuti.

Virđilio nije gubio vreme, trudeći se da govori u sadašnjem vremenu kad pominje Santinija. – I stvarno vam ne smeta što spava s vašom ženom?

– Ne, kao što sam vam rekao, to je njen problem, ne moj.

Nešto mi je palo na pamet. – Vaša svađa s Tomasom usred noći, zbog čega je izbila?

– U vezi s poslom. Bila je to glupa svađa, ali takva je većina noćnih svađa, zar ne? U suštini, rekao sam mu da mora da prizna kako je kopirao neke delove Nikolaosovog istraživanja, i izvini se njemu i naučnoj zajednici. Opsovao me je i odbio da prihvati to što sam rekao. Nije osoba koja dobro podnosi kritiku i bio je stvarno besan.

Dovoljno besan da izađe i ubije čoveka čiji je rad navodno kopirao? Pokušao sam drugačiji pristup. – Verovatno ste se vi i Tomas unapred saglasili da kažete da ste bili zajedno čitave noći. Čija je to bila ideja?

– Ovaj... Tomasova, mislim.

– A zašto mislite da je predložio to?

Usledila je pauza. – Pretpostavljam, kad smo saznali za ubistvo, brinuo se zbog činjenice da ću, zbog šetnje usred noći biti sumnjiv.

– Mislite da je to predložio da zaštiti vas?

Fauler je klimnuo glavom.

– Ne mislite da je hteo da zaštiti sebe?

– Da zaštiti sebe? Sigurno ne mislite da je imao ikakve veze s Dijamantisovom smrću. – Fauler je izgledao zgranuto. – Nikad ne bi uradio nešto tako, garantujem vam.

Virđilio i ja smo se zgledali pre nego što je on postavio poslednje pitanje. – Postoji li još nešto što nam niste rekli, profesore Fauleru? Dobro razmislite.

Odmahnuo je glavom i pustili smo ga da ode. Kad je ponovo otišao u bar, pogledao sam Virđilija. – Da li mu verujemo kad kaže da mu nije smetalo što je njegova žena imala veze sa Santinijem i Dijamantisom? Šta ako Fauler nije bio tako ravnodušan prema njenim preljubama kao što želi da mislimo? Možda je ubio obojicu koji su joj navodno bili seksualni partneri? To je prilično jasan motiv. S druge strane, da nije neka treća osoba ubila Dijamantisa, a onda je Fauler iskoristio zbrku zbog ubistva i odlučio da sredi Santinija, drugog ljubavnika svoje žene? Podsećam te, pošto ovo sad znači da Tomas Kartrajt više nema alibi za petak uveče, šta ako je *on* bio toliko besan da ode da ubije Dijamantisa? No to nam ne pomaže oko Santinijevog ubistva... ako je to stvarno bilo ubistvo.

Pre nego što je Virđilio stigao da odgovori, zazvonio mi je telefon. Bio je to Bruno.

– Izgleda kao samoubistvo. – Čuo sam olakšanje u njegovom glasu. – Santinijevo telo je pronađeno zaglavljeno između krovova dve okolne kuće. Nema načina da saznamo s koje je visine skočio, ali telo je u haosu. Niko ga nije video niti čuo kako pada, tako da je teško utvrditi tačno vreme smrti. Njegove ostatke je uočio jedan oštrooki švajcarski turista negde oko pet sati, i hitnim službama je bilo potrebno oko pola sata da dođu do njega i utvrde ko je. Tek sad su spustili telo. Patolog će uraditi autopsiju, ali njeni prvi utisci, kao i moji, jesu da nema znakova borbe niti povreda osim onih koje se očekuju nakon užasnog pada. I tako, nadajmo se da svi mogu mirno da spavaju večeras znajući da smo pronašli pravog čoveka. Santini je ubio Dijamantisa kako bi uklonio suparnika za pažnju Monike Fauler. Kasnije je zažalio zbog svojih postupaka i izvršio samoubistvo, pritom nas spasavajući mukâ da ga optužimo i sudimo mu.

Nakon što sam ispričao Brunu šta smo upravo čuli od Pitera Faulera, što je dodatno potvrdilo uverenje da je Santini stvarno ubio Grka, preneo sam Virđiliju dobre vesti o navodnom samoubistvu i popili smo u to ime. Uživao sam u hladnom pivu, ali nisam mogao da se otresem utiska da nešto nije kako treba. Ali ako nema svedoka Santinijeve smrti i nema tragova borbe, onda ćemo verovatno morati da prihvatimo činjenicu da je to bilo samoubistvo izazvano krivicom, i da je to sve.

Nakon što sam razmislio o novostima, skrenuo sam razgovor na vezu između Virđilija i njegove supruge, a on je slegnuo ramenima.

– Imali smo nekoliko dobrih dugih razgovora, i razumeo sam o čemu razmišlja. Činjenica je da se Lina brine za mene, brine se da bi nešto moglo da mi se dogodi. Deca su odrasla i otišla su od kuće i ona je uglavnom sama i brine se sve više i više. Da budem iskren, mislim da je razlog uglavnom dosada. Kad su deca bila kod kuće, imala je šta da radi, i imala je manje vremena da se brine zbog mene ili se brinula zbog njih. Sad je sva ta briga prebačena na mene.

– Imaš li neku ideju kako da popraviš stvari?

Ponovo je slegnuo ramenima. – Ako ne pronađem neki drugi posao, teško ću smisliti rešenje.

– Šta je s mogućnošću da se Lina zaposli? Ako bi mogla da pronađe nešto što je zanima i bude se družila s ljudima, to bi joj sigurno pomoglo, zar ne?

– To joj je i Ana rekla, ali problem je, kakav bi to posao bio?

* * *

Večera je te večeri ponovo bila u vidu švedskog stola i, nepotrebno je naglašavati, niko od nas nije bio posebno gladan nakon obilnog ručka... osim mog četvoronožnog prijatelja, koji je uvek bio gladan, naravno, i koji je veselo pojeo čitavo pakovanje grisina. Makar je Lina zvučala malo veselije ove večeri i obrok je bio prijatan za sve četvoro. Pred kraj večere, dok sam stajao kraj stola s desertima, pokušavajući da odlučim da li će mi panakota s prelivom od borovnica konačno pokidati pojas farmerki, osetio sam kako me neko lupka po ruci. Okrenuo sam se i video ozbiljno lice Karle Vespuči, specijaliste za puževe, i imala je pitanje za mene.

– Izvinite što vas gnjavim, ali tražila sam Masima... Masima Santinija, a nigde ga ne vidim.

Odlučio sam da se pravim nevešt. Prilično sam dobar u tome, i moja bivša žena je to često komentarisala – ali ne u pozitivnom smislu. – Možda je otišao na spavanje. – Pitao sam se postoji li neki poseban razlog zbog koga je tražila Rimljanina, i odlučio sam da bi bilo dobro da zabacim udicu u jezero i vidim hoće li se nešto upecati. Napokon, profesorka Peletje je kazala da je Karla možda bila zainteresovana za Dijamantisa, pa ako je tražila ljubavnika, možda ju je zanimao i Santini. – Možda je otišao s nekom devojkom?

Nadao sam se da će joj se zbog toga zarumeneti obrazi, ali razočarao sam se. Samo je odmahnula glavom i nastavila. – Videla sam ga u Sijeni, ali nisam imala prilike da razgovaram s njim. Mislite li da je možda propustio autobus do hotela?

– Nemam predstavu. Da li ga tražite zbog nekog posebnog razloga?

Odmahnula je glavom. – Ne, zbog posla i samo sam se pitala gde je, to je sve. Hvala vam.

Otišao sam do Virđilija, koji je uzimao komade kozjeg sira i nešto sočne gorgonzole. Prepričao sam mu kratki razgovor koji sam upravo vodio s Karlom i on je zamišljeno klimnuo glavom. – Mislimo li da joj se sviđao Santini?

– Ne znam. Francuska profesorka je kazala kako misli da se Karli sviđao Dijamantis, ali možda je pogrešila. Da budem iskren, s tim groznim naočarima i muškobanjastom frizurom nisam siguran koliko bi bila privlačna ijednom od njih.

– O ukusima se ne raspravlja. Uzgred, ova gorgonzola je divna.

Nakon večere, Ana i ja smo odveli Oskara u šetnju. Večeras je mesec bio potpuno zaklonjen gustim oblacima i već je bilo naznaka vlage u vazduhu. Bilo je vrlo prijatno daleko od vazdušnog i svetlosnog zagađenja, i čak i bez mesečine, kad su nam se oči navikle na tamu, mogli smo lako da se krećemo po beloj šljunčanoj stazi. Povremeno smo razgovarali, ali uglavnom smo hodali u prijatnoj ćutnji, uživajući u društvu onog drugog, miru i tišini.

Međutim, baš kad smo se približili žbunju u kojem je Oskar voleo da traži šišarke, tišinu je prekinulo dugo, otegnuto, žalobno zavijanje zbog kojeg sam se naježio, a moj labrador se uplašeno pribio uz mene. Ovoga puta nije bilo sumnje: bio je to pravi vuk i Oskar je znao to. Osetio sam kako mi Ana steže ruku obema rukama, a onda se zaustavila u mestu i šapnula mi na uvo.

– To nije bilo daleko. Misliš li da smo u opasnosti?

Dao sam sve od sebe da zvučim samouvereno. – Poslednja tri dana svi mi govore da vukovi ne napadaju ljude, ali možda je Oskar u opasnosti. – Osećao sam kako mi se mota oko nogu i bio sam siguran da bi mi skočio u naručje kad bi mogao. – Stekao sam utisak da on misli isto, tako da mislim da je strateško povlačenje najpametnije.

Kad smo se vratili u hotel, otišli smo u bar na kafu i uočili Freju i Pavela kako sede za stolom. Kad smo prošli kraj njih, zastao sam da im kažem za vučje zavijanje i oboje su odmah živnuli. Doktor Havel je skočio na noge, i gotovo preturio stolicu u žurbi, a za njim je krenula i švedska koleginica.

– Možete li nam reći gde ste to čuli? Voleo bih da vidim vuka u divljini.

Kad je Freja ustala i stala kraj njega, morao sam da primetim kako večeras na sebi ima haljinu s posebno dubokom dekolteom. Pogled mi je privukao zlatan privesak na lancu koji je nestajao u senovitim dubinama dekoltea, i malo upozoravajuće zvono oglasilo mi se u glavi. Da li je to bilo ono što sam mislio da jeste, i ako je tako, šta to govori o krivici ili nevinosti moje književne koleginice? Zapitao sam se da li je zavodnička odeća zbog nekog posebnog, i ako je tako, zbog koga? Ana, koja je stajala kraj mene, mora da je primetila u šta gledam jer sam osetio kako mi steže ruku i odmah sam usmerio pažnju ka njoj.

– To je bio stvarno zastrašujući urlik, zar ne, Ana?

– Sigurno jeste; uplašio je Oskara. – Pogledala je mog psa koji se zaljubljeno trljao o Frejinu nogu, ne izgledajući ni najmanje zabrinuto. – Ali izgleda da se oporavio od straha i da je sad bezbrižan.

Freja ga je pomilovala po glavi i sanjiv izraz mu se pojavio na licu. – Baš uzbudljivo, recite nam gde ste čuli to zavijanje. Dobro je znati da su vukovi u blizini. Moramo da istražimo to, zar ne, Pavele? – Mada je bila odevena vrlo neprikladno za lov na vukove, Freja je zvučala oduševljeno.

Pažljivo sam im objasnio gde smo bili i odakle je dopiralo zavijanje, i oni su brzo izašli kroz balkonska vrata. Gotovo sam im rekao da budu oprezni, ali verovatno su znali šta rade. Bolje oni nego ja. To zavijanje je nekako ostavilo jak utisak na mene, a činjenica da je na mog inače bezbrižnog labradora to ostavilo podjednak utisak samo je pojačala primalnu prirodu tog zvuka. Ko god da se setio ideje o vukodlacima, znao je šta radi.

Ana me je munula u rebra. – Tvoja švedska prijateljica baš voli svoju odeću – koliko god da je oskudna – zar ne?

– Sigurno. Kaži mi, da li si, kojim slučajem, pogledala njen dekolte?

Ana me je sumnjičavo pogledala. – Ne. Mislila sam da to prepustim tebi, jer oči samo što ti nisu ispale.

– Sve to ide u rok službe, *carissima*. Osim ako nisam mnogo pogrešio, mislim da sam prepoznao dizajn priveska koji je skrivala tamo. Možda grešim, ali mnogo me je podsetio na jedno srculence probodeno strelom. Dobro, pitam se ko li je mogao to da joj pokloni?

16.

Ponedeljak

Ponedeljak ujutro je doneo ne baš potpuno neočekivano iznenađenje. Kiša je padala cele noći i bilo je barica na stazi, ali nije to bilo iznenađenje. Vraćao sam se sa Oskarom iz šetnje pre doručka kad su se zaustavila jedna kola. To je bio Bruno, a iznenađenje koje nije bilo potpuno iznenađenje došlo je od njega.

– Dobro jutro, Dene, loše vesti, nažalost. Santini... to nije bilo samoubistvo nego ubistvo. Bio je mrtav pre nego što je pao na krov. – Moj mozak je već radio punom parom razmišljajući o posledicama toga. Bio sam u pravu što sam sumnjao u samoubistvo, ali šta to znači za istragu?

Bruno je nastavio da mi priča kako je upravo dobio izveštaj patologa, koji je pronašao malu ranu na Santinijevim leđima, između lopatica, tačno u visini srca. Bila je vidljiva samo pod jakim svetlom u sali za obdukcije i očigledno je naneta s hirurškom preciznošću jer gotovo da nije bilo krvi. – Donatela kaže da je naneta tankim sečivom širokim svega četiri-pet milimetara i probila je desnu srčanu komoru, zaustavljajući srce gotovo odmah.

– Stilet? Možda govorimo o organizovanom kriminalu? – Setio sam se da sam čitao kako su mafijaške ubice u staro doba koristile stilet kao efikasno, tiho oružje koje se lako skriva. Drugo je pitanje bilo da li ga danas i dalje koriste. Zvučalo je previše filmski za moj ukus.

Nemoćno je uzdahnuo. – Bog zna. Pošto se to dogodilo u Sijeni, a ne u hotelu, onda je to mogao da uradi bilo ko, od KGB-a do Deda Mraza.

– I dalje sam sklon da mislim kako je to neko od naučnika odavde. Svi su se juče šetali gradom, zar ne? – Setio sam se sinoćnog razgovora s Virđilijem. – Ako pretpostavimo na tren da je to neko odavde, onda je najverovatniji motiv to što je Santini ubio Dijamantisa, a onda ga je neko ubio iz osvete. – Video sam ga kako klima glavom, ali onda sam pomislio da pomenem i drugu teoriju, iako nisam potpuno verovao u nju. – S druge strane, možda je ista osoba ubila Dijamantisa i Santinija. Ali zašto se trudila da inkriminiše Santinija, pa ga ubila sutradan? To nema mnogo smisla. I, ono važnije, kakva je veza između dve žrtve? Zašto su ubijeni? Ko bi želeo da ih ubije obojicu?

– To je ono što sam pokušavao da otkrijem. Rekao sam svojim ljudima da otkriju čime se Grk bavio – zasad nisu pronašli ništa sumnjivo – a pretražiću i Santinijevu sobu i proveriti njegovu prošlost. Isto važi za ostale glavne sumnjivce za njegovo ubistvo: Freju Blomkvist, Moniku i Pitera Faulera i Tomasa Kartrajta. Nakon onog što vam je Fauler rekao sinoć, znamo da niko od njih nema nezavisan alibi za petak veče, kad je Dijamantis ubijen. Fauler i Kartrajt su obezbedili alibije jedan drugom do dva ujutro, ali možda su, naravno, bili u dosluhu – iz nekog razloga. Freja i Monika tvrde da su spavale same, ali niko ne može to da potvrdi. Mislite li da treba još nekog da stavimo na spisak?

– Niko mi trenutno ne pada na pamet. – Mozak mi je radio punom parom. – Pretpostavljam da treba da razmotrimo mogućnost da ih je ubio neko ko nije učesnik simpozijuma, ali ne mislim da je tako. Imam osećaj da je Santini stvarno ubio Dijamantisa i da je ubistvo u Sijeni povezano s tim, kao kazna ili osveta. Ako je ubistvo Dijamantisa bilo zločin iz strasti, onda je vrlo verovatno da je to bilo i Santinijevo ubistvo u Sijeni.

Klimnuo je glavom. – I ja mislim da je tako. No šta nam to govori? Santini je ubio Dijamantisa jer je Grk petljao sa ženom u koju je Santini bio zaljubljen, ili je makar žudeo za njom... verovatno Monikom Fauler. Ko je onda ubio Santinija iz osvete? Ista žena koja je bila zaljubljena u Dijamantisa, ili neka druga? Ili je možda Santini ubio Dijamantisa po nalogu neke žene koja je imala nešto protiv Grka, ali, opet, o kome govorimo i zašto su se onda potrudili da ga gurnu s *Fačatonea*? Čini mi se kao da idem ukrug. – Zvučao je zbunjeno i razočarano, koliko i ja.

– Naravno, postoji uvek mogućnost da je to bio Tomas: šta ako je Dijamantisa ubio Tomas Kartrajt u nastupu besa nakon što je optužen za plagijat, kako bi sačuvao svoj ugled? Sad znamo da je Tomas već bio besan zbog svađe sa svojim dečkom, Piterom Faulerom. Fauler nam je rekao da je video kako Santini šeta te noći, tako da je Santini video Tomasa kad se ovaj iskrao da ubije Dijamantisa, i zbog toga je Tomas – ili čak njegov ljubavnik, Piter Fauler – odlučio da ga ubije juče, kako bi se otarasio jedinog svedoka?

Bruno je zastenjao. – Moraću da sednem i ponovo razgovaram s njih četvoro.

– Bez sumnje. Uzgred, sinoć sam primetio nešto zanimljivo. – Počeo sam da mu pričam o malom privesku u obliku srca skrivenom u Frejinom dekolteu. – Predlažem da je pitate za to. Naravno, možda je to slučajnost... samo suvenir od njenog povremenog ljubavnika.

– Ili možda nije. Ako je to skup dar od Dijamantisa, koga je ubio Santini, onda to povećava izglede da je Freja ubila Santinija. Možda njena veza s Grkom nije bila tako neobavezna kao što je želela da poverujemo, ali kako je znala da je Santini ubio Dijamantisa? Bože, kad bi samo ti naučnici mogli da se usredsrede na spasavanje planete... – Bruno je prošao rukom kroz kosu, u naletu nemoći. – Ipak, dobra vest s vaše tačke gledišta, Dene, jeste što sam danas dobio zvaničnog prevodioca, tako da možete da idete i uživate. Zašto ne biste poveli sa sobom Virđilija i Linu? Mnogo ste mi pomogli i stvarno sam vam zahvalan, ali trebalo bi da budete na odmoru. Opustite se.

– Ako ste sigurni, onda da, to ćemo uraditi, ali obaveštavajte me o razvoju situacije, u redu?

Ana i ja smo se sastali s drugim parom na doručku i dogovorili se da odemo da vidimo mač u kamenu koji je trebalo da vidimo u subotu. Nebo je počelo da se razvedrava kad smo krenuli prema San Galganu, ali atmosfera u kolima je i dalje bila pomalo napeta. Da li je to imalo veze s dva ubistva, ili s napetošću između Virđilija i njegove žene, bilo je teško reći, ali Ana je dala sve od sebe, i ponovo se pretvarala da je turistički vodič, dok nam je usput pokazivala zanimljivosti.

Pejzaž je ovde bio potpuno drugačiji nego oblast u kojoj sam živeo, blizu Firence. Mada je bilo vinograda i maslinjaka, bilo je i dosta guste šume, gde sam mogao da zamislim kako žive čopori vukova, srećno loveći zečeve, fazane, jelene i povremeno kokoške i ovce ukradene od seljaka. Uskoro smo se vozili sporednim putevima koji su vijugali kako se penju i spuštaju po brežuljcima, a povremeno smo nailazili na sela koja se verovatno nisu mnogo promenila od srednjeg veka. Kuće i crkve uglavnom su bile ozidane od kamena, a prozorski okviri bili su napravljeni od tradicionalne nepečene cigle koja je izdržavala sve vremenske nepogode pola milenijuma ili duže. Uz Anine komentare, bilo je lako zamisliti vitezove na konjima, plemkinje u raskošnim haljinama i, naravno, siromašne seljake koji pokušavaju da zarade za život zemljoradnjom. Kao i uvek, Toskana me je očaravala svojom bogatom istorijom, i čak sam uspeo da na neko vreme zaboravim na ubistva.

Bilo je potrebno svega pola sata da stignemo na svoje odredište. Dok smo se vozili putem prema opatiji, počeli smo da vidimo automobile parkirane kraj puta i između čempresa. Bilo je jasno da danas nećemo biti jedini ljudi ovde. Prošli smo kraj zadivljujuće fasade opatije, parkirali se baš na mestu gde se put sužava i krenuli ka neuobičajeno okrugloj kapeli gde se navodno nalazio taj mač. Prešli smo kratak put do kapele, odakle se pružao lep pogled na livade, vinograde i, kao i uvek, tu tipičnu toskansku mešavinu čempresa i borova.

Moje uživanje u tom mirnom prizoru, zbog koga je taj pustinjak Sveti Galgano odabrao ovo mesto pre osamsto godina, grubo je prekinuto kad je Oskar uočio žgoljave crno-bele mačke. Nisam mu stavio povodac i morao sam da jurim za njim, vičući komande koje je potpuno ignorisao, sve dok ga nisam uhvatio za kragnu i odvukao do mesta na vrhu zida, gde su mačke pobegle. Gledale su ga prezrivo dok sam ga grdio i vraćao do kapele, gde smo i on i ja sačekali dok ostali nisu izašli, pre nego što sam mogao da ga ostavim sa Anom i uđem.

I bolje je što Oskar nije ušao tamo, jer je prvo što sam osetio kad sam zakoračio u zgradu savršeno okrugle tavanice bio jak vonj mačje mokraće. Ne mislim da bi mu to baš prijalo. Nema sumnje da su mačke koje smo maločas videli, uz prijatelje i susede, navikle da koriste to mesto kao mačji toalet. Ipak, ako ignorišemo napad na čulo mirisa, bilo je to neobično i zanimljivo mesto.

Izgrađena u dvanaestom veku, tavanica isposnice bila je napravljena od hipnotičnog niza kružnih redova crvene cigle, ispresecanih linijama belog gipsa, gotovo kao ogromna meta ili unutrašnjost mentol svilenih bombona kakve mi je baba davala. Nasred poda, zaštićena čvrstom, prozirnom, plastičnom kasetom, nalazila se stenovita izbočina, ili možda ukopan kamen, s drškom zarđalog mača koji viri iz nje. Prema Aninim rečima, bio je to pravi srednjovekovni predmet, a tokom godina su napravljeni brojni pokušaji da se mač izvadi iz kamena, ali bezuspešno. U kolima nam je ispričala da postoji nekoliko legendi o tome, a među njima jedna i u stilu Indijane Džonsa, koja je tvrdila da će uspešno vađenje mača iz kamena pomoći onom ko ga ima da pronađe Sveti gral. Kakva god da je istina, bio je to zadivljujući prizor i samo je doprineo nezemaljskom utisku o tom mestu. Dok sam ga gledao, stresao sam se, ali možda je to bilo samo zbog vlage i hladnoće.

Bilo mi je drago kad sam ponovo izašao i svi zajedno smo se vratili nizbrdo prema uništenoj opatiji. Dok smo radili to, Lina je rekla nešto zbog čega sam zastao.

– Pogled na taj mač u kamenu podsetio me je na nešto. Znaš da si nam ispričao kako je Bruno rekao da je čovek u Sijeni uboden stiletom pre nego što je gurnut preko ograde... pa, upravo mi je nešto palo na pamet. – Mora da je videla iznenađenje na muževljevom licu, kao i na mom, kad smo čuli da je odlučila da razgovara o policijskoj istrazi. To me je ohrabrilo. Možda je to značilo da neće postaviti Virđiliju ultimatum s kojim sam se ja suočio na kraju braka: žena ili posao.

– Hajde, da čujemo. – Virđilio je zvučao zainteresovano.

– Ako sam dobro razumela, među sumnjivcima ima i žena, zar ne? – Obojica smo klimnuli glavom, a ona je nastavila. – Rekao si da je taj čovek uboden dugačkim, tankim oružjem, i palo mi je na pamet da sad imam u torbi nešto što bi verovatno dalo slične rezultate. Šta misliš? – Zastala je i otvorila torbu, nekoliko trenutaka je tražila nešto pre nego što je izvadila aluminijumski češalj. Za razliku od ijednog češlja koji sam koristio, ovaj je imao zupce, ali i dugačku, tanku, zašiljenu dršku dugačku kao češalj, koja je bez sumnje služila da se razmrse čvorovi u kosi ili za neki drugi tehnički frizerski zahvat – nikad nisam tvrdio da sam stručnjak za frizure. Svi smo odmah videli na šta je mislila. Ako bi neko uhvatio taj češalj za zupce, imao bi efikasan metalni stilet petnaestak centimetara dug – dovoljno dugačak da probije nečija leđa i srce.

Virđilio i ja smo se zgledali, i on je progovorio iznenađeno i s novim poštovanjem u glasu. – Lina je u pravu. Ako je oružje ubistva zaista slično tome, to znači da je Santinijevo ubistvo moglo da bude neplanirano – i gotovo sigurno ga je izvršila žena – a ne temeljno planirano, uz upotrebu skrivenog oružja. – Prebacio je ruku preko ženinih ramena i poljubio ju je u čelo. – Genijalno, *carissima*, to je potpuno genijalno. Jesi li ikad mislila da postaneš detektiv?

Nije odgovorila, ali te reči su me navele na razmišljanje, ne samo o ubistvima. Lina je potencijalno tražila posao, a privatnom istražitelju Denu Armstrongu bilo je očajnički potrebno osoblje. Kad razmislim o tome...

Otišli smo na ručak u obližnji Kjusdino. Taj gradić se nalazi na vrhu brda i pogled je sjajan, posebno kroz panoramske prozore restorana. Dobili smo sto kraj velikog prozora koji je gledao na južna toskanska brda. Obrok je bio tradicionalan toskanski, a raspoloženje oko stola bilo je veselo zbog Lininog zapažanja o oružju ubistva. U stvari, dok smo jeli *pappardelle alla lepre*, postavila je pitanje koje je mučilo i mene.

– Misliš li da će biti još ubistava?

Virđilio i ja smo se zgledali, i prepustio sam odgovor njemu dok sam komadom hleba mackao ostatak ukusnog sosa od divljači.

– Pretpostavljam da je to uvek moguće. Bruno nije mogao da pronađe vezu između dve žrtve kad se govori o poslu – jedan se bavio morskim sisarima, a drugi je bio mikrobiolog – tako da je izgledalo sve izvesnije da je bila umešana neka žena, ili kao ubica ili kao podstrekač ubistva, i da nije reč o industrijskoj špijunaži ili nekoj ludoj osobi s kojom su bili u svađi. Pitanje je, koja žena? Prema onome što smo znali, postojale su dve sumnjivice: Freja Blomkvist i Monika Fauler. Slobodno biraj. Faulerova je otvoreno priznala ljubav prema Dijamantisu, ali privesak na Frejinom vratu je izgleda pokazivao da mu je bila vrlo bliska.

Mislio sam da dodam još jedno ime na spisak. – Možda bi trebalo dodati i Karlu Vespuči na taj spisak. Sinoć se raspitivala za Santinija, ali nije htela da kaže zašto.

Virđilio je izgledao sumnjičavo. – Da, u redu, ali da li bi se ona svidela tipovima kao što su Dijamantis ili Santini? Nije baš lepotica.

– O ukusima se ne raspravlja i, pored toga, profesorka Peletje je kazala da se Karla nedavno zapustila. Možda je ranije izgledala bolje.

Virđilio i dalje nije izgledao uvereno, ali klimnuo je glavom. – Tri mogućnosti, i ne zaboravi da ima četrdeset ili pedeset žena na simpozijumu, a kao što već znamo, Dijamantis nije bio monogaman. S druge strane, postoji i dalje sumnja u Tomasa Kartrajta, koji je možda ubio Dijamantisa iz profesionalnih razloga, i Pitera Faulera, koji ga je možda ubio jer je bio ljubomoran na vezu svoje supruge s Grkom. Ali problem je ko je ubio Santinija, i zašto? Ako je ista osoba ubila obojicu, onda pretpostavljam da moramo da prihvatimo kako je i treće ubistvo moguće.

– A u tom slučaju, i dalje postoje izgledi da su oba ubistva bila nasumična, i da ih je počinio neko ko mrzi vukove i naučnike.

– Što nas vraća na lokalne zemljoradnike i tvog uvrnutog Austrijanca. – Virđilio je pogledao svoju ženu. – Šta ti misliš, Lina? Ako je Santinija ubila neka žena, na koga bi se kladila?

Usredsredio sam se na Virđilija i Linu, pitajući se kako će ona reagovati na pitanje iz policijskog posla. Rekao bih da se on plašio da je, uprkos njenom zanimanju za slučaj koje je iskazala pominjanjem češlja kao oružja ubistva, to samo bio izuzetak, i video sam da nestrpljivo čeka odgovor, kao i ja. Kad je stigao, bio je izrazito pozitivan.

– Pretpostavljam da bih morala da odaberem Engleskinju. Ne poznajem te žene previše dobro, ali rekao si kako ti je kazala da je ludo zaljubljena u Dijamantisa, zar ne? Šta misliš o ovakvom zapletu: Santini je ubio Dijamantisa i onda je Engleskinja ubila Santinija kako bi mu se osvetila.

Virđilio je polako klimnuo glavom. – Možda si u pravu. Naravno, gotovo isto bi se moglo reći za Šveđanku, ali možda si u pravu. – Pogledao je u Anu. – Šta je s tobom, Ana, šta ti misliš?

– Ne poznajem Karlu Vespuči dovoljno dobro, ali nekako ne mislim da ima dovoljan motiv. Da budem iskrena – i pomalo zajedljiva – slažem se da nije dovoljno lepa da bi privukla ijednog od njih dvojice, koji su bili malo izvan njenog domašaja. Takođe nisam uverena da je to bila dama iz Mančestera. Ako je Denova književna koleginica Freja nosila Dijamantisov izraz ljubavi – i to tako skriven i gotovo nevidljiv ikome ko nema rendgenski vid mog momka – možda su njena osećanja prema Grku bila jača nego što je htela da prizna. Jedna stvar je nositi nakit za ukras, ali kad nosiš nešto skriveno, to je posebno intimno, bar ja tako mislim. Kladila bih se da je Santini ubio Dijamantisa, ali Freja je ubila Santinija.

Virđilio joj se osmehnuo. – Vrlo lepo rečeno. – Okrenuo se ka meni. – A ti, Dene? Imaš li neki detektivski predosećaj?

– Iskreno, ne znam, i ne zavidim Brunu što će morati da izgradi slučaj protiv neke od njih. Glavni problem je otkriti ko je ubio Santinija: ako je on stvarno ubio Dijamantisa, kako je ubica znao da je to bio on? Da li ga je video, ili mu je neko rekao? Ili je Santini to priznao? – Uzeo sam vinsku čašu. – Postoje trenuci kad mi je drago što sam u penziji.

Nakon izvrsnog ručka i šetnje po gradiću, odvezli smo se nazad do hotela zaobilaznim putem, i usput smo obišli čak tri crkve, ruševine nekog zamka, ruševine jedne rimske vile i poslastičarnicu s predivnim asortimanom od dvadeset sedam različitih ukusa domaćeg sladoleda. Bio je to sjajan dan i Ana i ja smo potajno bili oduševljeni što je Lina zvučala vedrije i, uistinu, zainteresovanije za muževljev posao. Kad smo se vratili u svoju sobu, pomenuo sam svoju ideju da bi Lina možda mogla da radi za mene, i Ana je bila oduševljena.

– Sjajna ideja, Dene. Potrebna ti je dodatna pomoć – to mi govoriš već nedeljama – a Lina iznenada zvuči stvarno zainteresovano za istrage. Zašto je ne pitaš?

Zapitao sam se da li bi trebalo to prvo da pomenem Virđiliju, ali na kraju krajeva, od Line zavisi da li želi to da radi, i odlučio sam da im iznesem tu ideju tokom večere i da vidim kako će reagovati.

17.

Ponedeljak uveče

Nisam video Bruna te večeri, ali neki od njegovih uniformisanih policajaca i dalje su bili u hotelu, verovatno obavljali dodatne pretrage, ali bez sumnje i da bi umirili učesnike simpozijuma, koji su obavešteni o drugom ubistvu. Među njima je bio i mladi Gori, i potražio me je u baru pre večere da mi prenese inspektorovu poruku o napretku istrage.

– Glavni sumnjivci su ponovo ispitani, ali ništa novo nije otkriveno. Pošto nema načina da se utvrdi kad je tačno Santini ubijen, jer nema svedoka pada s vrha *Fačatonea* i nema snimaka nadzornih kamera, ne možemo da povežemo nijednog sumnjivca s mestom i vremenom ubistva. – Bespomoćno je slegnuo ramenima. – Uzeli smo većinu Santinijevih stvari i trenutno ih pregledamo, ali osim ako u njegovom laptopu ili telefonu ne pronađemo nešto zanimljivo, i dalje ćemo biti daleko od rešenja.

– Kako su ljudi s kojima ste razgovarali jutros reagovali na vest da je Santini ubijen?

Bio sam zadivljen što nije morao da pogleda u beležnicu. – Šveđanka je bila vidno uznemirena, mada nije zaplakala. Monika Fauler gotovo da nije reagovala, ali je izgledala napeto i pre nego što je čula vesti o njegovom ubistvu. – Pogledao me je u oči na tren. – Čelo joj se orosilo znojem i video sam da nervozno krši prste. Svakako se činilo da joj nije prijatno. A što se tiče žene s naočarima, Karle Vespuči, ona je verovatno bila najmanje uznemirena od njih tri. Sigurno nijedna od njih nije izgledala previše uzdrmano zbog njegove smrti.

– A muškarci: Piter Fauler i Tomas Kartrajt?

– Prilično nezainteresovani, u stvari. Nisam video nikakvu promenu u izrazu lica kad su čuli da je Santini ubijen. Očigledno se pročulo kako verujemo da je Santini ubio Dijamantisa, ali niko od ljudi s kojima smo razgovarali nije izneo svoje mišljenje ko je mogao da ubije nekog od njih.

– Da li je inspektor pitao Freju Blomkvist za privesak koji nosi?

– Da, izvukla ga je i pokazala nam ga i izgledao je baš kao što ste rekli i baš kao na onoj poruci pronađenoj u kanti za otpatke. Kazala je da je to Dijamantisov poklon, ali da budem iskren, nije izgledala posebno postiđeno ili zabrinuto što pitamo za nju. Da je ona napisala tu poruku kako bi ga namamila u vrt, očekivao bih vidljiviju reakciju, ali ko zna? Kazala je da joj je Dijamantis rekao da ga drži skrivenog, kao tajni simbol njegove naklonosti. Zato ga je držala na tako dugačkom lančiću... samo za svoje oči... i njegove.

Večera je bila za pamćenje, ali ne samo zbog predivnog ribljeg paprikaša posluženog s pečenim komoračem posutim parmezanom. Virđilio i Lina su izgledali i zvučali mnogo smirenije i raspoloženije za stolom bilo je veselije – uprkos pomisli da delimo restoran s najmanje jednim ubicom, a možda i dvoje.

Pred kraj obroka prekinuo nas je neočekivan posetilac. Bio je to visok, uglađen, stariji gospodin besprekorne sede kose, i čak i ja sam video da je odelo koje ima na sebi šiveno po meri. Savršeno ispeglana bela košulja i tamnoplava kravata s grbom s propetim lavom dopunjavale su utisak imućnosti. Kraj njega je bio direktor hotela, koji nas je upoznao.

– Dobro veče, mogu li da vam predstavim vlasnika hotela, markiza od San Bartolomea?

Virđilio i ja smo ustali i rukovali se s markizom. Oskar je takođe ustao i počeo da maše repom, sasvim moguće u nadi da će dobiti hranu od pridošlice. Markiz ga je nežno pogledao i pomilovao po ušima. – Lep labrador. Kome pripada? – Kad sam rekao da ja imam tu čast, osmehnuo mi se. – Moj stari labrador je uginuo prošle godine, i nisam imao srca da ga zamenim. Vaš pas me je podsetio kako je vreme da krenem dalje i nabavim mu zamenu. – Kad je video da i dalje stojimo, dao nam je rukom znak da sednemo.

– Sedite, gospodo. – Naglasak mu je bio plemićki kao i držanje. – Čuo sam da ste bili dovoljno ljubazni da pomažete sijenskoj policiji u istrazi ovog užasnog ubistva. – Njegova upotreba jednine govorila je da još nije čuo za Santinijevu smrt, ili ju je smatrao manje važnom jer se nije odigrala na njegovom imanju. – Hteo sam da vam se lično zahvalim i pitam vas da li biste mogli da mi se pridružite kad budem pravio prijem za učesnike simpozijuma, sutra uveče u svojoj kući. To je najmanje što mogu da uradim nakon što ste tako velikodušno žrtvovali svoje slobodno vreme.

Izraz lica mu je postao sumorniji. – Nadao sam se da će to biti proslava na kraju uspešnog radnog vikenda za učesnike, i planirani su bili muzika i bal. Naravno, u trenutnim tragičnim okolnostima to više nije moguće, ali makar vam mogu obećati dobar obrok. Molim vas, da li biste mi učinili čast i prihvatili ovaj mali gest zahvalnosti? – Pogledao je dole. – I molim vas, svakako povedite svog psa. Nedostaje mi labrador u kući, i biće mi drago da ga vidim.

Virđilio mu se zahvalio i prihvatio poziv u ime nas petoro, nakon čega se markiz ponovo rukovao s nama pre nego što je otišao. Kad je nestao iz vidokruga, Ana nam je ispričala šta bi moglo da nas očekuje sutra. – Zamak *San Bartolomeo* je navodno renesansni dragulj, ali decenijama je bio daleko od očiju javnosti. Niko s mog univerziteta nije bio pozvan unutra, tako da se stvarno radujem što ću videti kakav je. – Izvadila je telefon i pronašla fotografiju koju nam je onda pokazala, gurnuvši telefon preko stola. Taj zamak, potpuno okružen gustom šumom, bio je drugačiji od svega što sam dosad video u Italiji. Njegove ekstravagantne kule i tornjevi podsetili su me na fotografije ludog zamka Nojšvanštajn, koji je izgradio Ludvig II od Bavarske, i sigurno je delovao zanimljivo. Samo sam se nadao da će se Oskar dobro vladati.

Iskoristio sam veselije raspoloženje za stolom da iznesem svoj predlog Lini i Virđiliju. – Kako se stvari odvijaju, sigurno će mi biti potreban neko da mi pomogne u agenciji. – Pogledao sam u

Linu. – Neko pametan ko ima dobar istražiteljski um. Nije to naj-glamurozniji posao na svetu, i podrazumevao bi deljenje kancelarije s labradorom koji povremeno ima problema s gasovima, ali ako si zainteresovana, Lina, mislim da bi bila savršena za taj posao. Misliš li da je to nešto što bi ti se svidelo?

Zavalio sam se i čekao njen odgovor, brzo pogledavši Virđilija, koji se činio prilično pozitivno nastrojenim. Nisam dugo čekao. – Baš lepo što si me se setio, Dene. – Zvučala je zadovoljno i bilo je lepo ponovo videti njeno ozareno lice. – To je stvarno uviđavno, ali misliš li da sam ja osoba kakva ti treba? Zar ne bi bilo bolje da unaj-miš nekog krupnog, jakog muškarca koji bi mogao da ti pomogne oko teških slučajeva? Ili makar nekoga ko bolje govori engleski nego ja, pošto mnogo tvojih klijenata dolazi kod tebe jer govoriš engleski.

– Ne brini se zbog toga. Čuo sam te kako govoriš engleski i moći ćeš da se javljaš na telefon i dočekuješ klijente. A što se tiče snaga-tora, ne tražim telohranitelja niti siledžiju. Odustao sam od takvih stvari kad sam napustio policiju. Ne, potrebno mi je prijateljsko lice i dobar mozak spreman da pregleda razne beleške i dokumente i tako dalje, kao i osoba koja će biti u kancelariji kad sam na terenu. Mislim da bi bila savršena. – Okrenuo sam se prema Virđiliju. – Zar ne, Virđilio?

Osetio sam olakšanje kad sam ga video da klima glavom odu-ševljeno. – To je divna ideja, Dene. Mnogo ti hvala. – Pogledao je svoju ženu. – Šta ti misliš, Lina? Da li bi stvarno želela da se pridru-žiš našem detektivskom svetu?

Lina je bila ozarena. – Ako ne možeš da ih pobediš, pridruži im se. To je vrlo ljubazno od tebe, Dene, zvuči kao divna ideja.

Nagnuo sam se da se rukujem s njom. – Sešću narednih neko-liko dana i smisliti šta bi taj posao tačno podrazumevao i koliko bih mogao da ti platim, ali pod pretpostavkom da ti se sve to svidi, želim ti dobrodošlicu.

Virđilio je ustao i krenuo prema šanku. – Mislim da nam je po-trebna boca nečeg penušavog da to proslavimo. Samo mi dajte malo vremena.

Nekoliko trenutaka nakon što je prošao kroz vrata, naše slavlje je prekinuo jezik krik, praćen zvukom pomeranja stolica i povišenim glasovima koji su dopirali od stolova za kojim su sedeli naučnici. Video sam kako Gori uleće u prostoriju i skočio sam na noge rekavši preplašenom labradoru da ostane na mestu, dok sam ja krenuo za pozornikom prema epicentru buke i zbrke. Ono što smo zatekli bilo je otrežnjujuće i instinktivno sam pogledao preko ramena kako bih se uverio da su Ana i Lina ostale sa Oskarom. Srećom, uradile su to i bio sam zahvalan zbog toga, jer ovo nije bilo prijatno.

Na jednom od okruglih stolova za kojim su sedeli učesnici simpozijuma i dalje su stajali tanjiri s napola pojedenom hranom i vinske čaše, ali stolice su sad bile prazne osim jedne usamljene figure koja je sedela prava kao strela na jednoj od stolica. Bila je to Monika Fauler, i bila je nepomična. Probio sam se kraj Gorija i zblanutih naučnika i prišao da je lupnem po ramenu. Koža joj je i dalje bila topla, ali nisam osetio pokret. Nagnuo sam se napred da joj vidim lice i odmah uočio kako zuri pred sebe razrogačenim očima. Video sam mnogo leševa u životu, ali takav izraz užasa bio je krajnje uznemirujući. Mahnuo sam rukom ispred nje. Nije bilo reakcije. Brzo opipavanje karotidne arterije na grlu potvrdilo je da nema pulsa. Monika Fauler bila je mrtva.

Telo joj je i dalje bilo ukočeno i stoga uspravno, ali kao što svi dobro znamo, nema šanse da se *rigor mortis* javi i stvori takav utisak bar još nekoliko sati. Patolog će bolje znati, ali izgledalo mi je da je otrovana nečim što joj je izazvalo grč u celom telu i prekinulo rad vitalnih organa, verovatno u roku od nekoliko sekundi. Nameravao sam da se okrenem kad sam ugledao tanak zlatan lanac oko njenog vrata. Oprezno sam ga izvukao svojim ključevima od kola i video da s njega visi mali privesak: i izgledao je poznato.

Ispravio sam se i pozvao Gorija, gledajući pritom koliko je sati. Minut do devet, uveče. – Zapišite imena svih koji su sedeli za ovim stolom i označite njihove položaje na crtežu. Jeste li razumeli? Moramo da znamo ko je tačno bio kraj nje i pobrinemo se da niko ništa ne dira. Tanjiri, salvete, čaše, torbice... sve što je bilo na stolu, ostaje na stolu. Sagnite se i pogledajte pod ispod stola i stolica, ali ostavite sve kako je bilo dok forenzičari ne dođu.

Pogledao sam naučnike koji su donedavno sedeli za tim stolom, pored žrtve. Svi su izgledali zaprepašćeno, i nisam ih krivio.

Iznenadna smrt ostavlja takav utisak na ljude. Dosad sam prepo-
znavao većinu lica, među njima dve Špankinje s njihovim intimnim
prijateljem, Gringrasom iz Irske, i vrlo tihu Freju Blomkvist, koja
je stajala pored Pavela Havela. Jedina koja nije izgledala potpuno
zgranuto bila je stara profesorka Peletje, koja je prišla da me uhvati
za ruku.

– Mrtva je, zar ne, inspektore?

Klimnuo sam glavom. – Verujem da je tako, nažalost. – Nije bilo
svrhe da se pretvaram.

– Otrov? – Pogledala je delimično pojedenu hranu na tanjiru, na
stolu ispred žrtve.

– Moguće je ali, iskreno, ne znam. Možda je moždani udar ili
nekakav napad, ali sigurno je mrtva. – Uočio sam druga dva uni-
formisana policajca kraj vrata i pozvao sam ih da priđu, dajući im
naređenja da kontaktiraju sa inspektorom Senezeom i hitnom slu-
žbom – mada sam bio siguran da lekari sad ne mogu ništa da urade
za Moniku Fauler. Dok su hitali, ugledao sam žrtvinog muža kako
stoji pored jednog obližnjeg stola, pored Tomasa, i otišao sam da
mu saopštim vesti. Njegova reakcija bila je neočekivana. Briznuo je
u plač i morao sam fizički da ga sprečim da ne otrči do mesta zlo-
čina. Srećom se Vajolet, direktorka škole, pojavila u tom trenutku i
odvela ga majčinski ga zagrlivši.

– Faulerova je mrtva? – To je bio Virđilio, iza mene.

Odveo sam ga dalje od prisutnih. – Sigurno i, koliko vidim,
otrovana je. Zanimljiva stvar: kad sam joj opipao vratnu arteriju,
primetio sam privesak na lančiću oko vrata. Pogodi kakav: srculen-
ce probodeno strelom.

– Vidi, vidi, Dijamantis je izgleda pokazivao vidan nedostatak
kreativnosti kad je birao poklone za ljubavnice. Verovatno je i njoj
rečeno da to krije kao njihovu malu tajnu. – Pogledao je u gomilu
izbezumljenih naučnika u prostoriji, pre nego što je pažnju usmerio
na mene. – Pitam se koliko još žena potajno čuva znak njegove pažnje.

Stajali smo tamo i zurili jedan u drugog nekoliko trenutaka, pre
nego što je on postavio pitanja koja su mi se motala po glavi. – Ko
je to uradio i zašto? Šta je sa ovim ljudima? Da li pokušavaju da se
međusobno istrebe? – Zvučao je nemoćno koliko i ja.

– Reakcija Pitera Faulera bila je neočekivana. Za nekog ko tvrdi da živi potpuno odvojenim životom bio je prilično uznemiren. Da li mislimo da je i dalje zaljubljen u nju i, ako je tako, da li ga to čini mogućim sumnjivcem za ubistvo jednog ili obojice muškaraca?

– Nema alibi za petak uveče i, koliko znamo, niko ne može da mu obezbedi alibi za jučerašnje popodne u Sijeni. Ali to nam ne pomaže da otkrijemo ko je ubio njegovu ženu, i zašto.

– Uprkos tome što je maločas zaplakao, možda je ubio dvojicu ženinih ljubavnika a onda ubio i nju. – Druga velika nepoznanica sad se ukazala. – Takođe, kad bolje razmislim, ako je Monika Fauler stvarno otrovana, kako je unela otrov?

– Kladim se u hrani, ali da vidimo šta će reći patolog. – Pogledao me je i kiselo se osmehnuo. – Ovo je bio baš pravi odmor!

18.

Utorak rano ujutro

Sledeće jutro je počelo kao i prethodna tri, šetnjom za mene i mog psa, osim što sam danas odlučio da je vreme da malo trčimo. Pokušavao sam da redovno trčim i, nakon sve hrane koju sam nedavno pojeo, osećao sam da mi je to potrebno. Već u sedam ujutro, danas je temperatura bila primetno viša nego prethodnih dana i nebo je bilo zaprepašćujuće plavo. Oskar i ja smo trčkarali do iste klupe i seo sam da proverim imejlove. Prvi koji sam video bio je od Suzan, moje urednice iz Londona, i bio je divan.

Poslala mi je dve dobre vesti: jedna je bila skeniran članak iz *Sandej tajmsa*. Urednik je posvetio celu stranu vikend izdanja Džesinom vrlo laskavom članku o meni, a to je uključivalo i zastrašujuće jasnu moju fotografiju, verovatno uzetu iz novinskog arhiva, kako stojim ispred Centralnog krivičnog suda nekoliko godina ranije, nakon što sam obezbedio dugu zatvorsku kaznu jednom vrlo neprijatnom dileru droge. Naslov članka bio je *Napuštanje stare karijere: kako je jedan od najuspešnijih britanskih detektiva zamenio borbu protiv kriminala pisanjem.*

„Najuspešnijih" je bilo preterivanje, i nisam shvatao koliko sam bora dobio dok ih nisam video u visokoj rezoluciji, ali nisam mogao da krivim taj članak. Džes je očigledno pročitala *Smrt u vinogradu* i zvučala je vrlo pozitivno zbog knjige i moje odluke da zamenim London Toskanom. Čak je pomenut i Oskar. Naglas sam mu pročitao šta je napisala, ali nisam se iznenadio što je izgledao više zainteresovan za žvakanje ostataka neke stare cipele koju je odnekud iskopao. Poslao sam Džes žarko vatrenu imejl-zahvalnicu, govoreći joj koliko sam zahvalan i obećavajući joj da ću odvesti nju i njenog muža na ručak kad sledeći put budem u Londonu. To je bilo najmanje što sam mogao da uradim.

Suzanina druga vest bila je još uzbudljivija: izgleda da je, zahvaljujući članku u novinama, knjiga sad ušla na spisak sto najprodavanijih. Prema njenim rečima, sad mogu zvanično sebe da nazovem piscem bestselera. Za nekog ko je pre samo mesec dana bio neobjavljen pisac, to je delovalo potpuno nestvarno i prosledio sam taj imejl svojoj ćerki. Znao sam da će Triši biti drago zbog mene, i zapitao sam se na tren da li će ga proslediti i Helen, mojoj bivšoj ženi, ali onda sam podsetio sebe kako me se više ne tiče hoće li ili neće. Najtoplije sam se zahvalio Suzan i posvetio se drugim imejlovima.

Među njima je bio onaj koji je Bruno poslao Virđiliju i meni, s kopijom izveštaja patologa o ubistvu Monike Fauler. Donatela je potvrdila da je to bio otrov, ali nagovestila je da ona i njene kolege i dalje istražuju koji tačno. Izgleda da to nije bio neki uobičajen toksin, mada veruje da je dejstvo bilo gotovo trenutno. Verovala je da je to neki moćan neurotoksin, i nadala se da će saznati koji u roku od nekoliko sati. Nije bilo tragova ubodnih rana, tako da je rekla da je otrov najverovatnije unet oralno, mada je, u zavisnosti od tačnog sastava, možda mogao biti prenet i samo dodirom. Šta god da je posredi, zvučalo je kao nešto stvarno neprijatno.

Sinoć je bio haos. Otkrivanje leša usred okupljenih izbezumilo je većinu učesnika simpozijuma, i nisam ih krivio. Kao što je zahtevano, policajac Gori je napravio plan sedenja za žrtvinim stolom, za kojim se nalazilo osmoro ljudi. Tu su bile dve Špankinje, Irac Gringras, Freja Blomkvist, profesorka Peletje, Pavel Havel, neki japanski morski biolog Takaši Nozava i žrtva. Bruno je stigao uz škripu guma pola sata nakon otkrivanja tela, i pomogao sam mu oko prevođenja dok je ispitivao ljude koji su sedeli za njenim stolom, postavljajući svima ista pitanja.

– Da li ste dali žrtvi nešto, posebno hranu ili piće, i jeste li videli da joj je neko drugi dao nešto?

Isključujući razne radnike hotela koji su donosili vodu, vino i hranu, niko nije video da je Monika Fauler dobila išta od ikoga, bilo od onih koji su sedeli kraj nje ili drugih učesnika simpozijuma. Dvoje koji su sedeli kraj nje bili su Freja Blomkvist, s njene leve, i doktor Nozava, s desne strane, ali zasad je bila tajna kako je unela otrov.

Ana i ja smo razgovarali o tome pre odlaska na spavanje i saglasili smo se da stvari nisu izgledale dobro za Freju. Ako je, kako patolog veruje, otrov sipan u žrtvinu hranu ili piće, onda su najsumnjiviji oni koji su sedeli najbliže njoj. Drugi glavni sumnjivci, Karla Vespuči, Tomas Kartrajt i žrtvin muž, sedeli su dalje, bliže kuhinjskim vratima, tako da su imali manje prilike. Niko od osoblja iz kuhinje ili konobara nije imao nikakav kontakt sa žrtvom i činilo se da je to najverovatnije neko od ljudi za stolom, najverovatnije neko ko je sedeo blizu nje.

Koliko smo znali, nije bilo ničeg što je povezivalo doktora Nozavu sa žrtvom, društveno ili profesionalno. Bio je svetski čuven biolog, star oko četrdeset godina i rekao nam je da u Japanu ima ženu i dvoje dece. Govorio je engleski neuobičajeno dobro i bio je očigledno bistar tip koji je mogao biti privlačan pripadnicima oba pola, ali niko nije pomenuo njegovo ime u kontekstu veze s nekom od tri žrtve. Profesionalno, izgleda da takođe nije bilo preklapanja, jer je Monika Fauler bila entomolog specijalizovan za pčele, a doktor Nozava se bavio ajkulama, tako da nije postojalo suparništvo. Freja, stručnjak za vukove, i Monika, stručnjak za pčele, takođe su bile podjednako udaljene u profesionalnom životu, ali mala zlatna srca oko njihovog vrata govorila su o znatnom preklapanju u privatnom životu.

Ana mi je rekla kako želi da ostane u krevetu, tako da sam produžio jutarnje trčanje. U poslednje vreme sam se ulenjio tako da sam, kako bih nadoknadio to, ponovo krenuo prema vrhu brda kako bih pogledao ka drugoj strani i središtu neiskvarene Toskane. Staza se očigledno redovno koristila, i njom nisu išli samo ljudi. Gomilice konjske balege i drugi manje prepoznatljiv izmet govorili su o mnogim životinjama koje je koriste kao i ljudi, čije su čizme ostavile otiske u mekšem tlu po rubovima staze. Kako smo se peli, tako se vidik proširivao na sve strane, dok nismo izašli iz šume na vrh brežuljka.

Zastao sam da povratim dah i, mada sam se obilno znojio, bio sam zadovoljan što se nisam previše zadihao nakon uspona. Divio sam se pogledu dok je Oskar pio vodu iz barice ispod jednog velikog hrasta.

Staza je silazila na drugu stranu, kroz istu gustu mešavinu listopadnog i zimzelenog drveća, dok nije stigla do uskog puta koji sam prepoznao kao onaj koji vodi prema Rajnerovoj i Suzinoj kući. U stvari, video sam kuću na drugoj strani doline, ispod krošanja borova, ali bila je predaleko da uočim ikoga u dvorištu ispred. Međutim, pažnju mi je privukao pokret bliže meni. Otprilike na pola puta između mene i staze video sam konja kako luta malom čistinom, i naizgled zadovoljno pase u hladu drveća. Po belom licu i crnom telu, izgledao mi je kao Rajnerov konj, Boris. Ono što je bilo čudno je da, iako je Boris bio osedlan i zauzdan, nije bilo ni traga njegovom jahaču, i sa ove udaljenosti izgledalo mi je i da nije sapet. Da li je pobegao, ili se nešto dogodilo njegovom vlasniku? Mada me mogućnost da sretnem mrzovoljnog Austrijanca nije ispunila oduševljenjem, pozvao sam Oskara i strčao nizbrdo da proverim. Nakon svega što se dogodilo, nisam hteo da rizikujem.

Kad sam stigao do konja, bilo je odmah jasno da je odlutao, ali poslušno mi je dozvolio da mu se približim i uhvatim ga za uzde. Stajao sam tamo minut ili dva, nežno mu milujući vrat, dok sam dozivao Rajnera ili Suzi. Kad nisam dobio odgovor, postao sam sumnjičav. Još jedan misteriozan nestanak izgledao mi je kao prevelika slučajnost.

Krenuo sam da potražim nestalog jahača i osetio sam da makar treba da odvedem Borisa tamo gde pripada. Kao potpuna neznalica kad govorimo o konjima, odlučio sam da se ne popnem u sedlo, jer bih verovatno seo naopako ili bih pao na zemlju. Malo sam cimnuo uzde i, na moje iznenađenje, Boris mi je dozvolio da ga odvedem na stazu kojom sam išao, nizbrdo prema putu. Jedva smo prešli stotinak metara kad smo naišli na vlasnika. Rajner je ležao potrbuške kraj staze, raširenih ruku, i prošlo mi je kroz glavu da je, kao što sam se bojao, ovo četvrta žrtva ubistva. Brzo vezavši Borisa za jednu nisku granu, pohitao sam do Rajnera i kleknuo kraj njega.

Na svoje veliko olakšanje, otkrio sam da nije mrtav. Bio je, međutim, onesvešćen i imao je gadnu posekotinu i plavu modricu na čelu. Na osnovu peska i šljunka u rani, izgledalo je da je pao s konja na glavu i, bez kacige, nije imao nikakvu zaštitu. Izgledalo je ovo kao obična nezgoda, ali u ovom trenutku nisam mogao da znam šta ili ko je izazvao taj pad. Dobra vest je da je posekotina prestala da krvari, tako da sam odlučio da prepustim hitnim službama da se bave time. Vrlo nežno sam ga okrenuo na bok, u bezbedan položaj, i dok sam to radio, počeo je da stenje. Iščupao sam busen trave i postavio mu ga pod glavu kao jastuk. Kad sam mu naslonio glavu na njega, otvorio je oči i polako počeo da shvata gde se nalazi.

– Poznajem vas. – Usledila je pauza dok se postepeno pribirao. – Zašto ste ovde? Šta se dogodilo? – Pokušao je da ustane u sedeći položaj, ali kao da je osetio talas bola i ponovo je zastenjao. Utešno sam ga uhvatio za ruku.

– Samo polako, Rajneru, i pozvaću pomoć. – Izvadio sam telefon, ali pre nego što sam stigao da pozovem hitnu pomoć, palo mi je na pamet da ne znam kako se zove ova oblast. Ana nas je vodila kad smo išli prvi put, i samo sam išao istim putem drugi put. Znao sam samo da nismo daleko od hotela. Pogledao sam Austrijanca, koji je ponovo zatvorio oči. – Rajneru, kako se zove ovo mesto? Koja je vaša adresa? Šta da kažem hitnoj pomoći?

Video sam koliko mu je bilo teško da otvori oči, ali kad je progovorio zvučao je svesno, iako slabo.

– Strada provinčale 44, Podere delji anđeli. To je moja adresa. – Glas mu je umorno zamro.

To mi je bilo dovoljno. Pozvao sam hitnu pomoć i objasnio bolničarima gde sam i šta se dogodilo, i saglasili smo se da odem dole i sačekam ih na putu. Začudo, kazali su da će hitna pomoć stići za dvadeset minuta, iako smo bili usred nedođije. Bio sam zadivljen... ili sam makar znao da ću biti ako se kola hitne pomoći pojave. U međuvremenu, rekli su mi da pokušam da održim Rajnera pri svesti, ako je moguće. Pogledao sam na sat i video da je tek pola devet, tako da sam seo kraj Austrijanca i pokušao da ga navedem da govori. Pošto ga je, čak i pre nego što je rascopao glavu, bilo pakleno teško naterati da priča o bilo čemu osim o gorućoj mržnji prema naučnicima, znao sam da će to biti kao cediti suvu drenovinu. Pokušao sam razne teme dok nisam pomenuo vukove, i tad je otvorio oči.

– Jeste li ikad videli vuka? – Glas mu je bio jasan ali tih.

Odmahnuo sam glavom. – Samo na televiziji, ali čuo sam jednog blizu hotela. Šta je s vama? Pretpostavljam da ovde ima vukova.

– Sigurno ima vukova. Viđam ih gotovo svake noći. – Mada je i dalje zvučao slabo, bilo je izvesne živosti u njegovom glasu, što sam smatrao pozitivnim znakom. – Ponekad sedim u štali i gledam ih kroz jedan od uskih prozora. Vidim ih kako njuškaju oko kokošinjca, ali dobro je zaštićen pletenom žicom i ne mogu da uđu. Kokoške su očigledno prestrašene i dižu galamu, ali bezbedne su.

– Razgovarao sam s nekim lokalnim farmerima, vašim susedima, i ne vole da vide vukove blizu svojih domaćih životinja. Šta je s vama? Da li biste voleli da budu zbrisani s lica zemlje?

Ponovo je pokušao da sedne, ali opet ga je u tome omeo bol, i bilo je potrebno nekoliko minuta pre nego što je skupio snagu da odgovori.

– Mogu li da vam kažem nešto? Ne ubijam čak ni muve ako ne moram. – To je objasnilo komarnik na kuhinjskim vratima, predviđen da ih spreči da uđu. – Svi smo životinje koje imaju pravo da žive na ovoj planeti kao i sve druge vrste. Zašto ljudi misle da imaju moć života i smrti nad ostalim stvorenjima? – Glas mu je zamro i legao je, ponovo zatvarajući oči. Dao sam mu malo vremena, ali potrudio sam se da ga ponovo razbudim.

– Verujete u „živi i pusti druge da žive" za sva stvorenja, uključujući i vukove? Ali šta ako počnu da otimaju i ubijaju vaše kokoške?

– Oni su mesožderi, to je ono što rade. Štitim svoje kokoške najbolje što mogu, ali, kao što rekoh, vukovi su takvi.

Nije otvarao oči pa sam, u pokušaju da pokrenem razgovor, pomenuo konja Borisa, koji je zadovoljno žvakao neverovatno bujnu travu kraj staze. – Šta se dogodilo? Kako ste pali s konja?

To je pomoglo i ponovo je otvorio oči. Primetio sam da mu je levo oko, ispod gadne posekotine i modrice na čelu, veoma zakrvavljeno, i nadao sam se da to ne ukazuje na unutrašnje krvarenje.

– Bodljikavo prase.

– Bodljikavo prase? – Na trenutak mi je zvučalo kao da se zabunio, ali uskoro se ispostavilo da to nije tačno.

– Bodljikavo prase je prešlo stazu ispred nas i Boris se uplašio. Nisam bio pažljiv i pao sam. – Trgnuo se. – Ne sećam se ničeg nakon toga, sve dok nisam ugledao vas.

Jedno od najneočekivanijih otkrića u Toskani bilo je da bodljikavi prasići hodaju naokolo. U svom neznanju, pretpostavio sam da su to egzotičnije životinje, koje žive na dalekim mestima, ali ne, u Toskani ima bodljikavih prasića kao i vukova, i to je činjenica. Palo mi je na pamet da je sasvim moguće da stručnjaci za tu oblast borave u istom hotelu kao i ja. Dalje razmišljanje je prekinuo dalek ali prepoznatljiv zvuk sirene kola hitne pomoći. Potapšao sam Rajnera po ramenu i video kako ponovo otvara oči.

– To su kola hitne pomoći. Samo se opustite i vratiću se uskoro s bolničarima. – Na moje iznenađenje, podigao je ruku i uhvatio me je za podlakticu.

– Hvala vam, vi ste dobar čovek.

Oskar i ja smo otrčali stazom do puta i čekali smo tamo kad su se kola hitne pomoći pojavila iza krivine. Mahnuo sam im i otišao do vozačevog prozora. Jedan bradat mladić me je pozdravio veselim osmehom.

– *Ciao*, kako mogu da vam pomognem? Rečeno nam je da je došlo do nesreće.

Brzo sam mu rekao za Rajnera i njegov pad i ponudio da im budem prevodilac ako je potrebno, ali bolničarka pored vozača me je uverila da prilično dobro govori engleski. Da bi dokazala to, pitala me je na engleskom: – Možemo li da se odvezemo do mesta na kojem on leži?

Razmišljao sam o tome dok sam silazio do puta i mogao sam da im potvrdim da neće biti problema. – Videćete ga kraj konja. Ja ću vas pratiti s psom i kad ga preuzmete, ići ću da obavestim njegovu ženu... i vratiću im konja. Gde ćete ga odvesti?

– Do bolnice *Pronto sokorso* u Sijeni. Znate li gde je? U San Minijatu.

Znao sam gde se nalazi urgentni centar u Sijeni i klimnuo sam glavom pošavši stazom za njima. Dok smo hodali, pogledao sam Oskara. – Pa, kuče, bio je to uzbudljiv početak dana, zar ne?

Umesto odgovora, spustio je kraj mojih nogu štap koji je nosio. Izgleda da je za njega igra donošenja štapa bila mnogo uzbudljivija od pada nekog nepoznatog čoveka s konja. Bacio sam mu štap u šumu, pitajući se kako bi reagovao ako bi se našao licem u lice s bodljikavim prasetom.

19.

Utorak ujutro

Oskar i ja smo opušteno hodali putem s konjem Borisom, a onda prilazom do njegove kuće. Radije bih hodao brže, ali konj je očigledno želeo da ide polako i brinuo sam se da će odjuriti ako pokušam da ga ubrzam. Nije mi se ni najmanje svidela ideja da jurim za konjem u galopu, držeći se za uzde. Rekao sam da ne znam ništa o konjima, zar ne?

Suzi se pojavila na vratima u kombinezonu poprskanom bojom i objasnio sam joj šta se dogodilo. Bila je, naravno, vrlo uznemirena i ponudio sam da je odvezem do bolnice kako bi posetila Rajnera. Dok je skidala Borisovo sedlo i uzde i puštala ga bezbedno na livadu, Oskar i ja smo se vratili do hotela po kola. Kad smo se približili stazi koja vodi do mesta nesreće, video sam kola hitne pomoći koja upravo odlaze, sa upaljenim rotacionim plavim svetlima, odvozeći Rajnera u bolnicu. Trčao sam – dobro, hodao brže nego obično – sve do hotela i kad se sve sabere, bilo mi je potrebno više od sat vremena da stignem, objasnim pospanoj Ani šta se dogodilo, uzmem kola i odvezem se natrag da pokupim Suzi, ali bar niko ne bi mogao da kaže da nisam pristojno vežbao.

U kolima sam dao Suzi što sam više mogao informacija o onom što sam video i težini muževljevih povreda, naglašavajući da je zvučao lucidno i da će se sigurno brzo oporaviti. Zahvalila mi se na pomoći i počeo sam da razgovaram o uopštenijim stvarima.

– Mislim da u ovakvim trenucima možda žalite što nemate kola. Da li imate isto mišljenje o savremenim mašinama kao Rajner?

– Da budem iskrena ne, nemam. Da, cenim i delim njegovu zabrinutost za životnu sredinu i, uistinu, za preživljavanje planete, ali neke stvari su nužno zlo. – Bespomoćno je slegnula ramenima. – Posebno kad živite na selu kao mi.

– Rajner mi je rekao da ste živeli u Njujorku. Sigurno ste tad imali razne savremene uređaje i spravice?

– Naravno, čak smo imali i automobil. Dolazak ovde značio je pokušaj povratka osnovama, prirodnijem načinu života nakon korporativnog života u velikom gradu.

– Čime ste se bavili, ako smem da pitam?

– Bila sam novinarka *Njujork tajmsa*, a Rajner je radio u farmaceutskoj kompaniji.

– Farmaceutskoj kompaniji? – Čuo sam iznenađenje u svom glasu. Sigurno nisam očekivao to. – Stekao sam utisak iz njegovih reči da mrzi naučnike. Da li to znači da je i on naučnik?

Tiho se nasmejala. – Bojim se da je tako. Studirao je hemiju i proveo je veći deo karijere u laboratoriji.

– Zašto sad mrzi nauku? Da li je doživeo neko prosvetljenje?

– Nešto se dogodilo, ali nikad ne priča o tome. Radili su kliničko ispitivanje nekog novog leka i sve se završilo užasno. Lek je imao neočekivane nuspojave, i troje ljudi je zamalo umrlo. Rajner nije bio kriv za to, ali primio je to vrlo loše i potom odlučio kako želi da ode odatle.

To je u potpunosti objašnjavalo Rajnerov stav prema nauci i naučnicima. Takvo iskustvo mora da ga je prilično uzdrmalo, i počeo sam da shvatam njegovu želju da preseče sve veze s naučnim svetom, mada njegovoj ženi to nije lako palo.

– Mora da vam je bilo teško da se odreknete posla koji zvuči zanimljivo i krenete za njim.

Slegnula je ramenima. – Šta mi je preostalo? On mi je muž i volim ga.

– Na kraju ste došli na divno mesto. Nadam se da ne žalite?

Ponovo taj tihi smeh. – Osim nedostatka struje i grejanja, ne žalim. A što se tiče odbacivanja svakodnevnog posla, stalno govorim sebi da sad mogu da se usredsredim na slikanje.

Ostavio sam je ispred ulaza u bolnicu, dao joj svoj broj i rekao da me pozove ako joj bude potreban prevoz. Zahvalila mi se i kazala mi da se ne brinem. Kad otpuste Rajnera, vratiće se kući taksijem – bez obzira na njegove prigovore.

Na putu do hotela, pozvao sam Anu da joj detaljnije objasnim šta se dogodilo. Na kraju razgovora, morao sam da kažem ono što mi se motalo po glavi otkako sam razgovarao sa Suzi. – Ako je Rajner bio hemičar, onda zna koje otrove najbolje upotrebiti da bi se ubio neko.

– Da, ali samo je Monika iz Mančestera otrovana. Šta je s drugo dvoje? Pored toga, osim njegove iracionalne mržnje prema naučnicima, koji bi motiv imao?

– Počinjem da mislim da je svaku žrtvu ubila druga osoba. Ako je tako, svestan sam da je to vrlo neverovatno, ali ne vidim nikakvu drugu mogućnost. Možda je Rajner bio ubica broj tri i ubio je samo Moniku, ali znam zašto si pomenula nedostatak motiva. U svakom slučaju, vratiću se u hotel za dvadesetak minuta. Nadam se da i dalje poslužuju doručak.

Tek nakon završetka razgovora setio sam se da joj nisam preneo dobre vesti o svojoj knjizi koja je postala bestseler i odmah sam je ponovo pozvao, a zvučala je mnogo srećnije zbog mene nego Oskar... ali ona ne žvaće stare cipele.

Kad sam se vratio u hotel, završili su s posluživanjem doručka, ali Adelaida, susretljiva recepcionerka, imala je mnogo razumevanja kad sam joj rekao zašto sam zakasnio i odvela me je do restorana da mi pronađe nešto za jelo. Dok sam stajao kraj prozora koji je odvajao restoran od kuhinje, gledajući kako kuvari počinju pripreme za ručak, setio sam se nečeg. Kad se recepcionerka vratila noseći poslužavnik s velikim kapučinom, sokom od pomorandže, voćnom salatom, hlebom i kroasanima, zahvalio sam joj se srdačno i rekao joj o čemu razmišljam.

– Šta rade kuvari kad imate goste koji pate od alergija?

– Znate onaj obrazac koji ste popunili kad ste došli? Zar niste videli pitanje o alergijama?

– Da budem iskren, nisam ga popunio. Mora da je to uradio moj prijatelj koji je rezervisao sobe, ali to mi zvuči vrlo organizovano.

Dobro, pitate ljude jesu li alergični, i šta onda? Recimo da sam alergičan na mlečne proizvode ili kikiriki, na primer?

Dotad su svi u hotelu znali da sam uključen u istragu ubistva i Adelaida je spremno odgovorila. – Sve alergije se zabeleže i kuvari rade u skladu s tim. Dajte mi malo vremena i pitaću Lorenca ima li malo vremena da vam objasni.

Kad sam seo da doručkujem sa svojim uvek gladnim psom, koji je držao njušku u mom krilu i stalno se oblizivao, za slučaj da nisam shvatio poruku kako bi i on voleo malo da doručkuje, recepcionerka je ponovo otišla u kuhinju. Pojavila se malo kasnije sa šefom kuhinje. Nisam razgovarao s njim, ali prepoznao sam mu lice. Prišao je i rukovali smo se. Adelaida mora da ga je već obavestila i brzo mi je objasnio proceduru.

Bila je jednostavna ali efikasna. Ukratko, gosti sa alergijama dobijali su svetloplave salvete, umesto zelenih ili žutih, kakve su dobijali svi ostali. Kad se hrana služi, konobari su dobijali uputstva kako bi se pravo jelo dalo odgovarajućem gostu. Pitao je želim li da vidim spisak gostiju s posebnim zahtevima u ishrani, i rekao sam mu da bih ga rado video, pitajući se da li će se moj predosećaj potvrditi. Vratio se u kuhinju i, trenutak kasnije, jedan od mlađih pomoćnika je izašao sa spiskom. Na njemu se nalazilo dvadesetak imena i pregledao sam ih nestrpljivo, gotovo uzviknuvši kad sam video ime koje sam tražio:

Monika Fauler, soba 22 – ljuskari. Bez račića.

Pitao sam pomoćnog kuvara kako se distribuiraju zamenska jela sve dok nisam stekao dobru sliku o mehanici onoga što je na prvi pogled izgledalo kao nepogrešiv sistem, i čim sam završio doručak – i dao pola kifle Oskaru – pohitao sam da vidim mogu li pronaći Bruna ili Virđilija. Zatekao sam ih zajedno, na drugom kraju bara, kako piju kafu. Bruno me je obavestio o novostima.

– *Ciao*, Dene, čujem da ste glumili dobrog Samarićanina našem austrijskom prijatelju. Imam dobre vesti: upravo su me pozvali iz laboratorije u Sijeni. Nakon što je Lina pomenula češalj, rekao sam mojim ljudima da pretraže sve kante za otpatke u krugu od dvesta metara od *Fačatonea*. Rekao sam im da posebno traže češalj s dugačkom, tankom drškom i pronašli su jedan sinoć u kanti za đubre na uglu Trga del kampo: aluminijumski, vrlo oštar i s tragovima osušene krvi. Poruka koju sam upravo dobio od Donatele kaže da ta krv pripada Santiniju, a kad je dlaku koju je pronašla na češlju uporedila s kosom najnovije žrtve, Monike Fauler, pronašla je poklapanje. Lina je bila u pravu. Santini je ubijen tim češljem i, nema sumnje u to, ubila ga je Monika Fauler. Ubola ga je češljem koji je imala kod sebe i gurnula ga je sa zgrade, nadajući se da će to izgledati kao samoubistvo.

– Dakle, Monika Fauler je ubila Santinija... – Polako sam prihvatao vesti, svestan da me dva detektiva pomno gledaju. – Moram da kažem da sam joj poverovao kad je rekla da je bila zaljubljena u prvu žrtvu, Dijamantisa, tako da ne mislim da je uključena u *njegovo* ubistvo. Gotovo je sigurno da je Grka ubio Santini, tako da je to verovatno bila Monikina osveta. Da li i vi mislite tako?

Bruno je klimnuo glavom. – To je zaključak do koga smo došli, a sad kad znamo da je Monika Fauler ubila Santinija, sigurni smo da je uradila to jer joj je ubio voljenog.

Sve je to zvučalo vrlo uverljivo, ali nije odgovaralo na pitanje ko je ubio Moniku Fauler. – Ako pretpostavimo da je prvo ubistvo bilo zločin iz strasti, onda je logično pretpostaviti da su i druga dva takođe zločini iz strasti, povezani s prvim. – Konobarica je prošla kraj nas i brzo sam je zamolio za još jedan kapučino i sačekao da ode pre nego što sam nastavio. – Mogu li sad da pretpostavim kako mislimo da su ta ubistva izvršili ljudi odavde, i da naše sumnje u neku antivukovsku zaveru ili obaveštajnu agenciju više ne stoje?

Ovoga puta je Virđilio odgovorio. – Bez sumnje su to zločini iz strasti, nemaju nikakve veze s vukovima niti drugim životinjama.

– I mislimo li da je Monika ubijena? Možda je izvršila samoubistvo sad kad je ljubav njenog života mrtva, a ona ubila njegovog ubicu?

Bruno i Virđilio su istovremeno odmahnuli glavom i Virđilio je odgovorio. – Razgovarali smo o tome, ali zašto bi uradila to usred obroka, među stotinu drugih ljudi? To nema smisla. Ne, ubijena je.

Bruno je klimnuo glavom i postavio očigledno pitanje. – Sigurno, ali iako smo prilično sigurni ko je ubio dvojicu muškaraca, i dalje treba da otkrijemo ko je i zašto ubio Moniku Fauler.

Imao sam užasan osećaj da znam odgovor na to pitanje, ali bilo mi je mučno da ga saopštim. Dok sam razmišljao šta da kažem, Virđilio je prešao na stvar.

– Šta kažete na ovaj scenario? Santini je zaljubljen u Freju Blomkvist i/ili Moniku Fauler, ali zna da je Dijamantis u vezi sa obe. Odlučuje da ubije Grka kako bi uklonio suparnika. Monika Fauler, koja je mnogo volela Dijamantisa, saznala je šta je Santini uradio i ubila ga je iz osvete. Freja Blomkvist, mada nam je rekla da nije zainteresovana za Santinija, bila je ipak zaljubljena u njega. Saznala je da ga je Monika ubila, i zato je ubila Moniku. Budimo iskreni, sedela je pored te žene, tako da je imala mnogo prilika da joj ubaci otrov u hranu ili piće. Što se mene tiče, Šveđanka je kriva.

– Dene, šta vi mislite? – Bruno me je pogledao, a ja sam sačekao da ode konobarica koja mi je donela kapučino, pre nego što sam odgovorio.

– Prvo treba odgovoriti na nekoliko nezgodnih pitanja. Kako je Monika Fauler saznala da je Santini ubio Dijamantisa, i kako je Freja saznala da je Monika ubila Santinija? – Nije bilo odgovora, pa sam nastavio. – Nagađam da je Piter Fauler rekao svojoj ženi da je video Santinija u petak uveče, i ona je povezala stvari. Možda se onda suočila sa Santinijem na vrhu *Fačatonea*. Monika mi je rekla da je imala druge ljubavnike osim Dijamantisa, i kad sam je pitao da li je neki od njih ovde, video sam joj krivicu na licu pre nego što je odgovorila ne. Prema Piteru Fauleru, Santini i Monika su bili u vezi u poslednjih nekoliko godina, tako da kad su bili u Sijeni u nedelju Santini joj je verovatno priznao, ili se čak pohvalio onim što je uradio, i ona ga je ubola. A što se tiče razloga za Monikino ubistvo, najjednostavnije objašnjenje je da ju je neko video i ubio je iz osvete. Možda Freja? Ili neko drugi ko je žudeo za Santinijem?

– Kao na primer? Niko drugi nije imao motiv. – Virđilio nije hteo da se odrekne teorije o Freji.

– Karla Vespuči, možda, ko zna? Pitala je za njega onomad, ali Gori je kazao da nije izgledala previše zabrinuta zbog njegove smrti.

Ona i Santini su bili Italijani, tako da su se verovatno često sretali. – Znao sam da zvučim očajnički. – Možda je ona bila jedna od tih drugih žena ovde na simpozijumu. Koliko ih ima? Četrdeset, pedeset? Jasno je da je Dijamantis nudio svoje usluge naširoko.

Bruno nije izgledao potpuno uvereno, ali nisam to bio ni ja, ali možda sam se samo držao za slamku kako bih izbegao neizbežni zaključak da je Freja Blomkvist, poznata i kao Čika Džek, ubica. Kad sam krenuo da uzmem svoju kafu, prešao sam na ono zbog čega sam potražio dvojicu detektiva. – U svakom slučaju, nisam siguran *zašto* je Monika Fauler ubijena, ali mislim da sam otkrio *kako* je ubijena. – Videvši zanimanje na oba lica, nastavio sam.

– Sinoć je glavno jelo bilo riblji paprikaš, vrlo ukusan, ali upravo sam otkrio da je hotel znao kako je Monika Fauler alergična na račiće, a sećam se da sam ih pronašao nekoliko u svom paprikašu. Pitao sam kakvu su joj alternativu obezbedili, a pomoćni kuvar mi je rekao da je napravio posebnu turu bez ljuskara za nju i još jednu osobu sa istim problemom. Imate li fotografiju mesta ubistva?

Bruno je otvorio fasciklu na stolu ispred sebe i prelistavao fotografije dok nije pronašao nekoliko snimaka stola s paralizovanim telom Monike Fauler, koja je i dalje bila na stolici. Proverio sam šta se nalazi ispred nje i zadovoljno progunđao. – Vidite to: ima salvetu drugačije boje nego ostali. To označava konobarima da ima alergiju, tako da treba da dobije drugo jelo – u njenom slučaju, nešto bez račića.

– Sve je to lepo, Dene, ali postoji jedan problem: verovatno je druga osoba alergična na račiće pojela svoj obrok bez posledica, pa kako je onda otrov stavljen u njen riblji paprikaš? – Bruno je zvučao zadivljeno ali zbunjeno. – Da li to znači da je otrov sipao neko iz kuhinje ili od konobara?

– To je moguće, ali imam jednostavnije objašnjenje. Pomoćni kuvar mi je rekao da se posebna jela za alergične smeštaju na odvojen sto ispred ulaza u kuhinju, a osoblje ih uzima odatle. Svako jelo ima broj stola. Ona je bila za stolom sedam, a drugi gost sa alergijom na račiće bio je za stolom broj dva. Ako je neko sačekao da tanjiri budu izneti iz kuhinje, nije mu bilo teško da prođe pored i sipa nekoliko kapi moćnog otrova u Monikin paprikaš pre nego što su konobari odneli tanjire. Uzgred, imate li predstavu koji je to otrov bio?

– Donatela mi kaže da će imati odgovor tokom dana. – Bruno je pogledao na sat. – Dobro, ako sve prođe kako treba, znaćemo za sat ili dva. Sigurno zvuči kao da ste pronašli kako je otrov dospeo u hranu. Nažalost, zbog toga je manje verovatno da su odgovorni ljudi koji su sedeli kraj žrtve. Bio sam prilično uzbuđen zbog pomisli da je Freja Blomkvist možda naš ubica, kao što je Virđilio rekao, i to ne samo zato što je sedela kraj žrtve. Sad nisam tako siguran.

Virđilio se namrštio. – I dalje mislim da je ona naša najbolja nada. Santini ubije Dijamantisa, Monika Fauler ubije Santinija, a Freja Blomkvist ubije Moniku jer je bila potajno zaljubljena u Santinija.

I dalje nisam bio zadovoljan, ali da budem pošten prema Virđiliju, nisam mogao da pronađem nekog verovatnijeg krivca. Napomenuo sam sledeće: – Činjenica je da, ako ne prizna, nemate dovoljno dokaza protiv nje.

Bruno je sumorno klimnuo glavom. – Tako je, Dene, tako je. Pa, razgovaraću s Frejom Blomkvist, Piterom Faulerom, Karlom Vespuči i Tomasom Kartrajtom, i ponovo proći kroza sve to. – Pogledao me je u oči. – U redu je, prevodilac će stići svakog trena tako da ste slobodni. Pored toga, znam da ste prijatelj s Blomkvistovom, i siguran sam da ne želite da se mešate. Biću oštar koliko mogu sa svakim od njih, ali ne nadam se mnogo.

Saosećajno sam mu se osmehnuo. Znao sam vrlo dobro kako je biti u njegovom položaju – tako blizu a tako daleko od zaključenja slučaja.

20.

Utorak popodne

Kako je atmosfera u hotelu bila nimalo vesela, nas četvoro smo otišli u grad na ručak. Činjenica da je gotovo sigurno ubica bio u hotelu, naoružan nekim vrlo smrtonosnim – mada trenutno nepoznatim – otrovom, pojačala je našu želju da se udaljimo. Ana i Lina su razgovarale s ljudima u spa centru i čule su za neki restoran blizu Pontenuova, gde je hrana navodno bila izvrsna, tako da smo se Virđilio i ja saglasili da to izgleda kao razuman izbor.

Restoran se jednostavno zvao *Da nelo*, i da nismo znali da je tu, verovatno bismo prošli pravo kraj njega. Bio je skriven u uskoj uličici blizu vrlo starog kamenog mosta koji je nekad bio nov, i tako je dao ime gradiću. Bila je to moja prva poseta Pontenuovu, mada sam znao kako izgleda njegov gradonačelnik – ogroman je. Njegov grad je, s druge strane, bio sve samo ne ogroman. Bilo je to lepo mestašce, verovatno upola manje od mog novog gradića Montevolponea, i imalo je impresivnu crkvu, koju je Anino stručno oko odmah smestilo u dvanaesti vek. Vrata su bila zaključana tako da smo mogli da se divimo izrezbarenom kamenom arhivoltu – druženje sa stručnjakom za istoriju proširilo mi je rečnik – iznad ulaznih vrata. Na njemu su se nalazile isklesane glave čak dvadeset svetaca s veličanstvenim Hristom u sredini. Budući da je Pontenuovo jedva malo više od preraslog sela, bio je to izuzetan rad.

Restoran je bio gotovo pun, ali je Ana, uvek praktična, telefonirala, rezervisala sto i saznala da su „lepo vaspitani psi" dobrodošli, i ponadao sam se da će Oskar razumeti upozorenje koje sam mu dao. Nisam zaboravio vreme kad sam morao da ga vezujem za nogu teškog drvenog stola dok sam išao da perem ruke, u jednom firentinskom restoranu u koji više ne idem – iz očiglednih razloga. Oskar je uočio neku ukusnu mrvicu na podu, koja je ispala prethodnom gostu, i čuo sam – čak i kroza zid toaleta – glasno škripanje kad je povukao sto prema svojoj meti, ostavljajući haos za sobom.

Mada napolju nije bilo hladno, u kaminu je gorela vatra. Ognjište je bilo verovatno pola metra iznad poda i uskoro je postalo jasno gde će naš ručak biti spremljen. Nije bilo ni traga jelovniku kad smo ušli, a konobar je tek stigao s bocom vode i crnog vina. Očigledno ćemo jesti šta oni odluče da jedemo, i to nam je sasvim odgovaralo. Dok smo jeli divnu salatu od dimljenih pačjih prsa, sušenih smokava, prepeličjih jaja i rukole, poprskanu balsamiko sirćetom i ljuspicama parmezana, pojavio se kuvar i počeo da raspiruje vatru, a onda je postavio gvozdeni roštilj sa četiri noge na blistavi crveni žar. Zatim je počeo da slaže svakojake komade mesa, od malih jagnjećih kotleta, preko odrezaka veličine *Biblije* do kolutova začinjenih kobasica. Zatim je dodao isečene tikvice i plave patlidžane i komade slanog kozijeg sira.

Bio je to stvarno nezaboravan ručak i razgovor je bio prijatan. Otkako sam Lini izneo ponudu za posao, zvučala je mnogo veselije i vedrije, i više nije izgleda zamerala Virdiliju i meni što razgovaramo o poslu. U stvari, rado bi nam se pridružila. Bilo je zanimljivo čuti šta dve dame misle o najnovijem ubistvu i bile su saglasne. Nisu oklevale da iznesu mišljenje kako je Moniku Fauler ubila druga žena kao osvetu za Santinijevo ubistvo i bile su sigurne da znaju ko je ta žena. Slušao sam pažljivo dok je Lina sažeto prepričavala komplikovani tok događaja kako ga je ona videla.

– Dijamantis je spavao s Frejom i Monikom. Santini je bio zaljubljen u Freju, i ubio je Dijamantisa jer je verovao da mu ju je Dijamantis oteo. Monika je bila zaljubljena u Dijamantisa, i kad je saznala šta je Santini uradio, ubila ga je iz osvete, a Freja, koja je potajno volela Santinija, ubila je Moniku. Četverougli ljubavni trougao. Možemo li da kažemo ljubavni kvadrat?

Kad se tako izloži, sve je zvučalo logično i uverljivo – u izvesnoj meri – ali mislio sam da ipak treba da iznesem suprotno mišljenje, ne samo zato jer sam, duboko u duši, i dalje odbijao da poverujem kako je Čika Džek ubica. – Ono što ne razumem jeste zašto je Freja, ako je volela Santinija, spavala s Dijamantisom? Koji dokaz imamo da je volela Santinija? Nama je svakako rekla suprotno. Još važnije, kako se pobrinula da Monikina hrana bude otrovana? Kuvar je rekao da su obroci za goste sa alergijama bili na stolu ispred kuhinje možda jedan minut, jer konobari moraju da ih odnesu pre nego što se ohlade. Kad je Bruno razgovarao s gostima za žrtvinim stolom, niko od njih se nije sećao da je neko ustao ili otišao. Na osnovu toga verujem da je ubica bio neko drugi, samo iz praktičnih razloga.

Virđilio je pogledao preko stola i kiselo se osmehnuo. – Ne zaboravi da je tvoja švedska prijateljica sedela levo od žrtve. Ko zna, trenutak nepažnje, možda kijanje, i otrov je ubačen? Sklon sam da se saglasim sa svojom ženom... ne samo zašto što se trudim da se saglasim s njom oko većine stvari. – Osmehnuo se šire. – To je tajna srećnog braka, znaš to.

U tom trenutku telefon mi je zavibrirao i pogledao sam ko me zove. Bio je to Bruno, i odmah sam se javio. – *Ciao*, Bruno, ima li vesti?

– Upravo sam razgovarao s Donatelom. Monika Fauler je otrovana kao što smo i mislili. Otrov je bio samo u njenoj hrani, ne i u ostalim tanjirima za stolom. Ubijena je vrlo neobičnim otrovom zvanim tetrodotoksin, skraćeno TTX. Nikad nisam čuo za njega, ali rečeno mi je da je znatno otrovniji od cijanida, i potpunu paralizu gotovo trenutno prati smrt u roku od nekoliko minuta, možda i sekundi. Ta posebna varijanta pronađena u žrtvi bila je mešavina... – prelistao je beležnicu – tetrodoksina, histamina, taurina, dopamina i drugih supstanci. Jeste li se ikad susreli sa TTX-om, Dene?

– Čuo sam za naziv, ali to je sve. Šta je to i odakle dolazi?

– Ima ga u brojnim ribama, kao i u nekim hobotnicama i daždevnjacima, ali uglavnom u japanskoj poslastici: ribi fugu ili naduvači. Izgleda da sladokusci u Japanu plaćaju čitavo bogatstvo za komade te ribe i kažu da je ukus sve bolji kako se približavate otrovnim delovima. Posledica toga je nekoliko trovanja svake godine. To je kao kad ljudi ovde pojedu pogrešne gljive. Događa se.

– Japanska riba, rekli ste... – To je bilo zanimljivo, s obzirom na to ko je sedeo desno od Monike Fauler. Nisam morao ništa da kažem. Bilo je jasno da se Bruno već setio toga.

– Prava slučajnost, zar ne? Vodiću dug, oštar razgovor s našim prijateljem doktorom Nozavom.

– Naravno, pretpostavljam da svaki naučnik koji se bavi ribama može da dođe do tog otrova. Kad bolje razmislim, profesorka Grovenor, predsednica društva, bavi se morskim životinjama, zar ne? Mada nisam o njoj razmišljao kao o ubici.

Kad je razgovor završen, rekao sam ostalima šta sam upravo čuo i svi smo se ćutke gledali dok mi nešto nije palo na pamet i pomislio sam da vredi pomenuti. – Tako redak otrov nije stvar koju bi neko nosio sa sobom iz bilo kog drugog razloga osim da izvrši ubistvo. Ko god da je ubio Moniku Fauler, došao je na simpozijum spreman i s namerom da ubije.

Virđilio je polako klimnuo glavom. – Ko je mogao da je mrzi toliko da dođe samo kako bi nju ubio i zašto? Možda je naša teorija da je ubistvo Monike Fauler bilo zločin iz strasti ipak pogrešna? Da li je ona imala neku veliku, mračnu tajnu koja nije imala nikakve veze s te dve smrti? Jesmo li sve shvatili pogrešno? – Nemoćno je frknuo.

Bilo je to dobro pitanje, i nisam imao odgovor na njega.

Nakon ručka smo se šetali po gradiću neko vreme i popili još jednu kafu, sedeći za stolom na kaldrmi na trgu, naspram crkve. Dok smo bili tamo prišla nam je poznata figura. Bio je to Đorđo Karbonaro, seljak koji proizvodi vino. Prepoznao me je i zastao da porazgovara.

– Dobar dan. Čujem da je ubijeno još naučnika.

– Dobar dan, sinjor Karbonaro. Da, nažalost, u pravu ste.

– Ponovo vukovi?

– Ne, nisu vukovi, a ni prvu žrtvu nisu ubili vukovi. – Nisam mogao da sprečim iznerviran uzdah. – Slušajte, žrtve su ubili *ljudi*. Molim vas, utuvite to u glavu. – Nije izgledao uvereno i objasnio sam mu. – Jedna žrtva je udarena palicom i zaklana pivskom bocom, druga je probodena i gurnuta s vrha *Fačatonea*, treća je otrovana. Vukovi su možda pametne životinje, ali nisu toliko pametni.

Video sam ga kako prihvata tu informaciju i nadao sam se da sam ga ovoga puta uverio, ali nisam računao na to. I dalje sam se sećao straha kad smo Ana i ja čuli pravog vuka one noći. Oskar ga je takođe čuo i reagovao je na isti način. Mogao sam da shvatim zašto mnogi seljaci ne žele vukove u blizini.

Nakon što nam je sinjor Karbonaro poželeo prijatan dan i otišao, završili smo kafu i vratili se u hotel. I dalje je bilo prijatno toplo i kad je Ana otišla u sobu da se odmori, poveo sam svog uvek raspoloženog psa u šetnju. Dok sam bio u šumi, pozvao me je neko s nepoznatog broja. Ispostavilo se da je to Rajner, koji je zvučao sasvim pribrano i, za svoje uslove, izuzetno prijateljski i čak se izvinjavao.

– Nadam se da vam ne smeta što sam vas pozvao. Vrlo ste ljubazno ostavili svoj broj mojoj ženi i samo sam želeo da vam se najsrdačnije zahvalim na pomoći jutros.

– Drago mi je što sam mogao da pomognem. Kako ste? Jeste li još u bolnici ili su vas otpustili?

Usledilo je kratko oklevanje pre nego što je odgovorio i ovoga puta je zvučao stidljivo. – Dobro sam, hvala vam. Otpustili su me pre sat vremena. Ništa nije slomljeno, samo šest kopči i glavobolja. Ali, da budem iskren, i dalje smo u bolnici. Dok smo čekali, jedan od lekara je primetio da moja žena izgleda anemično i uradili su joj analizu krvi. Sad čekamo rezultate.

Poželeo sam im sve najbolje i prekinuo sam vezu. Izgleda da će Rajner morati ponovo da razmisli o svom protivljenju nauci i lekarima, i bio sam zadovoljan zbog toga. Možda Suzi čak dobije struju i grejanje u kući.

Oskar i ja smo bili napolju gotovo sat vremena i za to vreme sam mnogo razmišljao o nedavnim ubistvima. Ko je otrovao Moniku Fauler? Da li je to stvarno bila Freja i, ako nije, ko je? Uprkos mogućoj japanskoj vezi sa otrovom, nisam video nikakvu povezanost između profesora Nozave i Monike Fauler i, opet, neizbežni zaključak je bio da je krivac Freja Blomkvist. Setio sam se fotografije koju sam video na Dijamantisovoj *Fejsbuk* stranici, na kojoj ga ona zaljubljeno grli, i palo mi je na pamet da nisam pregledao društvene mreže ostalih. Verovatno su Brunovi ljudi to uradili, ali uvek sam bio jedan od onih gnjavatora koji vole stvari da rade sami, i kad sam se vratio u hotel izvadio sam ajped i počeo da pretražujem.

Polako sam odbacivao različite sumnjivce nakon što nisam pronašao ništa zaprepašćujuće, pre nego što sam se vratio na prvu žrtvu, Nikolaosa Dijamantisa sa Univerziteta u Ženevi. Dok sam pregledao njegove postove na *Fejsbuku*, prošao sam onaj s njim i Frejom i nastavio dalje, a onda sam uočio nekoliko fotografija s nekog prijema iz avgusta prošle godine, osam meseci ranije. Na njima sam ga video kako sedi pored velikog stola, sa čašom šampanjca u ruci i osmehom na licu. Kraj njega je bila jedna glamurozna žena u zanosnoj večernjoj haljini i s blistavim minđušama, kose očešljane na vrlo privlačan i otmen način. Po načinu na koji ga je gledala bio joj je drag. Mnogo. Zatreptao sam nekoliko puta pre nego što sam shvatio. Ta vitka, prelepa sirena kraj Dijamantisa bila je niko drugi do dežmekasta Karla Vespuči, obično odevena u vrećastu haljinu i s naočarima debelog okvira i zategnutim konjskim repom.

Ovo je, bez sumnje, bilo važno otkriće. Koliko sam znao, nije se pominjala nikakva direktna veza između Karle Vespuči i Nikolaosa Dijamantisa, mada je profesorka Peletje nagovestila da ima nekih varnica – makar s Karline strane. Na osnovu ove fotografije, bile su jasne dve stvari: prvo, njih dvoje su se dobro poznavali i, drugo, prethodna verzija Karle iznenada ju je svrstala među glamurozne žene koje bi se svidele okorelom ženskarošu kakav je bio Grk.

Šta je to značilo? Po načinu na koji ga je gledala na fotografiji, izgledalo je da bi želela da ga ubije, ali možda je želela da ubije Moniku Fauler jer su obe bile zaljubljene u Grka? Ali zašto je ubila Moniku dva dana *nakon* Dijamantisove smrti, kad to više nije bilo važno? To je bilo zbunjujuće. Da li je Linin ljubavni kvadrat upravo dobio nov ugao? Da li je Karla zamenila Freju ili sad imamo posla s petouglom? Razmislio sam o tome: Santini je ubio Dijamantisa, Monika je ubila Santinija, a da li su Karla ili Freja ubile Moniku? Ali najveća nepoznanica i dalje je bila – zašto?

21.

Utorak uveče

Sastao sam se s Virđilijem u baru u šest uveče. Bio je odeven u odelo i izgledao je vrlo otmeno spreman za večeru u markizovom dvorcu. I ja sam takođe bio u odelu, i u sebi sam se zahvaljivao Ani što me je naterala da ga ponesem uprkos mojim protestima. Uspela je da pronađe četku i rezultat toga je bio da je i moj pas blistao. Naučnici su počeli da se okupljaju oko nas spremajući se za dolazak autobusa koji će ih odvesti u zamak *San Bartolomeo*, mada je, razumljivo, raspoloženje bilo daleko od veselog.

Virđilio je razgovarao s Brunom i preneo mi je vesti.

– Bruno kaže da je ispitao Nozavu, Blomkvistovu, Faulera, Kartrajta i Vespučijevu, ali nije saznao ništa što se može iskoristiti na sudu. Uzeo im je pasoše i rekao im da će sutra biti ispitani pod zakletvom u policijskoj stanici u Sijeni ali, među nama rečeno, ne gaji velike nade. Rekao je da je Japanac bio vrlo uverljiv kad je rekao kako nema veze s tim i da, iako je bio sasvim svestan otrovnosti TTX-a, nikako ne bi mogao da ga iznese iz Japana. Rekao mi je da je taj otrov toliko moćan da čak i mala količina u tanjiru može da ubije za nekoliko minuta svakog ko bi uzeo makar i zalogaj.

– Odakle je onda došao taj otrov?

Virđilio je slegnuo ramenima. – Ko to zna? Ostali nastavljaju da poriču svaku umešanost u ubistva. Bruno mi je rekao da je ispitao Vespučijevu nakon što si ti primetio tu fotografiju s večere s Dijamantisom. – Telefonirao sam mu i ostavio mu poruku na telefonskoj sekretarici. – Zahvaljuje ti se, ali iz nje je samo izvukao da su ona i Dijamantis bili bliski – koristila je prošlo vreme – ali rastali su se nekoliko meseci pre Božića.

– Pitam se zašto. Da li je bila uključena još neka žena? Možda je to bila Monika? Da li je Dijamantis ostavio Karlu zbog Monike? Možda je to motiv za ubistvo?

– Pitao sam se to isto, a Bruno kaže da je pitao Vespučijevu, ali ona je porekla da je Dijamantis zanima. Tu je i pitanje gde je mogla da nabavi otrov. Bila je deo dvojca koji je dobio nagradu prve večeri za proučavanje puževa, ne morskih životinja, tako da nije mogla da ga nabavi a da ne pita nekog, što bi moglo da izazove sumnju. I tako, u ovom trenutku, Bruno nema ništa konkretno ni protiv jednog od njih, mada se i dalje kladim na tvoju švedsku prijateljicu.

Naleteo sam na svoju švedsku prijateljicu u baru dok sam čekao da naručim čašu belog vina – ili, bolje rečeno, ona je naletela na mene. Neko me je potapšao po ramenu i kad sam se okrenuo, video sam da izgleda očekivano divno u još jednoj haljini s dubokim dekolteom, ali ovoga puta nije bilo veselog osmeha na njenom licu. U stvari, izgledala je kao da je plakala. Uhvatila me je za ruku obema rukama i molećivo me je pogledala.

– Dene, *vi* ne verujete da sam ja ubica, zar ne? Italijanski inspektor je bio stvarno gadan danas po podne, i rekao mi je da će me sutra odvesti u policijsku stanicu na ispitivanje. Propustiću let kući zbog toga što mi je uzeo pasoš. Rekla sam mu sve što znam i kako nemam nikakve veze s tim smrtima, ali izgleda mi da je uveren da sam ja to uradila, i bojim se da bih mogla nepravedno da nagrabusim.

Izgledala je tako ranjivo da sam morao da se odupirem nagonu da je zagrlim i pomilujem, ali odgovorio sam joj iskreno. – Ne, Frejo, ne verujem da ste ubica i siguran sam da nemate razloga za strah ako ste nevini kao što kažete. Inspektor Seneze je dobar čovek i verujem njegovoj proceni. Samo pokušava da radi svoj posao i, kao što možete da zamislite, zbog tri smrti u kratkom vremenskom periodu, trpi pritiske sa svih strana da stvar reši. – Uputio sam joj ono za šta sam se nadao da je ohrabrujući osmeh. – Pored toga, prema onome što sam čuo, vi niste jedini. Ima petoro ili šestoro ljudi koji će biti ispitani sutra, tako da pokušajte da se ne brinete. Samo mu recite istinu i siguran sam da ćete biti dobro.

– Hvala, Dene, mnogo mi znači što ne verujete da sam ubica. – Izvadila je odnekud papirnu maramicu i izduvala nos. – To je tako grozno.

Videvši da izgleda malo manje uplašeno, odlučio sam da vidim može li da pomogne. Sad kad je znala da je smatraju mogućim ubicom, možda će biti spremna da podeli informacije koje je dosad čuvala. Odveo sam je na terasu i do suprotnog kraja, daleko od ostalih. – Možete li se setiti ijednog razloga zbog kojeg je Monika Fauler ubijena? Sad je jasno da je vašeg prijatelja doktora Dijamantisa ubio Masimo Santini, a policija ima dokaze koji potvrđuju da je Monika ubila Santinija. Da je to bilo sve, onda bi slučaj bio zatvoren: dva muškarca mrtva, jedna žena uhapšena. Problem je što inspektor sad mora da otkrije ko je i zašto ubio Moniku. Imate li neku ideju?

Bespomoćno je odmahnula glavom i pokušao sam da je malo poguram u pravom smeru. – Slušajte, Frejo, obećavam da ću vam pomoći koliko mogu, ali morate mi reći sve što znate. Već ste rekli da ste imali vezu s Dijamantisom, ali to je bila samo povremena fizička veza. Zar ne? – Klimnula je glavom i nastavio sam. – Prilično je jasno da je on bio u vezi i s Monikom, ali jesam li u pravu kad mislim da je ona bila u vezi i s Masimom Santinijem?

– Bila je, pre nego što se smuvala s Nikom. Ali koliko znam, ostavila je Masima kad su se ona i Niko smuvali... pre možda pet ili šest meseci. – Klimnula je glavom nekoliko puta. – Sigurna sam da je Masimo zato ubio Nika. Bilo je bolno očigledno da je zacopan u Moniku, i kad ga je ostavila da bi bila s Nikom, poludeo je.

– Ali Santini je sigurno njuškao i oko vas, zar ne? – Pogledao sam svog psa, koji je takođe njuškao naokolo, ali u njegovom slučaju tražio je komadiće hleba koji su pali na pod.

– I jeste i nije. Mislim da je to bila samo gluma, ili pokušaj da učini Moniku ljubomornom. Svi su jasno mogli da vide da je lud za Monikom iako ona nije osećala isto prema njemu.

Razmišljao sam o tome. Makar sam sad imao potvrdu da je moja pretpostavka da je Santini ubio Grka iz ljubomore zbog Monike bila ispravna. Nastavio sam da postavljam pitanja u nadi da će mi Freja još nešto otkriti.

– Prema onom što nam je Monika rekla, mislila je da je u ozbiljnoj vezi s Dijamantisom. U stvari, rekla nam je da ga voli. Da li vam to zvuči istinito?

Ponovo je klimnula glavom. – Da, to je ono što mi je Niko rekao. Mislim da ga je u početku to zabavljalo i prijalo njegovom egu. – Pogledala me je u oči. – Mada sam ga smatrala fizički veoma privlačnim, nisam bila u zabludi oko toga koliko je bio narcisoidan. Stekla sam utisak kad sam ga videla nasamo u petak kako je odlučio da je došlo vreme da kaže Moniki kako je samo želeo malo zabave.

– Mislite li da je razgovarao s njom pre nego što je ubijen? – Napokon, ako je ostavio ženu koja je tvrdila da je ludo zaljubljena u njega, to je moglo da probudi svakakve emocije.

– Ne, mislim da nije. – Usledila je duga pauza. – Makar je to ono što sada mislim, iako tada nisam.

– Moraćete da mi objasnite to. – Nevozno se vrpoljila i video sam da je nešto muči, pa sam je dodatno pritisnuo. – Ako želite moju pomoć, morate biti potpuno iskreni.

Usledila je duga pauza pre nego što se odvažila. – Znate, Dene, nisam rekla inspektoru čitavu istinu. Vidite, ne mislim da je Niko imao priliku išta da kaže Moniki jer je bio u mom krevetu one noći, do jedan ujutro.

– Tačno do jedan? Kako možete biti tako sigurni?

– Bilo je malo posle jedan. Pogledala sam na sat kad je izašao i bilo je jedan i petnaest. Očekivala sam da provede čitavu noć sa mnom i, da budem iskrena, bila sam prilično iznervirana. Rekao mi je da ima posla – i tačno je da je trebalo da govori na seminaru sutradan ujutro – ali moram priznati kako sam posumnjala da je otišao kod Monike. To je stvar koja je godila njegovom egu – dve žene za jednu noć. Šta li je mislio, da može da nas zavadi i onda me samo tako ostavi? Naravno, kad sam čula da je ubijen, odmah sam pomislila da je Monika to uradila, ali nisam ništa rekla jer sam znala da bih se umešala u skandal i da bi moj muž Bjerk to verovatno saznao.

Dijamantis je verovatno ostavio Freju i otišao u svoju sobu, gde je zatekao poruku. U dva sata, mora da je izašao u vrt da se sastane s Monikom, kako je verovao, ne shvatajući da je tu tajanstvenu poruku napisao Santini, koji ga je čekao u zasedi. – Santini je ubio Dijamantisa jer ga je Monika ostavila zbog njega. Kad je Monika saznala šta je uradio, ubila je Santinija jer je ubio muškarca koga je volela. – Pogledao sam Freju u oči. – Jesam li u pravu?

– Da, tako i ja mislim.

– Što nas vraća na prvobitno pitanje: ko je ubio Moniku? Imate li neke ideje?

Polako je odmahnula glavom. – Postavljala sam sebi isto pitanje. To nema smisla. Koliko znam, Monika nije imala drugog ljubavnika, makar ne trenutno. Postala je poznata u poslednjih nekoliko godina po tome da spava sa svima tokom ovakvih događaja, tako da mora da je bilo drugih muškaraca u prošlosti, ali ne mislim da ih je bilo nedavno. Koliko znam, postojali su samo Santini i Niko.

– Šta je sa ženama koje su možda želele da je ubiju? Možete li se setiti neke koja je možda imala nešto protiv Monike? – Kad je odmahnula glavom, predložio sam nešto. – Šta je s Karlom Vespuči? Mislim da su se ona i Dijamantis poznavali. – Nešto mi je palo na pamet. – Radi u Torinu, a Dijamantis je radio u Ženevi, a ta dva grada nisu toliko udaljena.

Freja je slegnula ramenima. – Mislim da su se poznavali, baš kao što i ja poznajem Karlu jer smo se sretale na ovakvim događajima, ali Niko mi je nikad nije pomenuo. – Uspela je bledo da se osmehne. – A opet, ako mu je bila ljubavnica, sigurno mi to ne bi rekao, zar ne? Napokon, u njegovim očima, i ja sam bila samo to.

Bilo je malo ogorčenosti u Frejinom glasu, i morao sam da se zapitam da li se ispod te ranjive spoljašnosti možda krije ubica. Ko je ono napisao nešto o prezrenoj ženi? Znam da sam u nekom kvizu u pabu dao pogrešan odgovor kad sam rekao Šekspir, ali ne mogu da se setim pravog odgovora.

Još sam razmišljao o tome kad se Pavel Havel pojavio kod balkonskih vrata i mahnuo rukom. – Frejo, polazimo. Autobusi čekaju.

Freja se propela na prste i poljubila me u obraz. – Hvala vam što verujete u mene, Dene.

Stajao sam tamo i gledao je kako odlazi i zapitao sam se da li je to istina: da li sam joj stvarno verovao? Pre našeg razgovora, iskreno sam verovao da je nesposobna za ubistvo, ali sad je počela da me muči sumnja. Nakon što je otišla, vratio sam se u bar i video da su se Lina i Ana pridružile Virđiliju. Pogledao me je. – Pretpostavljam da je tvoj mali razgovor u četiri oka s Frejom Blomkvist bio više posao nego zadovoljstvo.

Svestan da me Ana gleda, brzo sam potvrdio da je to istina i rekao sam im šta mi je Freja upravo ispričala. Virđilio je i dalje izgledao sumnjičavo, ali nije ništa rekao. Samo je popio pivo i ustao.

– Autobusi uskoro polaze. Idemo li tvojim kolima, Dene?

Pokazao sam na Oskara, koji je zadovoljno njuškao dve dame. – Nisam siguran koliko bi vozač autobusa bio zadovoljan ako uvedem Oskara u autobus i zato ćemo ići mojim kolima. Hoće li tamo biti policajaca?

Virđilio je klimnuo glavom. – Bruno je zatražio dozvolu od markiza da za svaki slučaj pošalje neke svoje ljude u zamak. On ne dolazi, ali mi je rekao da ga pozovem ako se bilo šta dogodi.

Pogledali smo jedni druge i Ana je prva izgovorila ono što smo svi mislili.

– Nadajmo se da neće biti četvrtog ubistva.

22.

Utorak uveče

Zamak *San Bartolomeo* je predivan. Pošto nisam znao put do tamo, pratio sam dva autobusa. Putovanje je trajalo kraće od deset minuta, ali dotad smo već bili duboko u gustoj šumi. Na markizovo imanje se ulazilo kroz veliku staru gvozdenu kapiju postavljenu u kamene zidove visoke najmanje tri metra. Uniformisan stražar nas je zaustavio, ali nas je propustio čim je Virđilio izvadio službenu legitimaciju, i vozili smo se vijugavim prilazom dok nismo stigli do širokog proplanka usred kojeg se nalazio zamak.

Moj prvi utisak je bio da bi se sasvim lepo uklopio u Diznilend, sa okruglim tornjevima s kruništima na vrhu, ukrašenim balkonima i terasama, brojnim zastavama koje se vijore sa stubova naokolo i brojnim prozorima koji se presijavaju na svetlu. Moderni autobusi parkirani ispred vidljivo su štrčali na tom mestu gde bi mnogo prikladnije bile blistave zlatne kočije. Parkirao sam se malo dalje, na jednoj strani čistine i pridružili smo se učesnicima simpozijuma koji su se peli kamenim stepenicama, dovoljno širokim da šest konjanika jaše uporedo. Oskar nije bio na povocu ali se zasad ponašao neočekivano pristojno i, koliko sam video, dosad je njuškom gurnuo zadnjicu samo jedne dame, a njena reakcija je bila prijateljska.

Na vrhu stepeništa, dvojica slugu u livrejama čekala su da pozdrave goste i uzmu njihove kapute i torbe. Ušli smo u ogromno, mermerom popločano predvorje osvetljeno najvećim lusterom koji sam ikad video. Nisam uspeo da prebrojim sve sijalice na njemu. Ana me je uhvatila podruku i povela hodnikom za ostalima, sve dok nismo stigli do spektakularnih izrezbarenih duplih vrata, dvostruko viših i širih od običnih vrata. Još sluga nas je čekalo tamo, a markiz, u svečanoj odeći, čekao je da pozdravi svakoga lično. Morali smo da čekamo u redu nekoliko minuta pre nego što je došao red na nas, i markiz je poljubio ruku Lini i Ani i sagnuo se da pomiluje Oskara. Srećom, Oskar je izgledao pomalo zbunjeno tom raskoši i okolnostima i nije skočio da ga zauzvrat poljubi.

– Dobro veče, dobro veče, dobro došli u zamak *San Bartolomeo*. Drago mi je što ste svi došli. – Utišao je glas i nagnuo se prema Virđiliju i meni. – Kako napreduje istraga? Inspektor Seneze mi je rekao da ste rešili prva dva ubistva, ali tek treba da rešite ubistvo te sirotice, zar ne? Imate li sumnjivce?

Prepustio sam Virđiliju da ponudi uobičajen odgovor. – Verujem da postoji izvestan broj sumnjivaca i da se istraga nastavlja.

Ušli smo u jednu ogromnu prostoriju s predivno složenim parketom i ogromnim lusterima iznad. Konobar se pojavio s poslužavnikom punim čaša sa šampanjcem, vodom i sokom od pomorandže, i poslužili smo se. Popio sam gutljaj šampanjca i pogledao ostale goste. Bili su rašireni po sobi, okupljeni u grupice, razgovarali su tiho, sasvim moguće o naučnim problemima, mada je verovatnije da su razgovarali o nedavnim ubistvima. Među njima video sam profesorku Grovenor, višu od ostalih ljudi u svojoj grupici, u kojoj sam video Freju i, kao i uvek, Pavela Havela. Setio sam se onog na trenutak ogorčenog prizvuka u njenom glasu koji sam upamtio, i na trenutak mi je palo na pamet da su možda ona i Havel bliži nego što smo mislili – dovoljno bliski da zajedno izvrše ubistvo?

Malo dalje, na drugoj strani prostorije, uočio sam doktora Nozavu, koji je izgledao kao da mu je nelagodno u smokingu i s leptir-mašnom, kako razgovara s Karlom Vespuči. Bila je odevena u vrećastu haljinu koja nije doprinosila njenoj lepoti i izgledalo je gotovo nemoguće da sam pronašao fotografski dokaz kako je osam meseci ranije izgledala kao fatalna zavodnica. Nisam imao vremena da je duže gledam, jer se jedan besprekorno odeven sluga pojavio kraj mene i obratio se Virđiliju i meni.

– Gospodo, njegovo gospodstvo želi da vam pokaže nešto. Misli da će vas možda zanimati.

Zainteresovani, izvinili smo se damama i uputili za slugom kroz druga vrata, i hodnikom do jedne manje sobe. Kad kažem „manje", treba da naglasim da je i dalje bila mnogo veća od svih soba u mojoj kući zajedno. Očigledno je to bio markizov privatni muzej i tu se nalazilo dosta staklenih vitrina ispunjenih predmetima od etrurske grnčarije do renesansnih broševa, mermernih i bronzanih statua, oklopa, jezivog srednjovekovnog oružja i prepariranih životinja. Sluga nas je odveo do kabineta gde je bila izložena podvodna scena s prepariranim ribama koje plutaju na svilenim nitima iznad dve prugaste morske zmije zlokobnog izgleda i bezoblične smeđe-crvene ribe koja ne bi osvojila nagradu na izboru za riblju lepoticu, dok je jedna preparirana hobotnica iz pećine motrila tu sterilnu scenu. Iza te postavke nalazio se markiz.

– Sjajno, hvala vam, Sebastijano. – Sluga se zvanično naklonio i, nakon što je otišao, markiz je usmerio pažnju ka nama. – Dobro je udaljiti se od gomile i pronaći malo mira. Mislio sam da bi ovo moglo da vas zanima. U ovoj postavci koju je moj otac napravio nalaze se neka od najotrovnijih morskih stvorenja... i ne samo morskih.

Pokazao je na ružnu smeđecrvenu ribu i objasnio. – Ovo je, na primer, kamena riba i jedna je od najopasnijih u moru. Bodlje na leđima su joj veoma otrovne i ljudi koji imaju nesreću da zgaze na njih dožive nepodnošljiv bol, koji često može dovesti do smrti. Morske zmije su takođe vrlo otrovne, ali ovo je riba koju sam želeo da vam pokažem. – Pokazao je na groteskno naduveno stvorenje veličine i oblika male fudbalske lopte. – Inspektor Seneze mi je rekao da je poslednja žrtva ubijena TTX otrovom, i mislio sam da biste želeli da vidite ribu koja ga proizvodi. Ovo je naduvača, koju Japanci zovu fugu.

Gledao sam je i čudio se kako neko može da poželi da jede nešto takvo. Ponekad sam se pitao šta je nateralo prvu osobu da počne da puši duvansko lišće ili prvog francuskog seljaka da proba žablje batake ili puževe... očaj, verovatno. Ta riba je bila stvarno čudna, ali i ostale su bile takve. Pogledao sam različite užase u toj postavci i stigao sam do hobotnice, koja je izgledala prosto kao mala, višebojna hobotnica. Na neki način, bila je prilično privlačna. Pitao sam da li je i ona takođe otrovna, i odgovor je bio da jeste.

– To je plavoprstenasta hobotnica i jedno je od najotrovnijih stvorenja u okeanu i, baš kao i fugu, jedna od retkih životinja koje mogu da proizvedu pomenuti TTX toksin kojim je, prema rečima policajaca, ubijena gospođa naučnica.

Pošto smo bili na svega desetak minuta od hotela, mislio sam da je bolje da pitam. – Da li su te preparirane životinje i dalje otrovne? Da li je neko imao pristup?

Odmahnuo je glavom. – Koliko znam, ovaj kabinet nije bio otključavan decenijama i, u svakom slučaju, pretpostavljam da eksponati više nisu otrovni. Mora da su ovde najmanje šezdeset godina i mislim da je otrov dosad nestao. – Osmehnuo mi se kad se sagnuo da pomiluje Oskara po glavi. – Ali ne bih preporučio da ih dajete svom lepom labradoru da ih pojede, za svaki slučaj.

Virđilio je i dalje zurio u naduvaču. – Trudili smo se da otkrijemo kako je ubica mogao da se dokopa tog toksina. Da li ga je lako nabaviti?

Markiz je odmahnuo glavom. – Nipošto. Toksin TTX je na spisku najotrovnijih supstanci na planeti i, kao takav, nije u slobodnoj prodaji, a čak i u laboratorijama se ljudi koji ga koriste ponašaju kao da imaju posla s radioaktivnim materijalom. Ko god da ga se dokopao, mora da ima velika ovlašćenja.

Ponovo sam pomislio na naučnike koji se bave morskim stvorenjima. Nijedan od naših sumnjivaca nije spadao u tu kategoriju, osim doktora Nozave, ali nisam video kakve bi veze mogao da ima sa ubistvom Monike Fauler. A što se tiče ostalih, Karla Vespuči je proučavala puževe, a Pavel Havel i Freja sisare mesoždere. Ali onda je markiz dodao nešto što je delovalo kao grom iz vedra neba.

– Nema mnogo otrovnih mekušaca na svetu, a srećom, u blizini nema plavoprstenastih hobotnica.

Tupo sam zurio u njega dok mi je mozak radio. – Jeste li rekli da je hobotnica mekušac? – Kad sad razmislim o tome, nikad nisam dobro odgovarao na pitanja o nauci u kvizovima.

Klimnuo je glavom. – Svaka hobotnica na svetu je mekušac. Zašto pitate?

– Dakle, neko ko proučava puževe... – Tražio sam tehnički izraz koji sam čuo na dodeli nagrada prve večeri i uspeo sam da se setim – ... gastropode takođe bi se bavio i ovakvim hobotnicama?

– Mislim da je tako, zašto?

Virđilio i ja smo se zgledali i on je nastavio da govori. – Dugujemo vam, *marchese*, možda ste nam upravo rešili slučaj. Izvinite, moramo da krenemo.

Nas dvojica smo, u pratnji Oskara, pohitali natrag u dvoranu i zastali kad smo stigli do Ane i Line, i preneli smo im šta smo upravo saznali. Dok smo govorili, obojica smo gledali preko glava gostiju, tražeći Karlu Vespuči.

– Iznenada, ta Vespučijeva izgleda kao mnogo verovatniji krivac. – Virđilio je zvučao uzbuđeno kao ja. – Sad znamo da verovatno radi sa istim otrovom kojim je ubijena Monika Fauler. – Uočio je policajca Gorija na drugoj strani prostorije i mahnuo mu da priđe, dok je nastavio da razmišlja o mogućim posledicama ovog otkrića. – Šta kažete na ovo? Karla Vespuči i Dijamantis su bili u vezi do jesenas, a onda mu je ona dosadila i otkačio ju je zbog Monike. Karli je slomljeno srce i, budući osvetoljubiva, došla je ovamo naoružana TTX otrovom, odlučna da ubije ženu koja ju je zamenila u Grkovom srcu. Da li vam to zvuči ispravno?

– Zvuči, ali pitam se da li joj je Monika bila jedina meta. Možda je nameravala da ubije i Dijamantisa, ali Santini je stigao prvi. I pod pretpostavkom da je znala za Frejino povremeno muvanje s Dijamantisom, možda je nameravala da ubije i nju... možda i dalje namerava. – Pogledao sam ka mestu gde sam poslednji put video Freju i osetio olakšanje kad sam je video da razgovara s Pavelom Havelom.

U tom trenutku, Gori se pojavio kraj nas i salutirao. Virđilio mu je brzo izdao naređenja. – Verujemo da imamo dokaz u vezi sa ubistvom Monike Fauler. Pobrinite se da vi i vaše kolege čuvate sva vrata u ovoj sobi i pobrinite se da niko ne izađe. Jasno?

Osetio sam kako me Ana hvata za ruku i video sam je kako pokazuje drugom. – Tamo, Dene, to je Karla Vespuči.

Naravno, to je bila Karla, išla je preko prostorije prema mestu na kojem su stajali Freja i Havel. U rukama je imala dve čaše, i imao sam loš osećaj čim sam to video. – Moramo da stignemo do nje pre nego što dođe do Freje. – I potrčao sam, probijajući se kroz gomilu prema Karli Vespuči. Kad sam stigao do njih, ona je upravo davala šampanjac Freji i nisam hteo da rizikujem.

– Dajte mi tu čašu sa šampanjcem, Frejo. – Pogledala me je iznenađeno i ponovio sam komandu, podižući glas. – Samo uradite to! Sad!

Uzeo sam čašu od nje, trudeći se da ne prospem ni kap i usmerio sam pažnju na Karlu, dok su Virđilio i Gori stajali kraj nje. Smirenim tonom, Virđilio je pokazao ka vratima muzeja. – Molim vas da pođete s nama, doktorka Vespuči, voleli bismo da vam postavimo neka pitanja.

Na licu joj se ništa nije videlo dok je ukočeno slušala naređenje, bez prigovora. Gori i Virđilio su hodali kraj nje dok su je vodili do muzeja, a ja sam zatvorio vrata za nama. Vrlo oprezno sam spustio šampanjsku čašu na vitrinu sa otrovnim morskim stvorenjima i ponovo pogledao u nju. I dalje je držala čašu soka od pomorandže u jednoj ruci. Usredsredio sam se na to kad je Virđilio progovorio.

– Doktorka Vespuči, jesam li u pravu kad kažem da poznajete životinju koja se zove plavoprstenasta hobotnica? – Za slučaj da postoji neka sumnja, pokazao je na staklenu vitrinu, ali ona nije pogledala.

– *Hapalochalena*, da, proučavam ih.

– Onda znate da je vrlo otrovna?

– Da. – Na licu joj se nisu videla nikakva osećanja.

– Da li ste koristili taj otrov da ubijete Moniku Fauler?

Karla nije odgovorila i samo je stajala tamo, držeći čašu. I dalje sam gledao sok od pomorandže u njoj i iznenada mi je palo na pamet: ona ne pije alkohol. Njena promena u izgledu od vitke zavodnice do zaobljene, nedoterane žene i njena ogorčena mržnja, ne samo prema Moniki Fauler nego i prema prvoj žrtvi, bila je objašnjena. Dijamantis ju je ostavio pet-šest meseci ranije. Zašto? Jer mu je možda prenela neke neželjene vesti?

Nagnuo sam se napred da joj privučem pažnju. – Kažite mi, doktorka Vespuči, kad ste saopštili Nikolasu Dijamantisu vest da čekate njegovu bebu?

Osetio sam kako su se oba policajca stresla. To pitanje je očigledno delovalo na Karlu Vespuči i patnja joj se pojavila na licu.

I dalje nije odgovarala i zato sam ponovo pokušao, sad uveren da njene fizičke promene od prošlog leta imaju jednostavno i prirodno objašnjenje: trudna je.

– Rekli ste mu da očekujete njegovo dete prošle jeseni, a on vas je ostavio zbog Monike, zar ne? Da li ste zato došli ovamo da je ubijete?

– Došla sam da ubijem *njega*. – Govorila je toliko tiho da smo se sva trojica nagnula da čujemo te reči.

– Otrovom TTX? – Video sam kako jedva primetno klima glavom i nastavio sam. – Ali Masimo Santini je stigao prvi.

Ponovo je klimnula glavom.

– Kad niste imali zadovoljstvo da ubijete njega, odlučili ste da iskalite svoj bes na druge dve žene u njegovom životu.

– Zaslužile su to.

– A ako analiziramo sadržaj čaše koje ste upravo dali Freji, pronaći ćemo TTX, zar ne?

Ponovo je jedva primetno klimnula glavom i onda je prinela svoju čašu usnama i pogledala me je preko ruba. – I pronaći ćete ga i u mojoj čaši. Nemam razloga da živim. – Glas joj je bio hladan, bezosećajan.

Sad su svi pogledali čašu u njenoj ruci, na dva centimetra od njenih usana. Brzo sam progovorio. – Ne radite ništa nepromišljeno, Karla. Nema potrebe za tim. Samo pomislite, nosite dete. Dugujete toj bebi da se brinete za nju... i za sebe.

Čaša joj je ostala blizu usana i znao sam da je i najmanja količina tečnosti dovoljna da je ubije. I dalje me je gledala nezainteresovano, kad sam ponovo pokušao.

– To ne mora da bude kraj sveta za vas. Život se nastavlja i donećete novu osobu na svet. Da, bićete uhapšeni, ali to će vam koristiti. Svaki sudija će imati saosećanja prema onome što ste doživeli. Nemojte to da uradite, Karla. Stvari će se popraviti, obećavam.

– Stvari se nikad neće popraviti za mene. – Bol u njenom glasu bio je primetan i video sam kako joj se prsti trzaju kad se čaša približila ustima za milimetar ili dva.

Neki pokret na podu privukao mi je pažnju. Oskar, koji je često pokazivao da je sasvim svestan raspoloženja ljudi oko sebe, ustao je i otišao da se nasloni na Karlinu nogu, gledajući je u znak podrške. Video sam kako ga gleda i bio sam spreman da se bacim i izbijem joj čašu iz ruke, kad je ona zajecala i spustila čašu dok se saginjala da pomiluje Oskarove uši drugom rukom. Virđilio je uzeo otrovani sok od pomorandže iz njenih opuštenih prstiju i svi su uzdahnuli sa olakšanjem. Pogledao sam Oskara i morao sam da se osmehnem.

Bio je stvarno dobar pas.

23.

Utorak uveče

– Moć ljubavi... – bilo je nečeg setnog u Aninom glasu.

Vodili smo Oskara na poslednju noćnu šetnju u tom hotelu. Sutra ujutro ćemo se odjaviti i krenuti kući, baš kao i preostali učesnici simpozijuma – uključujući Freju Blomkvist – sad kad se drama završila.

Stegnuo sam Aninu ruku. – Tri smrti, i sve u ime ljubavi.

Ana je i dalje bila zamišljena. – Karla mora da je mnogo volela Dijamantisa kad se ljubav pretvorila u tako žestoku mržnju. Ali nije bila usamljena. Santini mora da je mnogo voleo Moniku kad je poželeo da ubije svog suparnika, a ona mora da je podjednako volela Dijamantisa. – Okrenula se ka meni i video sam, sasvim jasno na mesečini, izbezumljen izraz na njenom licu. – Kako nešto tako čisto i dobro može da se pretvori u nešto tako ružno i zlo?

– Da znamo odgovor na to, pola mog detektivskog posla nestalo bi preko noći. Pretpostavljam da je to kao klatno; što je veći zamah klatna naviše, jači je zamah naniže. – Ovo je postajalo pomalo depresivno i zato sam se potrudio da je razveselim. – Ko je ono rekao da je bolje imati ljubav i izgubiti je nego nikad ne voleti? Znam da nije Šekspir.

– Lord Alfred Tenison, ali sigurna sam da nije predvideo da izgubljena ljubav može da postane toliko zla. – Hodali smo još nekoliko koraka pre nego što me je ponovo pogledala. – Kako je Karla uspela da stavi otrov u Monikinu hranu?

– Temeljno planiranje. Saznala je za Monikinu alergiju i gledala je kako kuhinjsko osoblje izdvaja tanjire za goste s posebnim režimom ishrane. Odabrala je mesto blizu ulaza u kuhinju, pored stola na kojem su se nalazili ti tanjiri. Bilo joj je potrebno nekoliko trenutaka da sipa nekoliko kapi otrova. Verovatno nije ni morala da ustaje sa stolice.

Polako je klimnula glavom. – Došla je potpuno spremna da ubije muškarca koga je nekad volela, svoje dve suparnice, a onda i sebe i dete koje nosi. Kakva tragedija.

– I uradila bi to, da nije bilo mog četvoronožnog prijatelja.

Vinogradi su se protezali sa obe strane staze dok smo hodali prema drveću. Prvi put Oskar nije izgledao zainteresovano za donošenje štapa i trčkarao je između nas, gledajući nas povremeno da vidi jesmo li dobro. Bio sam siguran da je potpuno svestan kako ovo veče nije bilo lako za nas. Ne želim da zvučim kao oni vlasnici pasa koji misle kako njihovi psi razumeju svaku reč, ali moram priznati da ovaj labrador nije samo tupava životinja. Sagnuo sam se da ga brižno pomilujem po ušima, kad sam čuo Anin glas.

– Šta je ono, Dene? – Setu je zamenila zabrinutost.

Zaustavila se u mestu, a zaustavili smo se i Oskar i ja. Iz vinograda se čulo neko šuškanje, nedaleko ispred nas, i pogledao sam Oskara. Čak i u polumraku, video sam kako mu se dlaka na leđima nakostrešila i čuo sam kako duboko i preteći reži. To je bilo toliko neuobičajeno za mog obično smirenog ljubimca, da sam se zabrinuo. Koje god stvorenje da je tamo, Oskaru se nije sviđalo. Počeo sam da razmišljam koja bi vrsta životinje mogla da se približava sporo ali neumoljivo prema nama, gazeći po suvom lišću. Ako budemo imali sreće, to je bodljikavo prase ili čak jelen. Nisam želeo da sretnem divlju svinju – mogu da budu opasne, posebno u sezoni parenja. A onda se, iznenada, to stvorenje pojavilo iz vinograda, nekoliko koraka ispred nas, taman oblik koji se jasno ocrtavao na belom šljunku staze.

Nije bilo sumnje. Bio je to vuk.

Kad nas je videla, ta velika životinja je spustila glavu ka nama i iskezila zube – a bilo ih je mnogo – i zablistali su na mesečini dok je režala. Stajali smo nepomično naizgled čitav sat, ali verovatno je prošlo svega nekoliko sekundi pre nego što sam reagovao. Polako i oprezno, pokazao sam Ani da krene stazom prema hotelu. Onda sam usmerio pažnju na Oskara i upravo sam se spremao da uhvatim njegovu ogrlicu, kad je krenuo dva koraka napred, polako i odlučno, prema vuku, i dalje tiho režeći. Mada je bio krupan pas, u poređenju s vukom bio je sitna riba, i bio sam siguran da bi u slučaju borbe izvukao deblji kraj. Krenuo sam ka njemu, ali izbegao je moju ispruženu ruku i nastavio da se približava vuku.

Nisam želeo da se približavam potencijalno smrtonosnoj divljoj životinji od čijeg su mi se divljeg režanja dlake na potiljku nakostrešile, ali znao sam da moram da odbranim najboljeg prijatelja. Potražio sam pogledom neko oružje, ali nisam ništa pronašao. Svukao sam jaknu i obavio sam je oko desne podlaktice, baš kao što me je naučio kerovođa Angus pre mnogo godina. Spremao me je da se suočim s psom čuvarom ili zlikovčevim mešancem, ali nijedan od nas nije ni sanjao da ću se ikada sresti s vukom.

Video sam poveći kamen kraj staze i uzeo sam ga drugom rukom dok je Oskar nastavljao da se polako približava vrlo opasnom protivniku. Uvek sam mislio o njemu kao o prilično razumnoj životinji i nisam razumeo zašto staje ispred takve opasnosti, osim ako ne želi da me zaštiti. To je bio dodatni razlog da budem spreman da ga spasem. Podigao sam kamen levom rukom i nameravao sam da krenem napred kad se dogodila najneverovatnija stvar.

Vuk je iznenada prestao da reži, prestao da kezi zube i počeo žalobno da cvili. Istovremeno, video sam kako se Oskar opušta i prestaje da se kostreši. Dok sam začuđeno gledao, mada i dalje zabrinuto, prišao je vuku i dodirnuli su se njuškama. Posledica tog ovlašnog dodira bila je Oskarovo mahanje repom. Vuk – a dotad sam shvatio da to mora da je vučica – nastavio je srećno da cvili dok ga je Oskar njuškao, još veselije mašući repom. Kad se propeo na zadnje noge, pogledao me je na tren, i kunem se da se cerio od uva do uva.

Polako i oprezno sam se spuštao stazom prema hotelu dok nisam stigao do Ane, koja je gledala taj prizor. Uhvatila me je obema rukama i čvrsto me držala dok mi je šaputala na uvo.

– Hoćeš li ga pozvati?

– Mislim da srećni par zaslužuje malo privatnosti, zar ne?

Široko mi se osmehnula na mesečini. – Oskar te je ponovo spasao.

Uzvratio sam joj osmeh. – Šta si ono govorila o snazi ljubavi?

Zahvalnice

Zahvalan sam svojoj divnoj urednici, Emili Raston i čitavom timu svog izuzetnog izdavača, *Boldvud buksa*. Posebnu zahvalnost dugujem oštrookoj lektorki Su Smit i Emili Rider,[1] korektorki savršenog prezimena. Srdačnu zahvalnost upućujem Sajmonu Mataksu, čije je čitanje audio-knjige onoliko poboljšalo priču. Za moje uvo, Sajmon *jeste* Den. Mnogo hvala i mojoj prijateljici Ilejn Brent, što je bila dovoljno ljubazna da pročita prvu verziju rukopisa i ponudi korisne komentare. Na kraju, nostalgičan pozdrav mom crnom labradoru Merlinu, koji je bio nadahnuće za Oskara.

---

[1] Igra reči – na engl.: čitač. (Prim. prev.)

Beleška o autoru

T. A. Vilijams je napisao preko dvadeset ljubavnih bestselera i sad se posvetio opuštenim krimićima, smeštenim u njegovu voljenu Italiju. Glavni junak te serije je bivši glavni inspektor Armstrong, sada privatni istražitelj, i njegov labrador Oskar. Trevor živi u Devonu, sa suprugom Italijankom.

Knjige T. A. Vilijamsa u izdanju Izdavačke kuće TEA BOOKS d.o.o. (digitalna i/ili štampana izdanja)

Serijal Armstrong i Oskar

1. Ubistvo u Toskani
2. Ubistvo u Kjantiju
3. Ubistvo u Firenci
4. Ubistvo u Sijeni